미안하지만 미친 건 아니에요

미미시스터즈 지음

목차

미미
쫀딱
레드

운미미

내 옆에는 어제 벗어놓은 까만색 긴 머리 가발과 선글라스가 함께 널브러져 있다. 도둑이 들어왔다가도 깜짝 놀라 그대로 도망가지 않을까 싶을 정도로 흉측한 비주얼이다.

미미는 태생적으로 번거로운 변신 과정을 타고났다. 선글라스, 립스틱, 가발, 하이힐. 이중 어느 하나만 생략해도 미미는 완성되지 않는다. 그리고 가장 큰 역할을 하는 것은, 역시 선글라스다.

아침 일찍 진행되는 리허설이나, 분장을 지우고 나서다 극성팬을 발견하는 등 위급한 순간에는 선글라스 하나만으로도 미미로 변신할 수 있다.

무엇보다, 선글라스를 쓰고 무대로 오르는 순간이면 알 수 없는 자신감이 솟아오르며 '그럼, 오늘도 어디 한번 놀아볼까?' 하는 마음으로

뻔뻔한 표정이 된다. 그리고 '어때, 우리가 놀아주니 감사하지?'라는, 도도해서 웃기기까지 한 '미미표 애티튜드'가 완성되는 것이다.

그런 선글라스도 가끔은 미미를 당황시킬 때가 있다. 광주의 모 라이브 클럽에서 사인회를 할 때였다. 여느 때처럼 내 팬에게만 따뜻한, 시크한 도시여자 콘셉트로 도장을 찍어주고 있는데, 순간 나의 선글라스 한쪽 알이 빠져버린 것이었다. 갑자기 눈앞이 환해지니 황당하기 그지없고, 마치 한쪽 눈알이 빠져나간 것 같았다. 하지만 너무 순식간에 일어난 일이라 다행히 아무도 목격하지 못했고, 사람이 궁하면 통한다고, 나는 기지를 발휘해 재빨리 테이블 아래 엎드려 선글라스 알을 끼우며 작은미미에게 조용히 외쳤다.
"야, 나 알 빠졌어!"
작은미미는 당황했지만, 엎드린 나를 슬쩍 가려주며, 팬들을 자연스레 응대해 위기를 모면했다. 이후로 난 한동안 무대에 오를 때마다 '선글라스 알 분리 트라우마'가 생겼다.

어쨌든 '미미시스터즈의 선글라스'가 가진 큰 장점은, 관객과 소통하는 매개라는 것이다. 보통은 눈을 가리면 사람들과의 소통이 단절된다고 생각하지만, 우리의 표정이 보이지 않기에 관객은 우리에게 더욱 집중하고 손짓 하나하나에 반응하곤 한다. 미미시스터즈의 팬이라면 선글라스 너머 우리의 따뜻한 눈빛을 읽어낸 적이 있을 것이다.

스타일리스트의 기술에만 의존하던 미미가 스스로 변신을 마스터하기까지는 꽤 오랜 시간이 걸렸는데, 그중 가장 고난도를 꼽자면 그것은 단연 립스틱을 바르는 일이다. 단순히 섹시해 보이기 위해 바르기 시작한 빨간 립스틱. 이 립스틱과 입술을 합체하는 시간은, 어떤 의식과도 같다. 이 세상에 내 입술과 립스틱, 단둘만 존재하는 것처럼……. 상상 이상으로 고도의 집중력을 요하는 작업이다. 내 입술보다 작게 그려서도 안 되고, 너무 욕심을 부려 도톰하게 그리다가는 자칫 만화 〈달려라 하니〉의 '고은애' 아줌마로 보이기 십상이다. 입술산이 너무 도톰해지면 곧바로 펭귄이 되어버리고, 조금만 집중하지 못해도 입술은 짝짝이가 되어버린다.

그날의 립스틱 컨디션에 따라 우리의 컨디션도 달라진다. 순간의 실수로 입술선을 삐죽 탈선해버리는 일이 있었다면, 그날 공연은 어딘가 찜찜하다. 순간의 과욕으로 립스틱을 덕지덕지 발라버렸다면, 그날은 앞니에 붉은 자국이 찍힌 굴욕의 사진이 뜨는 날이다. 모든 것이 적당히 어우러지는 날이면, 어쩐지 그날은 음정도 잘 맞고 흥이 솟아난다.

가끔, 다음 공연 팀에게 미안할 정도로 마이크에 빨간 립스틱이 많이 묻어버리는 경우도 있다. 언젠가는 김목인씨가 "빨간 립스틱 묻은 마이크라니…… 왠지 떨리네요"와 같은 재치 있는 멘트로 마이크를 받아주셔서 살짝 민망하면서도 참 고마웠던 기억이 있다. 목인 씨~ 감사해요! ^ ~

미미 썬샤인 오렌지 3호

종종 미미의 립스틱이 어떤 브랜드의 어떤 제품인지 궁금하다는 질문을 심심찮게 받는다. 그러나, 속시원히 답해줄 수 없는 이유는 그날그날 기분에 따라 너무 여러 가지를 섞어 바르고 있기 때문이다. 어떤 립스틱은 친구에게 얻은 것이기도 하고, 또 어떤 립스틱은 샘플, 어떤 립스틱은 저렴이, 드물게는 면세점에만 살 수 있는 고가의 제품도 있다. 그런데 그중 어느 하나만 바르면 도통 기분이 나지 않는다.

그래서 요즘 즐겨 바르는 립스틱은 **미미 쫀딱 레드 219호**이다. 언젠가 기회가 되면, 미미 립스틱을 론칭해볼까? 바르기만 해도 미미처럼 뻔뻔하게 섹시해지는 '미미 쫀딱 레드' 립스틱!

가끔 봄처녀 느낌을 내고 싶을 때는 '미미 뽀송 핫핑크' 립스틱을, 한여름의 태양처럼 열정적인 비키니를 입을 때는 '미미 썬샤인 오렌지' 립스틱도 괜찮겠다.

잠깐의 번거로움으로 미미와 함께 일탈할 수 있는 기회가 온다면, 당신은 변신하겠습니까?

작은미미들을
위한
변명

작은미미

아아아, 네. 안녕하세요, 미미시스터즈의 작은미미예요.
사람들이 자꾸 저한테, 그렇게 작냐고, 정말 작아서 작은미미냐고
자꾸만 물어대서 이렇게 기자회견을 열게 되었어요. 네, 바쁜 시간
쪼개어 이렇게 저를 만나러 온 수만 명의 기자 여러분과 팬 여러분
께 심심한 감사 말씀 올려요.

아무튼, 결론부터 말하자면, 네, 저 작아요. 호호호. 이상한 건 큰
미미에게는 그렇게 크냐고 아무도 안 물어보는데, 저한테는 자꾸만
"정말 작은가봐요, 이름 지을 때 기분 나쁘지 않았어요?"랄지, "전혀
반항 없이 이름을 받아들였어요?"랄지, 그런 질문을 자꾸 하시더라
고요. 호호호. 근데 바로 그 이름은 제가 먼저 제안한 거라는 거!

저희가 원래 이름이라는 게 없는, 거의 자웅동체와 같은 존재였잖아요. 자웅동체라 하면 좀 그렇다. 음, 좌우동체라고 해요. 한때는 좌미미 우미미로 불렸으니. 근데 좌미미 우미미 하니까 좀 정치적으로 느껴지기도 하고 괜히 우미미였던 큰미미가 우파가 아니냐 하는 오해를 받을 것도 같고 해서. 아, 물론 미미는 정치 따위 몰라요. 하지만 괜히 우파로 오인받는다면 기분이 좀 그럴 것 같아서. 어머, 우파님들에게는 죄송해요. 아무튼 미미 앨범이 나오고 당장 내일 인터뷰가 수십 개 잡혀 있는 마당에, 각자의 이름이 없잖아요.

근데 우리가 샴쌍둥이도 아니고 하물며 샴쌍둥이들도 각자의 이름이 있거늘 기자 양반들이 엄청 헷갈려하겠다 싶어 나름 배려한 티를 내지 않고 배려를 해드린 거죠. 하지만 식상한 이름은 싫었고 색다른 이름을 짓고 싶어서 고심하고 고심한 끝에, 너는 크고 나는 작으니 우리 큰미미, 작은미미로 할까?

그러자 큰미미 역시 크다는 것에 자부심을 느끼고 있었는지 금방 좋다고 하더라고요. 그다음날 아나 다를까 기자 분들이 "저기, 두 분을 따로 어떻게 불러야 할지요?"라며 난감해하셨고 우리는 준비한 듯이 "네, 큰미미 작은미미로 명명해주시죠"라고 했어요. "하아, 그렇군요. 크고 작음의 기준은 어디에 있나요?"

저는 약간 야릇한 미소를 지으며 **"가슴 사이즈요"**라고 대답을 했는데 아뿔싸 그것이 그달 발간된 수십 종의 잡지, 월간 낚시질에서 월간 맥심 모카에 이르기까지 대서특필된 것이 아니겠어요?

그때부터 저의 전화엔 불똥이 떨어졌어요.

따르르릉, "여보세요. 아니, 작은미미님, 정말 그렇게 작단 말씀입니까?"
따르르릉, "어머, 딸아 내가 널 그렇게 작게 낳았니?"
따르르릉, "아니, 내가 알던 넌 그다지……"
따르르릉, "그래, 그건 내가 보장해. 넌 작아. 맞아, 넌 작았어."

그래서 이렇게 된 거예요. 이 기자회견은, 그렇게 열리게 된 것이에
요. 전 국민, 그리고 동포 여러분, 그리고 해외 팬 여러분, 저는 작아
요. (동시통역) 아이 엠 리틀. 그리고 저는 그게 좋아요. (동시통역) 앤드 아이
라이크 리틀.

찰칵 찰칵 찰칵. 바스트샷 위주로 찍을 것.

어머, 정말 눈이 부시네요. 저의 작은 가슴에 대해 이렇게 큰 사랑을
주시다니.

음, 제가 좋아하는 노래가 하나 있어요. 한 소절 불러볼까요.

작은 가슴을 모두 모두어
시를 써봐도 모자란 당신

제가 너무 사랑하는 김광석 오빠의 〈먼지가 되어〉라는 명곡인데요. 이 노래를 처음 들었을 때, '아 이것은 나의 인생 노래다'라며 띵해진 곡이에요.

전, 제 가슴이 커지는 게 참 싫었어요. 달리기할 때 그 출렁거리는 느낌이 참 별로였어요. 뭔가 나에게 필요하지 않은 게 달려 있는 느낌. 그래서 어릴 때 일부러 엎드려 자기도 했고, 사이즈에 맞지 않는 작은 브래지어를 억지로 착용하기도 했지요. 근데 사실 이런 얘기까지 해도 되는지 모르겠는데요, 저도 가슴이 커졌던 경험이 있긴 있어요. 넣었다 뺐냐고요? 아뇨, 그런 건 아파서 못할 거 같고요.
제가 아기를 가진 적이 있거든요. 아, 그 아기는 지금도 가지고 있으니 과거형은 옳지 않네요. 하하, 아무튼 그 아기가 제 배 속에 있을 때부터 사실 가슴이 부쩍부쩍 커졌어요. 물론 다른 부위도 커졌다는 것이 조금 반전이지만. 오늘의 기자회견은 이놈의 가슴 때문이니.
그 당시에는 정말 노브라로 다녀도 옷이 터질 만큼 가슴이 빵빵해졌어요. 제가 지금은 조신한 에이컵이지만 아마 그땐 정말 디컵 정도로 방대해졌을 거예요. 온 세상을 가슴으로 품을 기세였죠, 호호호.

처음으로 가슴이 커져본 경험은 정말 황홀했어요. 제가 제 가슴을 만질 때…… 그 넘쳐흐르는 텍스처란. 마치 끝없이 흐르는 슈크림 속의 크림 같았어요. 그리고 그 손끝에서 느껴지는, 헙. 갑자기 뒤에서 나타난 매니저가 입을 막는다. 더이상의 묘사는 야설을 방불케 하니 이만

자제하래요.

아무튼, 아기가 나왔고. 그 가슴은 고스란히 아기의 제물로 바쳐졌어요. 왜 있잖아요, 한때 미란다 커가 모유 수유하는 사진을 떡하니 찍어서 트위터에 올린 거. 그거 보고 참 할 일 없다, 생각하다가 저도 할 일이 없는 것을 깨닫고 그런 사진을 많이 찍었어요. 찍으면서 알겠더라고요. 아 이거 나중에 아기가 크면 보여주려는 거구나. 아기가 이렇게 엄마 뼈와 살을 쪽쪽 빨아먹고 컸다는 인증샷. 물론 그 사진을 SNS에 올리지는 않았어요. 당시엔 미미의 결혼 및 임신 및 출산이 사회에 너무나도 큰 파장을 불러일으키리라 생각했기 때문이죠. 호호호, 본의 아니게 이렇게 커밍아웃하네요.

모유 수유는 하는 동안에 엄청나게 행복한 호르몬이 분비가 된대요. 그 말은 사실인 거 같아요. 오물거리는 입술은 정말 때리고 싶을 만큼 귀엽거든요. 그리고 왜 아기 목으로 젖 넘어가는 소리만 들어도 엄마는 배부르다는 말이 있잖아요. 그 말은 조금 거짓말이에요. 애에게 젖을 먹이면 엄마는 미친듯이 배고프거든요.
근데 이 5킬로그램밖에 안 되는 아기, 시도 때도 없이 먹겠대요. 먹고 돌아서기 무섭게 또 내놓으래요. 잘 때도 이건 자기 거래요. 신기한 건 계속 젖이 생산된다는 거예요. 심지어 아기가 먹고 있지 않아도 계속 생산되는 바람에 아프기까지 했어요.

근데 참 신기하죠? 아기의 밥통이었을 때 제 가슴은 '젖통'이었어요. 젖을 생산해내는 통인 거죠. 근데 저는 그 말이 참 좋으면서도 싫었어요. 아낙네 같은 느낌이 나서 좋았고, 무슨 물건 부르는 이름 같아서 동시에 싫기도 했어요. 아, 이건 그냥 생각났는데 저는 새우젓을 새우젖이라고 잘못 쓰는 사람들을 보면 정말 젖 같아요. 새우에게는 젖이 없다고요! 포유류가 아니잖아요! 근데 자꾸 새우에게 가슴이 있는 상상을 하게 만드는 말이라고요.

아기가 저의 가슴에 관심이 떨어진 건 아마 같은 것만 계속 먹어서 조금 지겨워졌던 게 아닐까 싶어요. 나도 입맛이 있다, 다른 맛있는 걸 내놓으라는 지령에 따라 저는 이유식을 대령했고 서서히 저의 가슴과 아기는 그렇게 멀어졌어요. 다시 그 가슴은 저의 가슴이 되었죠.

암튼 제게 다시 돌아온 '가슴'은 하루가 다르게 수척해져갔어요. 아, 든 자리는 몰라도 난 자리는 금방 안다고 하잖아요. 계속 없을 때는 몰랐는데, 있다가 없어지니, 이건 뭐 줬다 뺏는 것도 아니고. 참.

애석한 것은 그 당시 저의 빵빵한 가슴을 못 보여드린다는 것이에요. 원하시면 저의 모유 수유 사진, 헙. 갑자기 또다시 매니저가 나타나 입을 봉인시킨다. 그러지 말래요. 아무도 보고 싶어하지 않는대요. 미란다 커는 미란다 커니까 예쁜 서래요. 하긴 미란다 커는 낳아도 커 안 낳아도 커.

아무튼 큰 사람이 큰미미고 저는 작은미미예요. 사이즈는 작지만 마음까지 작은 건 아니랍니다. 호호호. 그러니 이 땅의 모든 작은 여성들에게 말씀드리고 싶어요. 작은 가슴도 아름답다는 걸요!

약간
아가씨

미미는 본디 나이와 국적과 인종을 초월한 존재이니 아무리 지금 자기 고백적인 에세이를 쓰고 있다 해도 미미는 사실 몇 살입니다, 라고 대범하게 밝히기는 조금 곤란하다. 오늘 하루 장사하고 그만둘게 아니니. 하지만 나도 가끔 나에게 '아가씨'가 얼마나 남아 있을까 생각해볼 때가 있다.

아가씨.
아가씨란 무엇일까? 사전에 의하면,
[젊은 여자를 가리키거나 부르는 말]

오호라, 그럼 젊다는 것의 정의는 무엇일까?
[나이가 상대적으로 적거나 한창때에 있다]

놀이터에서 쉼 없이 뛰어다니는 일곱 살 꼬마를 봐도 '거참, 한창때지', 산 정상에 다다라 가쁜 숨을 쉬는 74세 할아버지를 봐도 '선생님, 정말 한창때셔요!'라고 말할 수 있다. 알면 알수록 모호한 단어투성이다.

명확하게 정의할 수 없는 게 아가씨란 말인가. 은근슬쩍 누구나 아가씨에 끼어들 수 있을 것 같은 방만한 설명이다. 그나저나 이렇게 아가씨냐 아니냐에 신경을 쓰는 나의 본심은 무엇인가.

분명 나이의 문제는 아니다. 20대의 아이유양은 20대의 젊은 여자이니 명백한 아가씨일 테지만, 산전수전 다 겪으신 70대의 이미자 선생님도 90대의 언니에게는 상대적으로 나이가 적은데다 아직 한창 활동중이시니 사전상으로는 그녀 역시 명백한 **아가씨**다.

올해 60대 중반이신 신디 로퍼 언니. 내가 보컬 레슨을 받으며 최초로 카피를 해보았던 노래가 신디 로퍼의 〈트루 컬러즈〉였기에 마돈나보다도 백만 배 친밀감을 느끼고 있는 이 언니. 몸매는 얄팍했던 20대 때와 사뭇 다르지만 풍만해진 몸매만큼 언니의 음악세계 역시 풍부해졌다. 뮤지컬 〈킹키부츠〉의 음악 감독을 맡아 그래미상, 토미상, 에미상을 모두 챙기신 신디 언니는 여전히 핫핑크색 머리를 고수하는 중이다. 여전히 한창이라 부를 만하니 신디 언니 역시 **아가씨**.

칠순을 넘긴 패티 스미스 언니. 여전히 선동적인 가사를 외치며 하얀 셔츠 깃을 세운 채 수줍게 웃는 이 언니를 2013년에 직접 영접하였을 때 진정 그녀의 주름 사이로 들어가 잠들고 싶었다. 역시 한창 때이니 **아가씨**.

단발머리 청초했던 양희은 언니는 육십을 훌쩍 넘기셨고 여전히 다방면에서 활동중. 나미 언니, 내일모레 환갑을 앞두고 댄스 앨범을 내셨다. 우리와 연이 깊은 일본의 오니시 유카리 언니 역시 오십 중반을 향해 가고 있어도 매달 마지막 주 수요일에 오사카에서 꼬박꼬박 라이브 공연을 한 지가 10년째다. 모두 모두 한창때를 달리고 있다. 그러니 여기도 저기도 **아가씨**!

며칠 전인가 소녀시대의 태연양이 이런 말을 했더랬다.
"아마 소시는 할머니가 되어도 하이힐 신고 춤추고 있을 거예요."
어머, 이 아가씨. 우리랑 어쩜 그렇게 같은 생각을.
네, 태연양. 우리 그렇게 같이 늙어가죠, 네. 스리슬쩍 물타기.

환갑이 되면 우리 꼭 글래스턴베리 페스티벌에 가서 공연하자고 큰미미와 항상 이야기했다. 혹시라도 그동안 헤어져 있었거나, 노래를 하지 않는다거나, 음악을 경멸하게 되었더라도, 환갑 되는 해에 꼭 거기에서 만나자. 가서 버스킹을 하든, 빙수를 팔든, 소맥을 팔든. 어, 소맥 정말 괜찮지 않습니까!

아가씨라는 열차의 막차를 타고 아줌마라는 마을의 새벽으로 입성하는 느낌이 부쩍 드는 요즘. 오십, 육십의 나이에도 여전히 건재한 언니들을 보면 그깟 나이 뭐 대수냐는 생각이 든다. 아가씨 가수도 매력 있지만, 아줌마 가수에겐 아가씨에게 없는 또다른 거시기가 있다. 인생은 육십부터, 청춘은 팔십부터. 미미는 아직 햇병아리 신인입니다.

언젠가 '할머니 여기 앉으세요'라는 말에 충격받을 날이 오겠지. 하지만 아직은 '약간 아가씨일지도'라고 생각해보며. 내 속의 아가씨와 아줌마 그리고 미래의 할머니야, 싸우지 말고 서로 사이좋게 오래오래 지내자.

하지만 여러분, 아시죠? 미미는 나이가 없답니다. 찡긋.

기 하 를
만 났 다 1

오랜만에 기하를 만나는 날. '장기하와 얼굴들'의 멤버가 아닌 독립된 개체의 '미미시스터즈'로서 공식적인 만남은, 아마도 처음인 것 같다.

우리는 2집 음반이 발매된 후, 단독공연을 앞두고 기하가 진행하는 라디오 프로그램에 초대받았다. 방송중 라이브도 두 곡이나 해야 한다니, 자못 긴장이 된다.

장기하와 얼굴들 시절 완벽주의 리더 기하에게 코러스 맹코치를 받던 일도 있고, 한번은 장기하와 얼굴들 단독공연중 앙코르에서 〈싸구려 커피〉의 랩을 하겠다고 겁없이 덤볐다가 무릎이 따갑게 리듬 연습을 했던 기억도 새록새록 떠올랐기 때문이다. 물론 그 시절 우리의 리더는 모든 면에서 무척이나 완벽을 지향했기에, 노래의 'ㄴ'

023

자도 모르던 우리가 아무리 맹연습을 해봤자 그다지 만족하지는 못했을 것이다. 그 마음 우리도 잘 안다. 하하.

장기하와 얼굴들 시절에는 기하씨, 기하 동생, 장기하, 이런 식의 호칭을 썼던 기억이 없다. 우리는 격의 없이 지내기는 했지만 늘 미미는 기하에게 따로 호칭을 부르지 않거나, 대부분 "리더!"라고 불렀던 것 같다. 서로 존댓말과 반말을 섞어 쓰기는 했지만, 리더도 늘 우리의 닉네임 끝에 '씨'를 붙였다.

우리가 리더를 처음 만났을 때 그는 대학 졸업을 앞두고 있던, 그야 말로 사회 초년생이었다. 하지만 덥수룩한 수염과 안경 너머로 보이는 진지하고 절실한 눈빛에서 무언가 어른스러움이 물씬 느껴져 그 또래의 여느 동생들과는 사뭇 다르게 다가왔다. 느릿느릿하고 어수룩한 말투, 간간이 터지는 나이답지 않은 유머도 한몫했다.

내가 지금에 와서 이런 이야기를 꺼내면 아무도 믿지 못하겠지만, 나는 사실 그다지 술을 즐기지 않는 사람이었다. 이 사실은 작은미미가 증언할 수 있다. 그렇지 작미야?
그런 내가 '반주'와 '낮술'을 사랑하게 된 연유에는, 많은 부분 리더의 영향이 컸다. 우리는 기뻐도 마시고, 즐거워도 마시고, 미팅이 잘 끝났으니까 마시고, 연습이 잘되었으니까 마시고, 공연을 망치면 괴로워서 마셨다.

"내 친구 중에 기하라는 애가 있는데, 코러스로 두 명 필요하다네. 너네가 한번 해보지 않을래?"

"에? 코러스? 에이, 우리가 노래를 어떻게 해."

"아냐, 말이 코러스지 '춤'을 출 수 있는 사람이었으면 하던데. 재밌게 논다손 치고 한번 도와줘봐. 너네 닉네임도 '미역', '미도리'니까 이름은 '미미시스터즈'로 붙이면 되겠네!"

"뭐? 미미시스터즈? 아우 촌스러워!!!" 깔깔깔.

그 촌스러운 이름 '미미시스터즈'를 불러주었을 때, 그 이름이 우리에게 다가와 이렇게 큰 의미가 될 줄 그땐 미처 몰랐다. 기하를 소개해준, 그리고 우리의 삶이 바뀌게 만들어준 이름을 지어준 그 친구에게 이 자리를 빌려 무한한 감사를……. 이제야 밝히지만 그는 현재 작은미미의 남편이 되었다. 작은미미는 '미미시스터즈'라는 이름을 얻은 대가로 결혼을 해주었다고 우기고 있다. 주거니 받거니.

그렇게, 지금은 사라진 홍대 앞 한 클럽에서 장기하와 얼굴들의 데뷔 무대를 함께하기로 약속하고 기하를 만났다. 미미시스터즈가 장기하와 얼굴들 첫 라이브를 장식하기로 한 곡은 〈나를 받아주오〉였다. 기하를 만나기 전 미리 곡을 받아 들어보았고, 그건 그야말로 우리나라 70년대의 송창식 아저씨가 부른 노래라고 해도 무리 없을 만큼 에스러운 분위기가 물씬 풍겼다. 아니, 이런 곡을 20대가 쓴 거라고? 〈나를 받아주오〉는 안무라기에는 애매하지만 어떻게 리듬을 타야 할지는 분명히 느껴지는, 연극적인 퍼포먼스가 바로 떠오르는 묘한 매력을 가진 곡이었다.

한창 기분좋은 봄날이 이어지던 어느 초저녁, 당시 낙원상가 위의 아파트에 살고 있던 작은미미의 집에서 우리는 처음 만났다. 일단 〈나를 받아주오〉는 물론, 그의 수제작 싱글 음반에 수록될 곡들을 듣고 우리는 그에게 큰 호감을 느꼈다. 이왕 도와주기로 했으면, 화끈하게 도와주는 게 좋겠다는 생각에 우리는 처음 만난 그에게 당돌히 요구했다.

"저희는 연극과 영화 쓰기를 공부하면서 늘 배웠던 게, 무대에서 움직이기 위해서는 언제나 캐릭터의 목적이 명확해야 한다는 거였어요. 작가가 앞에 있으니 원작자의 의도를 자세히 듣고 싶어요. 시시콜콜하면 할수록 좋아요."

이 청년, 살짝 당황하는 듯하더니만 이내 〈나를 받아주오〉를 만들게 된 배경부터 순순히 이야기를 꺼낸다. 대부분의 뮤지션들이 자기가 만든 음악에 대해서 설명하기를 꺼린다는 사실은 한참 후에나 알게 되었다. 긴 설명 끝의 이야기인즉슨 '아픈 사랑에 사랑을 거듭하며 상처를 받다못해 너무나 단단해진, 그래서 쉽게 마음을 열지 않는 여인'을 떠올렸다는 것이었다.

"오케이, 그럼 한번 움직여볼까요? 일단, 코러스라고 했으니, 우리는 뒤쪽 어디쯤에 나란히 서는 것으로?"

"아뇨, 그냥 저를 가운데 두고 양쪽에 서는 게 좋겠어요."

"아 그래요? 좋아요, 그럼. '어제 소주를 잔뜩 마시고 나는 엉엉엉 엉……' 이 부분은 어떻게 할까요? 음…… 마음이 단단해진 여자라고 하면 왠지 이쯤에서 담배를 한 대 피우면서 연기를 뿜어줘야 할 것 같은데요?"

"오, 그거 좋네요."

그때까지 담배를 입에 대보지도 않았던 나는, 자진해서 '퍼포먼스' 를 이유로 그와의 연습에서 처음 담배를 입에 물고, 삐져나오는 기침을 참으며 리듬 위로 연기를 연신 내뿜었다. 큰 거울이 없어 종로 거리의 야경이 비치는 거실 창의 희미한 실루엣을 보며 연습에 연습을 거듭했다. 그는 사소한 동작 하나, 몸의 방향까지도 그냥 넘어가지 않는 예민함을 지닌 완벽주의자였다. 그는 춤 욕심까지 꽤 있는 사나이였다. 우리도 질세라 1분 1초의 안무를 세심하게 짚어가며 의논하고 만들기를 계속했다. 그렇게 이루어진 첫 연습을 마치고 시계를 보니, 장장 세 시간이 흐른 뒤였다.

기하를
만났다 2

쿤미이

첫 공연은, 당연히 좋았다. '장기하와 얼굴들'의 첫 음반 제작자인 붕가붕가레코드의 곰사장은 우리의 퍼포먼스와 함께하는 공연을 목격하고서는 이상하게도 리듬에 착 붙는 세 사람의 기묘한 어깨 동작과 율동에 문화적 충격을 느꼈다고 했다. 사실, 우리는 장기하와 얼굴들 활동을 하면서 단 한 번도 웃기려고 한 적이 없었다. 그저 음악을 최대한 잘 표현할 수 있는 안무를 만들었을 뿐.

기하가 우리에게 처음 제안했던 의상은 '여성 보디가드' 느낌의 검은 정장과 까만 선글라스였다. 하지만 우리가 〈나를 받아주오〉의 캐릭터에서 읽어낸 단단함은 그보다는 여성스러움이 느껴지는 상처받은 옛 여인의 이미지였다. 우리는 패션센스와 손재주가 좋은 능력자 친구 실비아(훗날 미미시스터즈의 스타일리스트로 큰 공을 세워준 그녀)를 섭외해 의상과 선글라스를 빌리고, 빨간 립스틱을 발랐다. 공연이 시작되기 직전, 기하는 무슨 생각이 났는지 급히 우리에게 달려와 "제가 공연중에 무슨 말을 걸어도 대답하지 마시고, 웃지도 않는 걸로! 아셨죠?" 그 한마디를 던지고 무대로 올라가버렸다.

그 순간부터 '미미'는 말도 없고, 웃음도 없는, 시크하고 도도한 이미지를 얼떨결에 획득하게 되어버렸다. 재미있는 것은, 우리가 무대에서 기하의 질문을 씹으면 씹을수록, 웃음을 참고 시치미를 떼면 뗄수록 관객들은 빵빵 터졌다는 것이다.

그러던 가까운 어느 날, 우리는 당시 기하가 드럼을 치고 있던 밴드 '눈뜨고코코베인'의 공연에 찾아갔고 끝나자마자 그를 낙원상가 뒷골목에 자리한 아귀찜집으로 소환했다.

"그날 공연 너무 재밌었어요. 또 우리가 필요하다면 언제든지 불러주세요"라고 슬쩍 미끼를 던지니, 그는 망설이지 않고 덥석 물었다. "안 그래도 두 분께 한번 만나자고 하려던 참이었어요. 앞으로 '장기하와 얼굴들'이라는 이름으로 본격 밴드 활동을 시작하려고 하는데. 두 분의 퍼포먼스가 예상보다 훨씬 제 음악에 잘 어울리는 것 같아요. **이참에 아예 저희 밴드에 정규 멤버로 들어오는 건 어떠세요?**"

그는 곧 열릴 록페스티벌의 신인 공모에 도전해볼 생각이며, 우리가 퍼포먼스를 함께하면 좋을 만한 새로운 곡이 있으니 다음 작업을 본격적으로 시작해보자 했다. 그때만 해도 우리는 훗날 일이 예상외로 커질 줄은 상상도 못하고, 일상 속의 재미난 정규 이벤트가 하나 추가된다는 생각에 들떠 아귀찜집을 나와 포장마차로 2차를 갔다. 밤이 새도록 이런저런 이야기로 신나게 달린 우리는 새벽녘이 되어서도 아쉬움을 달래지 못하고, 캔맥주를 사서 근처 공원으로 향했다. 해가 어스름하게 밝아올 무렵, 서로의 어깨를 베개 삼아 꾸벅꾸벅 졸고 있는 우리의 귓가에 들려오는 나직한 기타 소리.

'가벼운 발걸음으로, 집까지 걸어서 왔어. 낮잠을 세 시간 잤어, 나.'

밤을 새워 한층 덥수룩해진 모습의 그가 어느새 기타를 꺼내 노래를 부르고 있다.
"이야……. 이렇게 들으니 공연 때보다 더 듣기 좋네요. 계속 불러주세요!"
졸음이 덕지덕지 달려서는 눈곱도 떼지 않고 엉금엉금 다가가는 우리를 보고 그는 잠시 쑥스러워하다가, 부르던 노래 〈정말 없었는지〉를 마저 불러주었다.

그후로도 얼마 동안, 우리가 거울이 있는 연습실을 빌릴 만한 돈을 벌게 될 때까지 안무연습실은 쭉 낙원아파트요, 거울은 희미한 실루엣이 비치는 거실 창문이었다. 그렇게 〈달이 차오른다, 가자〉의 더듬이 댄스도, 달차 스텝도 완성되었다. 이후, 그가 처음으로 '미미'

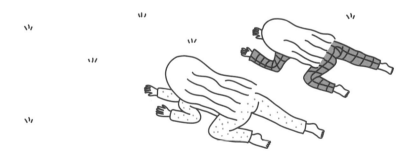

를 염두에 두고 썼다는 곡 〈그 남자 왜〉에서는 미미의 노래 비중도 꽤 늘어났고 〈멱살 한번 잡히십시다〉 등 공연 레퍼토리 중 우리가 참여하는 곡도 점점 많아져갔다.

우리는 무엇보다 기하의 음악이 좋았고, 처음부터 끝까지 우리의 머리와 몸과 마음을 움직이는 것은 그의 음악이었다. 우리에게 가장 재미있는 작업은, 그의 음악을 어떻게 하면 무대에서 시각적으로, 또 연극적으로 잘 표현해낼 수 있을까 하는 것이었다.

그러고는, 마치 만화 『BECK』처럼 우리는 운좋게도 짧은 시간 많은 주목을 받으며 순식간에 '록 스타 체험, 삶의 현장'으로 입성하게 되었다. 거의 1년 반 동안은 눈코 뜰 새 없이, 본업을 뒤로하고 온갖 방송, 록페스티벌, 시상식, 대학 축제 등에 불려다녔고, 정말로 많은 관객들을 만났다. 봄가을 각 대학 축제 시즌에는 지방과 서울을 하루에 왕복하며 매일매일 두세 차례씩의 공연을 이어갔다. 무대에서 담배 퍼포먼스를 하고 나서 관객에게 건네는 라이터에는 작은 보답으로 깨알같이 미미 스티커를 붙여주었고, 사람들은 별것 아닌 우리의 몸짓 하나에도 환호하고 웃어주었다. 무대에서 내려와 차까지 가는 길에는 "언니, 너무 섹시해요!" "누나, 너무 도도해서 좋아요! 손한 번만 잡아주세요!"(평소엔 질대 들어볼 수 없는 오그라드는 멘트들…… 하아)라고 외치는 팬들에게 둘러싸이기 일쑤였고, 우리가 고개만 돌려도 '꺄악' 하는 환호에 기분이 들떴다. 차를 타고 교문 밖으로 빠져나가기까지는 꽤 오랜 시간이 걸렸다. 마음 같아서는 축제가 열리고 있는 야외 주점에서 팬들과 함께 수다떨며 여러 잔 하고 싶은 욕심이 굴뚝같았지만, 그놈의 '저렴한 신비주의'가 뭔지, 그 당시 미미에게는 꿈도 꿀 수 없는 일이었다.

그렇게 '빡센 취미활동'으로 시작한 밴드생활은 본격적인 직업이 되어갔다. 그리고 나는 '이 꿈보다 더 꿈결 같은 시간들이 우리에게 얼마나 더 남아 있을까' 상상하며 때때로 우울해졌다.

기하를
만났다 3

루미이

기하에게 미미가 독립하는 것이 좋겠다는 이야기를 들은 곳은 공교
롭게도 우리가 처음 정규 멤버 제의를 받은 낙원동 아귀찜집, 그중
에 우연히도 같은 자리에 마주앉아서였다. 언젠가는 마지막이 있으
리라 예감해왔던 터였지만, 우리의 짐작보다는 아주 많이 빠른 이
별 선언이었다. 리더는 마치 오랜 연인에게 이별을 고하듯, 눈에 띄
게 떨며 어렵게 말을 꺼냈다. 마음의 준비가 되어 있지 않았던 우리
는 자못 큰 충격을 받았지만, 2집부터는 지금까지의 퍼포먼스를 걷
어내고 음악 자체에 집중하고자 한다는 그의 이야기에 수긍할 수밖
에 없었다.

다음날 우리는 보컬 레슨을 받으러 갔다가, 레슨을 접고 하얀 눈이
비처럼 내리는 홍대 정문 앞을 지나 한 스시집에서 대낮부터 소주

를 마시며 엉엉 울었다. 처음으로 장기하와 얼굴들과 함께했던 노래 〈나를 받아주오〉의 가사처럼.

그리고 우리는, 이내 툭툭 털고 일어나 어렵지만 '미미시스터즈'로서 홀로서기를 시작했다.

장기하와 얼굴들과의 '이별 선언'이 있던 다음날 아침, 눈을 떴을 때 밀려왔던 감정 중 가장 슬펐던 것은 '앞으로는 더이상 장기하와 얼굴들의 음악으로는 무대에 설 수 없겠구나'라는 생각이었다. 우리는 무엇보다 그의 음악을 사랑했고 그의 음악 안에서 존재했다.

가보지 않은 길을 장담할 수는 없지만, 아마 조금만 더 늦었더라면 지금의 미미는 존재하지 않을지도 모른다는 생각이 종종 들곤 한다. 지금처럼 우리가 직접 노래를 만들고, 부르고, 사람들을 향해 입을 열어 이야기하고, 웃고, 소통할 수 없었을지도 모른다.

살아가면서 한 번쯤 '록 스타 체험'과 같은 소중한 경험을 할 수 있었던 것도, 그의 음악에 영감을 받아 우리의 끼를 마음껏 발산할 수 있었던 것도, 모두 고맙다.

다행히 우리에게는 '선글라스'가 있었기에, 록 스타 체험 이후 돌아온 일상의 삶에서도 큰 불편함을 느끼지 않을 수 있었고, 잠시 꾸었던 긴 꿈결에서 돌아와 현실을 절절히 배우며 겸손해질 수도 있었다.

장기하와 얼굴들의 새 음반 《내 사랑에 노련한 사람이 어딨나요》는 발표된 날 아침, 전곡을 정주행하게 되었다. 들으면서, 입가에 웃음이 자꾸만 삐져나왔다. 들으면 들을수록 이상하게도, 우리가 함께 활동하던 때의 기하 모습이 자꾸만 음악과 겹쳐지는 것이었다. 물론 지금은 수염도, 안경도, 덥수룩한 머리 스타일도 온데간데없는 매끈한 미남의 모습이지만. 그의 새 노래들에서는 장기하 특유의 솔직함과 함께 낮술을 마시며 던지던 실없는 유머(그런데 웃겼다)와 위트, 그리고 뭔지 모르지만 무언가 한 꺼풀 내려놓은 듯한 기분좋은 여유가 느껴졌다. 마지막 곡을 들을 때쯤은, 문득 '아…… 조만간 공연에 가보고 싶다' 하는 생각이 들었다.

얼마 전, 기하에게는 따로 이야기하지 않고 홍대 앞 라이브 클럽에서 열린 게릴라 단독공연에 갔다. 공연 직전 유리문 하나를 사이에 두고 나를 발견한 리더는, 아니 기하는 예상치 못한 나의 방문에 활짝 웃으며 무척이나 반가워해주었다. 난생처음으로 관객석에 앉아 처음부터 끝까지 제대로 본 장기하와 얼굴들의 공연은, 예상대로 무척 즐거웠고 '누나 미소'가 내내 떠나지 않았다. 그리고 이제는, 장기하와 얼굴들 시절을 떠올려도 괜찮았다. 오히려 현재의 미미에게 훨씬 더 자극이 되는 쪽이어서 기분이 좋았다.

그러고는 뒤풀이에 참석해, 아주 오랜만에 기하와 마주앉았다. 신나게 2차까지 즐기고 나온 횟집 앞에서, 기하는 나를 갑자기 끌어당기더니 한껏 취기 오른 얼굴로 "여러분, 오늘 초창기 장기하와 얼굴들의 미미시스터즈가 오셨습니다!!!"라며 길가에 서 있던 스태프와 지인들에게 장난스레 소리질렀다. 순간 선글라스도 없는 민낯으로, 당황하며 말리는 나에게 기하는 말했다.

"미도리 씨 덕분에 여기까지 올 수 있었어요. 늘 잊지 않고, 정말 고
맙게 생각하고 있어요."

"그치? 역시 우리 덕분이지?"

뻔뻔한 대답과 웃음으로 눙치며 바라본 기하의 표정은, 8년 전 어스
름하게 해가 밝아오는 새벽, 공원 벤치에 걸터앉아 〈정말 없었는지〉
를 불러주던 그 눈빛을 닮아 있었다.

미안하지만
색안경은
계속 쓸 거야

2009년 무더운 여름, 미미는 난생처음으로 사흘 밤낮을 뛰어놀 수 있다는 록페스티벌의 가장 큰 무대에 초대받았다. '장기하와 얼굴들'의 멤버로 한창 활동하고 있던 때였다.

그로부터 얼마 전, MJ 오빠가 세상을 떠나셨다. 언제까지나 우리 곁에 영원히 살아 있을 줄 알았던 MJ 오빠. R.I.P 마이클 잭슨. 미미는 MJ 오빠를 추모하는 뜻으로, 까만색 한복을 차려입고 여느 때와 같이 무표정한 얼굴로 페스티벌 무대에 올랐다. 순간 개미떼 같은 수만 명의 관객들이 동시에 "미미! 미미!"를 외쳐댔다. 남성 관객들의 소리가 어찌나 우렁차던지 순간 우리가 〈우정의 무대〉에 출연한 것이 아닌가 하는 착각마저 들었다. 아…… 그리운 순간이구려.

난생처음 여름 록페스티벌에 놀러갔던지라, 이틀 내리 온몸을 불사를 듯이 라이브 공연을 구경하고 잔디밭을 뒹굴며 낮술을 마신 터.
컨디션 100퍼센트로 완벽히 마음에 차는 무대를 선보이지는 못했지
만 여느 때보다 더욱 열정적인 관객들의 에너지를 받으며 평생 잊지
못할 만큼 인상적인 공연을 잘 마쳤다.

우리가 생각한 것보다 반응은 훨씬 좋았다. 멤버들과 함께 새벽까지
뒤풀이를 마치고 집에 돌아와, 습관처럼 컴퓨터를 켰다. 인터넷 창
을 열자마자 떠오르는 익숙한 연두색 포털사이트 화면.

그런데, 어라? 실시간 검색어 1위가 미미시스터즈네? 아이…… 우
리가 록페스티벌 공연을 그렇게 잘했나? 잇힝♥ 입가에 씨익 웃음을
흘리며, 클릭.

순간, 나의 가슴은 '쿵' 하고 내려앉았다.

인순이, 선글라스 끼고 고개만 까닥하는 '미미시스터즈' 못 참아!
인순이, '건방진 후배 때문에 방송 펑크낼 뻔'
미미시스터즈, '인순이에게 끝까지 인사 안 했다'
인순이, '선후배보다 콘셉트가 중요해?' 미미시스터즈에 뿔났다!
인순이, '미미시스터즈' 건방진 콘셉트에 폭발

기사 제목들이 끝도 없이 눈에 들어왔다. 아…… 지난 일인데, 왜
하필 지금? 그리고 인순이 선배님께는 그날 곧바로 정중히 사과도
드렸고 (지금에서야 공개하지만 처음으로 방송국 복도에서 선글라스를 벗었더랬다)
같이 사진도 찍고 웃으며 헤어졌는데…… . 그날 바로 '너무 마음에

담아두지 말고, 다음에 만나서 라면이라도 먹자' 하고 전화도 주셨
더랬는데……. 도대체 왜 지금 이 기사가?

시간은 이미 새벽 4시. 난 작은미미에게, 일어나는 대로 전화해달라
는 문자 하나를 넣은 후 쿵쿵 뛰는 가슴을 진정시키며 억지로 잠을
청할 수밖에 없었다.

다음날, 우리는 장기하와 함께 곰사장을 만났다. 곰사장의 첫 마디.
"지금부터 댓글을 절대로 읽지 마세요. 인터넷도 하지 마세요. 사람
폐인 되는 거, 순간입니다."

상황은 꽤 심각했지만, 우리는 "에이, 미미가 무슨 연예인도 아니
고!"라며 깔깔댔다. 우리는 다 함께 당시의 상황을 알리는 자세한 글
을 작성하기로 하고 헤어졌다.

그날 밤. 곰사장의 의미심장한 말이 떠올라 잠깐 망설이긴 했지만,
나의 손은 자동으로 인터넷 화면을 띄우고 있었다.

그리고 나는…… 작은미미는…… 각자의 집에서 판도라의 상자를
열고야 말았다.

…

……

………

아……. 필시 미미는 오래 살 것이다.

생전 들어본 적도 없는 상욕과 인신공격이 난무하는 가운데, 미미는 '무개념' '예의 없는 것들'로 온 국민에게 낙인찍혀 있었다. **탕탕탕.**

다음날도 별다른 새로운 이슈가 생겨나지 않아서인지 '미미시스터 즈'와 '인순이'는 실시간 검색어 1, 2위를 장식하며 끊임없이 새로운 댓글들을 양산해냈다.

상황이 점점 심각해지자 지인들은 물론, 굉장히 오랫동안 연락을 하지 않던 친구들까지 우리가 걱정되었는지 안부 문자를 보내고, 전화를 걸어주었다.

"괜찮니? 너무 신경쓰지 마."

"남 말하기 좋아하는 사람들 이야기에 휩쓸리지 마라."

"진실이 무엇인지, 알 사람들은 다 안다."

하지만 이미 너무 늦었다. 장기하와 곰사장이 사실 해명을 위해 올린 글은 이미 사람들의 관심 밖이었다. 진실이 무엇인지는 사람들에게 더이상 중요치 않았다.

'콘셉트면 다야? 선후배도 없냐? 정체도 없이 괴상한 춤만 추는 무개념 듣보집들, 내 언젠가 이럴 줄 알았어. 아무리 콘셉트가 그렇더라도 인사는 해야지. 지 부모한테도 그러라고 해~ 연예계가, 방송

이 그렇게 만만하냐? 안 그래도 마음에 안 들었는데 잘됐다. 딱 걸렸어! 이참에 버릇을 단단히 고쳐주지!'

온몸이 덜덜 떨려왔다. 당장에라도 사람들이 우리 집을 알아내어 몰려오지 않을까 하는 과대망상부터, '다음주부터 전국 투어 콘서트가 있는데 무대에 올라간 순간 돌이 날아오면 어쩌지?' 하는 닥친 현실의 걱정까지. 우리 때문에 밴드 멤버들 모두 싸잡아 욕을 먹을 텐데 미안해서 어쩌지? 장기하의 홈페이지는 폭파되기 일보 직전이고……. 우리 부모님은…… 가족들은…… 얼마나 걱정하고 있을까……. 스크롤을 내리고, 내리고, 하염없이 내리면서 억울함에, 무력감에, 눈물도 하염없이 함께 흘러내렸다.

사람들은
영원히
진실을
궁금해하지 않을지도
모른다.

불행 중 다행인 것 하나는, 문제의 발단이었던 '선글라스'가 아이러니하게도 우리를 보호해준다는 사실이었다. 선글라스만 벗으면 아무도 우리를 알아보지 못했기에, 친구들의 위로를 받으며 우리는 밤새 마시고 또 마실 수 있었다. 옆 테이블에서 우리 이야기를 해도 친구들과 의미심장한 눈빛을 주고받으며 웃어넘길 수 있었다.

그러나 집에 돌아오고, 다시 혼자가 되면, 이내 눈물이 났다. 걱정과 공포, 우울과 불안이 나를 잠식해갔다. 깜박 정신을 놓으면, 내가 이상한 짓을 하고 있을 것만 같았다.

그렇게 시간이 흐르고, 같은 기자들이 같은 소재로 전혀 다른 제목의 기사들을 변비 해결하듯 죄책감 없이 내보내며 어영부영 상황은 마무리되었고, 정확히 3일 만에 비로소 우리는 실시간 검색어 순위에서 내려올 수 있었다.

인순이, "미미시스터즈와 깔깔 웃으며 헤어졌어요"
인순이와 미미시스터즈, 절친으로 발전했어요!
인순이, 미미시스터즈와 웃으며 함께 찍은 사진 공개돼
인순이 "미미시스터즈 사과로 오해 풀었다"
미미시스터즈에 뿔난 인순이 해프닝 후 일단락

그리고, 미미는, 아무 말도, 하지 않았다. 한결같이 웃지도 않았다. 그후로도 미미는 쭉 말이 없었다. 어떻게 해야 웃는 것인지, 그 방법도 완전히 잊어버렸다.

그리고 더 많은 시간이 지난 지금, 이제야 비로소 미미는 말을 하고, 웃고, 우리의 이야기를 스스럼없이 노래하고 있다.

하지만, 끝까지 선글라스만은, 우리의 마지막 정체성인 색안경만은 벗지 않을 생각이다. 만약 앞으로 미미의 얼굴이 공개되는 날이 온다고 하더라도, 무대 위의 미미는 영원히 선글라스를 고집할 것이다.

미미의 선글라스는, 사람들과 우리가 마음을 주고받는 재미난 놀이의 도구이자 마법의 창문이다. 꼭 눈으로 보는 것만이 진실은 아니다. 열린 마음으로 미미와 더불어 즐겁게 놀기를 원하는 사람들에게만 보이는 선글라스 너머, 미미의 눈.
선글라스에 감춰져 있는 미미의 눈빛을 느끼는 고마운 센스쟁이 팬 여러분들 덕택에, 오늘도 미미시스터즈의 '저렴한 신비주의'는 안녕하다.

저렴한
신비주의

지금은 사라진, 우리나라의 첫번째 록페스티벌 무대에서 사실 우리
는 '장기하와 얼굴들' 말고도 다른 한 밴드의 공연에 선글라스를 벗
고 댄서로 출연한 적이 있다. 공교롭게도 그때 작은미미가 입고 있
던 의상이 미미시스터즈가 여러 번 입고 등장했던 드레스와 동일하
다는 증거로 당시 인터넷에 떠돌던 '미미의 실제 얼굴' 의혹을 사실
로 단정하며, 공연 영상과 나의 쌩얼 사진이 팬카페에 업로드되었
다. 다행히도 개념 팬들의 '선수끼리 왜 이래' 하는 반응에 밀려 곧
해당 게시물은 자진 삭제되었지만, 당시 우리에게 그 사건은 꽤 커
다란 파장이었다.

작은미미는 당시에도 SNS 활동을 거의 하지 않았고 지금도 그렇지
만, 나는 실명으로 여러 지인들과 나름 활발히 교류하고 있었다. 무

엇보다, 내 미니홈피에 있는 사진첩, 방명록, 일촌평 등의 사생활이 내키지 않는 이에게 아웃팅 당한다고 생각하자 몹시 불쾌해진 나는 모든 메뉴를 비공개로 닫고, 대문에 남아 있던 소중한 친구들의 모든 글까지 눈물을 머금고 삭제했다. 어떤 대화든 기록으로 남기는 것을 즐겨, 중요한 문자는 모두 수첩에 옮겨 적을 정도로 소통에 대한 애착이 강했던 내가 극단의 조치를 취한 몇 시간 뒤 읽게 된 조소 어린 한 줄. '어떤 사람이 저의 한마디에 본인의 미니홈피를 폐쇄했다면, 믿어지십니까?' 사이버 수사대가 울고 갈 만한 폭풍 검색력으로 무장한 그분의 의도는 무엇이었을까?

'미미시스터즈 얼굴', '미미시스터즈 서울대', '장기하 여자친구', '미미시스터즈 담배'. 지금 생각해보면 웃음이 나기까지 하는 사소한 짐작과 궁금증들이 포털사이트 연관검색어로 잡히던 시절이었지만, 아무리 철벽 수비를 한들 '미미시스터즈'의 보안은 허술하기 이를 데 없었다. 알려고만 하면 누구나 우리의 선글라스 벗은 얼굴과 간단한 이력 정도는 충분히 찾아낼 수 있었고, 아니, 곰사장의 말에 따르면 '못 찾는 게 더 이상한' 상황일 수도 있었다. 뭐, 덕분에 후일 미미시스터즈 1집을 발매할 때는 '저렴한 신비주의'라는 유머러스한 수식어를 유용하게 써먹을 수 있기도 했지만.
지금 생각해보면, 인생에서 다시 그만큼 많은 이들에게 사랑받을 수 있을까 싶을 정도로 참 기쁘기 이를 데 없는 한때였다. 약간의 여유만 가졌더라면 얼마든지 즐길 수 있는 상황이었는데도 불구하고 왜 나는 그토록 예민했을까.

아마도 '미미시스터즈'는 누구보다 강한 존재감을 가지고 있는 캐릭터로 인식되고 있지만, 어쩌면 선글라스로 가려져 '누구여도 상관없는' 실체 없는 존재일 수 있다는 불안감이 나를 잠식하고 있던 것 같다. 하지만 역시 선글라스만 벗으면 조금 전까지 우리에게 열광하던 사람들이 우리를 조금도 알아보지 못한다는 점은 매우 매력적이기도 하다. 누누이 강조하지만, 우리 둘 다 눈이 예뻐서인 것 같다. 믿거나 말거나.

심지어 술을 마시다가 옆 테이블에서 안주 삼아 우리 이야기를 나누는 것을 왕왕 듣기도 했었는데, 그럴 때는 마치 우리가 마패를 숨기고 있는 『춘향전』의 이도령이나, 뿔테안경을 끼면 다른 인격이 되는 『슈퍼맨』의 클라크 켄트가 된 듯한 짜릿한 기분이 들어 킥킥거리기도 했다.

우리는 가끔 공연 후 뒤풀이 자리에서 "미미시스터즈 분들은 공연이 끝나기가 무섭게 바로 귀가하시고요, 저희는 리허설이랑 뒤풀이용이에요"라고 농담 삼아 이야기하곤 하는데, 정말이지 무대 위에서의 미미시스터즈는 도도하고 접근할 수 없는 매력적인 캐릭터이지만 일상으로 돌아오면 한편으로는 평범해도 너무 평범한 여자들인 것이다.

아무튼 나는 그 쌩얼 아웃팅 사건 이후로 한동안은 인터넷상에서 가능한 흔적을 남기지 않게 되었다. 장기하와 얼굴들의 퍼포먼스로 놀이처럼 시작했던 신비주의가 많은 사람들의 주목과 관심을 받고, 그리고 때로는 그보다 더 큰 오해를 받기도 하면서 '아…… 이게 아닌데, 이렇게 재미없고 진지한 신비주의가 되어가는 건가' 하는 엄청난 두려움이 몰려왔다. 불편한 것을 극도로 참기 힘들어하는 작은미미의 흐트러진 모습(예를 들어, 무대 위에서 웃음이 삐져나온다거나, 정해진 동작을 하지 않는다거나, 사람들이 있는 곳에서 말을 한다거나)이 무대 위, 혹은 스케줄 중 만나는 불특정의 사람들 앞에서 조금이라도 나오려고 하면 지나치게 예민하게 반응하는 나 때문에 참 다투기도 많이 다퉜다.

오히려 지금 생각해보면 말이든, 웃음이든, 흐트러진 모습이든 남에게 피해를 주지 않는 선의 사고란 사고는 다 치고 다녔어도 미미는 무척 재미있는 국면을 맞을 수 있었을 것 같다. 로커보다 더 로커같이 행동해도 용서가 되는 미미시스터즈도 꽤 괜찮지 않은가. 그래도 역시 인사는 잘해야 한다.

미미시스터즈 활동이 진지한 신비주의로 오해받은 순간부터 모든 일상에서조차 예민해지는 나와 달리 작은미미는 상대적으로 태연한 편이었는데, 그런 작은미미조차 크게 동요한 사건도 있었다.

미미시스터즈가 장기하와 얼굴들에서 독립하고 1집을 발매한 직후 작은미미는 결혼식을 올렸는데, 한 인디넷 신문기자가 지인을 통해 입수한 청첩장으로 결혼 소식을 알리는 기사를 써 포털사이트 메인

에 건 것이다. 작은미미가 모 영화제에 참가했던 쌩얼 사진과 함께 기자 본인이 알아낼 수 있는 정도의 편협한 정보를 실체의 전부인 것처럼 쓴 기사는 내가 봐도 몹시 불쾌했다. 이후 신속하게 언론중재위원회를 통해 기사를 내리도록 했지만, 지금까지도 공식적인 사과는 받지 못했다.

'미미시스터즈'는 우리에게 관심이 있고 재미있어해주는, 그리고 우리를 꾸준히 사랑해주는 특별한 팬들과의 놀이로써 양쪽 모두가 즐길 수 있을 때 비로소 성립되고, 그 의미가 생긴다. 바로 그런 지점이 장기하와 얼굴들의 음악과 잘 맞아떨어졌기에 많은 사람들의 사랑을 받을 수 있었던 것이기도 하고.

그러나 가끔 그런 류의 유머 감각을 생소하게 여기거나, 혹은 정말로 재미있지 않다고 생각하거나, 드물게는 FBI 뺨치는 본인의 관찰력과 탐구력에 박수를 받고 싶어하거나, 지나친 직업의식을 가진 분들 덕분에 우리의 고민은 다소 깊어지게 되어, '진짜 미미'와 '리허설과 뒤풀이용 미미'는 점점 하나의 존재가 되어갔다.

지금도 우리는 가끔 미미를 격하게 아껴주는 팬들로부터 "너무 보안이 허술한 것 아니냐"며 걱정 어린 잔소리를 듣기도 한다. 우리는 경호원도, 고급 외제 밴도, 경비가 삼엄한 저택도 없지만, 한편 '돈으로는 살 수 없는' 의리의 팬들이 지켜주는 콘셉트가 있다. 우리와의 놀이를 즐기는 센스 넘치는 친구들이 있기 때문에 비로소 가능해지는, 돈이 거의 들지 않는 '저렴한 신비주의'.

요즘 작은미미와 나는 '관객들과 눈을 마주치며 노래하는' 로망에 대해 종종 이야기하곤 한다. "옷을 벗은 듯한 느낌이 아닐까? 우리의 눈빛으로 더 많은 것을 이야기할 수 있지 않을까? 그래, 심장이 엄청 쫄깃해질 거야!"

아마도 '미미시스터즈'의 무대에서 대놓고 선글라스를 벗을 일은 없겠지만, 유머와 센스 넘치는 여러분이라면 언젠가 '눈을 마주치며 노래하는 미미'를 목격하게 되더라도 너무 놀라지는 말아주세요. 힛!

삐삐
롱스타킹,
미미
롱래스팅

작은미미

큰미미에겐 유독 빈티지 원피스가 잘 어울린다. 나에게는 어딘가 어
벙한 옷들도 큰미미의 몸에 가서는 신기하게 아주 착착 붙으며 부드
러운 굴곡을 만든다. 참말로 부럽다. 시작부터 오그라들게 뭔 몸매 칭찬이냐
고? 허허, 가는 것이 있으면 오는 것도 있겠지요.

우리 둘째 이모는 꽤나 젊었을 때 '한복 미인'으로 주위의 부러움을
많이 샀다고 한다. 이모가 입으면 시장통 싸구려 한복도 일등 의상
실 한복으로 보인다는 믿거나 말거나 한 옛날이야기. 셋째 이모는
'양장 미인'으로 불렸다 하니, 나는 화장과 패션에는 태생적으로 관
심이 없는 나의 모친보다 이모들을 더 닮았나보다. 하하하, 나는 미인까
지는 아니고 그냥 미미 인.

아무튼 오늘의 주인공 둘째 이모를 소개해보자면, 한복 미인은 왠지 모르게 성격도 단아할 거라는 선입견을 대반전으로 몰고 가는 인물. 걸걸한 목소리에 화통한 성격, 거기에 사람들을 휘어잡는 카리스마, 그야말로 여장부 스타일!

여기에 또하나의 반전이 있으니 바로 그녀의 남편, 이모부다. 이모부는 평생 영어 공부만 하신 분. 공부밖에 모르는 고지식한 분. 음, 그렇다. 화끈한 이모와는 말이 전혀 안 통하는 분이셨다.

하지만 나와는 조금 통하는 부분이 있었으니 바로 이모부가 『삐삐 롱스타킹』을 처음으로 번역했기 때문이었다. 당시 꼬맹이들에게 대인기였던 삐삐. 나 역시 삐삐의 팬이었기에 내심 이모부에게 자부심을 느끼고 있었다. 하지만 이모는 삐삐고 동화고 질색했다. 이모는 어두컴컴한 방에서 동화책을 읽는 나를 밖으로 끄집어내 과일이라도 하나 더 깎게 시켰다.

아동문학에 심취한 꼬장꼬장한 영어 선생과 버럭질이 일상화되어 있는 한복 미인이라. 어쩌면 둘의 첫 만남은 로맨틱 코미디의 도입부 같았을지도 모른다. 티격태격하다 서로의 다른 모습에 끌려 사랑이 싹터 우여곡절 끝에 결혼에 골인! 하지만 영화 속 해피엔딩과 현실은 달랐다.

두 분은 사이가 안 좋았다. 그것도 매우 매우 안 좋았다. 40년을 사는 동안 사이는 점점 더 안 좋아져서 나중에는 서로 투명인간 취급

했다. 나의 모친에게 이모부 욕을 그렇게 해대던 이모도 어느 순간부터 조용해졌다. 증오보다 무서운 게 무관심 아니겠는가. 어쩌면 이모는 자식들이 결혼한 후 본인의 황혼 이혼을 계획하셨을지도 모르겠다.

일은 예고 없이 터졌다. 그 건장하던 이모가 갑자기 뇌졸중으로 쓰러진 것이다. 예상하지 못한 병은 모두를 착잡하게 만들었다. 그리고 며칠 뒤 이모는 기적적으로 의식을 되찾았다. 되찾긴 했는데…… 사람의 뇌, 의지대로 조정할 수 없는 머릿속의 가장 커다란 부품. 죽음의 문턱에서 돌아온 그녀에게 뇌는 한줌의 기억만을 허락했다. 어처구니없게도 그건 이모부와의 신혼 때 기억이었다. 화통한 성격의 이모답게 이모의 뇌도 화통했던 모양이다.

악다구니 쓰며 싸웠던 중년의 세월도, 무관심했던 노년의 시간도, 좋지 않은 기억도 다 사라졌다. 심지어 자식들도 기억에서 사라졌다. 오로지 신혼 때 가장 좋았던 남편에 대한 기억만 남아버렸다. 화통하게.

이모부도 처음엔 당황하였으리라. 그의 뇌에는 좋지 않은 기억도 함께 남아 있으니. 하지만 절절한 이모의 눈빛에 이내 녹아버렸다.

거짓말 같은 일들이 일어났다. 이모부를 원수 대하듯 대하던 이모의 눈빛이 사랑으로 충만했다. 이모부와 절대 겸상하지 않았던 이모,

이모부가 주는 밥만 받아먹는다. 건드리지도 않았던 이모부의 손, 절대 놓아주지 않을 양 꼭 잡고 있다. 50년 전 둘만의 세상이 다시 시작된 것이다.

이모의 타임슬립은 3개월 뒤 끝이 났다. 그건 이모부에게 주는 마지막 선물이었다. 이모는 아주 행복하게 이모부 품에서 돌아가셨다.

이모를 생각하면 항상 삐삐가 같이 떠오른다. 이모는 말년을 삐삐로 살았다. 앞으로 닥칠 일 따위 전혀 관심 없고, 걱정거리도 없고, 자신의 욕망에 충실한, 자신만의 공상에 빠진 행복한 소녀. 소녀의 공상은 주변 사람들에게까지 뻗어나가 모두를 웃게 했다.

사람이 죽고 잊혀간다. 남은 사람들은 그를 기억한다. 남은 사람들도 죽고 잊혀간다. 결국엔 기억만이 남아 공기 속을, 우주 속을 떠돌겠지. 그중에 나에 대한, 미미에 대한 기억도 좋은 쪽으로 남았으면 좋겠다.

일단 큰미미에 대한 기억은 하나 확정.
'옛날 옛적에 빈티지 원피스가 기막히게 어울리던 처자가 있었는데 말이야, 몸매가 아주 빈티지 맞춤형이었지!'

셀 위 다이어트?
셀 위 댄스?

무려 20여 년 가까이 지속된 나의 다이어트는, 첫번째 시도에서 무려 20킬로그램 이상 감량의 역사를 자랑한다.

엄마가 입버릇처럼 하셨던 말씀 중 하나는, "우리 딸은 살만 빼면 미스코리아 빰칠 텐데"였다. 그럴 때마다 난 "아, 내가 알아서 뺄 거야!" 하며 짜증을 내곤 했다.

엄마가 갑작스레 돌아가신 후, 꽤 오랜 시간이 흘러서야 엄마의 옷을 정리할 수 있었다. 내가 살 빼면 준다 하시던 무릎까지 오는 길이의 빨간색 체크무늬 치마바지와, 주로 특별한 날에 꺼내 입으셨던 가느다란 주름들이 빠짐없이 잡혀 고급스러운, 발목까지 오는 커피색 실크 스커트는 도저히 버릴 수가 없었다. 거울 앞에 서서 엄마의 옷들을 몸에 대보았다. 차마 한쪽 다리를 넣어볼 엄두조차 나지 않

았다. 몇 년 만에 방구석에 처박혀 있던 체중계에 올라가보았다. 체중계의 숫자를 확인한 순간부터, 난 내 몸이 너무나 창피하게 느껴졌다. 이 몸으로는 도저히 운동하러 밖으로 나갈 수도 없었다.

바로 다음날부터 생애 첫 다이어트를 시작했다. 스테퍼를 주문해서, 매일 한두 편의 영화를 보며 걷고 또 걸었다. 한 달 동안은 물과 저지방 우유, 가루 생식 외에 다른 음식은 입에 대지도 않았다. 꼬박 한 달 만에 10킬로그램 넘게 감량했다. 조금씩 욕심이 생겼다.

다이어트와 마찬가지로 말로만 하고 싶다 했던 춤을 시작했다. 극작을 전공하며, 늘 진득하게 앉아서 쓰지 못하고 엉덩이 가볍게 나돌아다니기만 한다고 나를 나무라던 선생님들께 반항이라도 하듯, 춤바람이 났다. 처음에는 동네 재즈댄스 학원에 찾아갔다가, 나중에는 좀 더 전문적인 클래스를 찾아 홍대 앞까지 진출했다. 매일 아침 7시 20분에 시작되는 수업에 빠짐없이 출석했다. 의도치 않게 (진짜다) 멋진 남자 선생님들에게 춤의 기본기와 호흡, 몸 쓰는 법을 차근히 배울 수 있었고, 그렇게 춤에 빠져들며 약 6개월간 다이어트를 지속한 결과 내 몸에서는 초등학생 한 명이 빠져나갔다.
재즈댄스로 시작된 춤바람은, 어느 해의 마지막날 우연히 접한 밴드 '오! 부라더스'의 라이브 공연과 로큰롤 댄스 파티를 계기로 스윙댄스로 옮겨갔다. 어느 동호회에서 처음 배우기 시작한 스윙댄스는 너무나 신나는 경험이었다. 나는 별로 배운 것도 없는데, 같이 추는 남자 파트너가 멋지게 리드하면 마치 내가 제법 잘 추는 댄서처럼 느껴지는 신기한 현상이 일어났다. '어디서 배우고 온 것 아니냐'며 립 서비스를 남발하는 파트너들에게 동화되어, 일주일에 5일 이상을 춤추러 다니기 시작했다.

스윙재즈 음악도 좋았지만, 내게 스윙댄스를 시작하게 한 로큰롤이 흘러나올 때마다 나의 온몸에 리듬이 착 달라붙는 기분이었다. 척 베리, 제리 리 루이스, 엘비스 프레슬리, 리틀 리처드……. 로큰롤에 맞춰 춤을 출 때마다 나는 세상에서 가장 매력적인 핀업 걸이 된 기분이 들었다. 아니, 나는 음악이 흐르는 3분 동안은 눈빛 하나만으로도 그 누구든 유혹할 수 있는 흑백영화 속의 주인공이었다. 춤을 추지 않는 시간에는 피곤한 줄 모르고 밤이 새도록 그 시대의 음악을 듣고, 흑백 영상과 춤 영상을 찾아보았다.

그리고 늘 상상했다. 1950~60년대의 미국에서 살고 있는 나의 모습을. 어느 여유로운 거리, 트럭 위에서 신나게 연주하는 로큰롤 밴드의 라이브에 맞추어, 나는 한껏 멋부린 업스타일 헤어, 허리가 잘록한 드레스에 페티코트를 받쳐 입고 멋진 리젠트 헤어의 남자 파트너와 함께 춤을 추고 있었다. 아, 나는 그 시대에 태어났어야 했어.

무식하게 용감했던 당시의 나는 타임머신을 타지는 못했지만, 춤을 추며 늘 꿈꿔오던 상상을 현실화했다. 로망이었던 춤을 전업으로 삼기 시작했다. 한껏 몸이 가벼워진 나는 파트너와 함께 에어리얼(남자가 여자를 공중으로 들어올리거나 돌리는 동작)까지 신나게 소화하며 여러 안무를 만들어내고, 다양한 무대에서 공연을 하게 되었다. 우리는 우리가 추는 춤을 스스로 '로큰롤 댄스'라 부르며, 기회가 닿을 때마다 외국에서 온 강사들에게 춤을 배우고, 안무 노하우를 전수받고, 음악에 대해 이야기 나누고, 어렵게 부기우기 레슨 비디오를 구해 연구하며, 커리큘럼을 발전시켜나갔다. 그리고 몇 년 후, 약 한 달간 캐나다에서 나의 첫 춤 선생님을 다시 만나 그곳의 여러 사람들과 함께 춤을 추기도 했다.

큰미미는 그후로도 쭉 날씬하게 살았습니다, 로 이 글이 마무리된다면 얼마나 좋으련만. 현재의 나는 춤을 추지 않는다. 캐나다에 다녀온 뒤로는 한 번도 춤을 추지 않았던 것 같다. 벌써 꽤 오래전이다. 춤을 추지 않게 되면서 자연스럽게 다이어트도, 운동도 시들해졌다. 조금만 마음을 놓으면 내 몸은 어김없이 과거를 기억했고, 급한 대로 무작정 굶기, 식욕 억제제 복용, 가루 생식, 효소 단식, 셰이크 다이어트, 그 유명한 덴마크 다이어트와 원 푸드 다이어트 등등 지방흡입 같은 시술이나 수술을 제외하고는 갖은 방법을 시도하며 악순환을 반복했다. 내 몸아…… 미안하다.

그리고 나는, 바로 지금 이 순간도 다이어트중이다.
몇 번째 다이어트인지 이제는 더이상 셀 수도 없지만, 이번에는 또다시 몇 년 만에 독하게 식단을 지키며 트레이너 선생님에게 매 끼니 보고를 한다. 어색하지만 호흡법도 자세도 새롭게 배우며 다시 운동을 시작했다.

다이어트의 마지막 과정은 바로 '정신의 변화'라고 한다. 다이어트를 하고 나면 분명 몸은 전과 달라졌는데, 달라진 몸에 비해 정신은 다이어트 전의 과거에 머물러 있다는 것이다. 달라진 자신의 모습이 계속해서 불만족스럽거나, 원하는 몸을 가지게 되더라도 무언가 자신감이 부족한 상태가 된다는 것.
스스로 만족한다면, 사이즈와 상관없는 아름다움을 유지하는 것이 가장 이상적이겠지만 한번 다른 몸으로 춤바람을 겪은 나로서는 어쩐지 다이어트 중독에서 쉽게 자유로워지기는 어려운 것이다. 나의 경우는 춤바람이 다이어트의 마지막 과정을 채워주었고, 나의 몸과 정신은 자연스럽게 함께 변화하며 끊임없이 스스로에게 자신감을 불어넣어주는 존재가 되었다. '나는 몸치인데…… 춤이라니…… 난 평생 안 될 거야' 하는 분들, 망설이지 말고 지금 도전하시라! 아직도 많은 이들이 춤을 추면서 '일상이, 인생이 바뀌었다'고 이야기하는 것을 듣곤 한다. 하지만 춤바람 역시 중독성이 강해, 멈추는 순간 요요에 시달릴 수 있다.

"누나, 존 레논이랑 데이비드 보위도 평생 가장 힘든 게 다이어트였다고 했대요."
나와 마찬가지로 고강도의 습관적 다이어트에 요즘 부쩍 힘들어하던 기타리스트 S군이 전화를 걸어와 한숨을 쉰다.

그래, '마지막 다이어트'라는 건 없겠지. 그냥, 평생 친구라고 생각하자.

오늘도 나는 운동을 가야 할지 말아야 할지 고민하고 있고, 아직도 포기하지 않은 나의 오래된 꿈 중 하나는 1년쯤 스윙댄스의 발생지인 미국과 유럽의 여러 나라를 돌며 춤추는 댄스 투어를 떠나는 것이다.

아, 그전에 다이어트로 힘들어하는 S군에게 스윙댄스를 가르쳐줘야겠다. 늘 마형(마이클 잭슨)의 영향을 받아 무대에서 춤바람 가득한 S군이니, 금방 배우겠지? 언젠가 무대에서 기타를 치다 말고 스윙댄스를 추는 날이 올지도 모르겠다. 생각만 해도 신나네.

셀 위 다이어트?
셀 위 댄스?

낯선
남자에게서
미미를
느끼다

작은미미

전혀 의식하지 않았던 곳에서 미미의 냄새를 맡을 때가 있다.
예를 들어 갈비찜집에서 우리랑 똑같이 생긴 캐릭터가 간판에 떡하
니 찍혀 있다거나(사장님, 그런 건 오리지널 미미에게 연락해주십시오), 어떤 할
머니의 레트로한 스타일이 너무나 미미스럽다거나. 아니면 그저 비
슷하게 생긴 사람 두 명이 선글라스를 끼고 있다거나. 그 사람이 의
도하지 않았지만 나 혼자 느끼는 그런 미미의 냄새.

가장 강력했던 미미의 냄새, 그리고 가장 기억하고 싶지 않은 미미
의 냄새에 대해 이야기하고 싶다. 그건 바로 광화문 거리, 故 노무현
대통령의 장례식장에서였다.
담배 한 개비 놓으러 갔던 장례식장. 도저히 그냥 나올 수가 없어서
나는 우발적으로 자원봉사를 하겠다고 했다. 문상 온 사람들을 차례

로 줄 세우는 일이었다. 도저히, 그냥 갈 수가 없어서였다. 밤이 되었고, 나는 여전히 집에 갈 수가 없었다.

친구가 기타를 들고 광화문으로 나왔다. 대학 때 통기타 동아리 멤버였던 친구는 자기가 아는 모든 민중가요를 불러댔다. 나처럼 집에 갈 수 없었던 사람들은 다 같이 노래를 불렀다.

크게 부른 것도 아니고, 크게 부를 분위기도 아니었다. 그저 집에 갈 수 없었고 할 수 있는 건 노래를 부르는 것뿐이었던 사람들이었다. 나의 세금이 이런 곳에 쓰였다는 것을 새삼 느끼며 시청 앞 서울광장 잔디밭을 어루만지고 있었을 뿐이었다. 심지어 나는 아는 노래가 별로 없어서 정말, 앉아 있었을 뿐이었다.

어디선가 발맞춰 뛰어오는 소리가 들렸다. 시꺼먼 어둠을 뚫고 시꺼먼 무리가 등장했다. 번쩍거리는 방패가 보였고 헬멧을 쓴 이들이 순식간에 우리를 둘러쌌다.

뭐, 뭐지?

사람들의 노랫소리도 작아졌다. 모두의 머리 위에 물음표가 떴다. 일사분란하게 우리들 주변을 둘러싸는 그들은 전경이었다.

"안녕하세요?"

"……."

"안 추우세요?"

"……."

무표정한 전경의 얼굴. 아무런 반응 없는 청년의 얼굴. 헬멧 너머의 눈빛은 흔들리지도 않는다. 먼 곳을 바라볼 뿐, 눈앞에 서 있는 사람에게 시선 한번 주지 않는다.

그 순간 나는 슬프게도 미미를 떠올렸다. 전혀 논리적으로 맞지 않은 상황인 거 안다. 그런데 갑자기 그들 역시 미미처럼, 이 현장으로, 혹은 무대로 나오기 전에 자기암시를 엄청 하지 않았을까 하는 생각이 드는 것이었다. 그들도 제복을 입기 전, 방패를 들기 전, 헬멧을 쓰기 전에는, 착장 전의 미미처럼 아주 평범한 사람들이겠지. 어쩌면 그들도 전경이 아니었다면 같이 노래를 부르고 있을지도 모를 일이었다.

미미가 장기하 옆에 서 있었던 그때. 나는 무대에 올라가기 전에 주문을 걸었다. '절대 웃지 말 것. 절대 말하지 말 것. 그 누구의 자극에도 인간적인 반응을 하지 말 것.' 그렇게까지 다짐하지 않으면 무대에서 흔들리게 되었다. 웃고 싶고 말하고 싶고 반응하고 싶었다. 하지만 미미는 그러면 안 되는 존재였다.

미미로 변신하기 전에 우리는 무척 평범한 사람들이다. 불안정한 직장에서 불안정한 미래를 걱정하며 적당히 현실과 타협했다가 어떨 때는 또 현실을 부정하기도 한다. 도저히 이해할 수 없는 상황에 닥쳤을 때는 욕을 하며 화도 낸다. 하지만 미미의 옷을 입고, 미미의 가발을 쓰고, 미미의 립스틱을 바르는 순간, 그러니까 미미로 변신하는 순간, 모든 감정을 버린다. 우리는 어떠한 상황에도 노여워해서는 안 되고, 선글라스를 벗으면 안 되고, 웃으면 안 됐다. 재미있자고 시작한 미미였다. 도도한 우리의 모습에 사람들은 열광했다. 하지만 어느 순간 말하고 싶은 것이 생겼을 때, 사람들과 대화를 하고 싶어졌을 때, 내 감정을 표현하고 싶어졌을 때, 그런 모습은 '미미스러운' 것이 아니라는 판단하에 스스로를 억제했다. 자기암시를 걸었다. '미미스러운' 것을 해야 한다. 왜냐하면 나는 미미니까 그래야 하는 것이 마땅했다.

눈앞에 전경들을 보며 나의 모습을 떠올렸다. 전경들의 머릿속에는 어떤 생각이 돌아가고 있든지 간에 그들은 '전경스러운' 것을 해야 한다. 그것이 우리가 전경에게 기대하는 최소한의 모습이다. 전경이 헬멧을 벗고 행여라도 같이 우리와 함께 바닥에 철푸덕 앉아 같이 노래를 부른다면, 그건 정말 있어서는 안 될 일이지 않은가. 하지만 그럴 수 있다면 어쩌면 좀더 재미있어지지 않을까.

그 순간 미미가 나의 발목을 잡고 있다는 생각이 들었다. 나는 헬멧을 벗고 바닥에 앉아 노래하는 전경이 되고 싶었다. 그 틀을 벗어던지고 싶었다. 화가 났다. 미미이기 이전에 나는 나인데, 자꾸 미미라는 변신가면 속으로 숨으려고만 했다.

누군가가 〈아침이슬〉을 선창했다. 민중가요에 문외한인 나도 부를 수 있는 노래. 저절로 가사가 입에서 흘러나오는 노래. 나는 분명 전경들도 머릿속으로 그 노래를 따라 부르고 있을 거라고 생각했다. 아무튼 그들은 날이 밝을 때까지 우리와 함께했다. 딱히 노래를 부르지 말라고 하지도 않았고, 그렇다고 딱히 노래를 따라 부르지도 않았다. 우리는 우리의 일을, 그들은 그들의 일을 했다.

집으로 걸어오는 그 새벽길에서 깨달았다. 미미가 사람들과 노래로 더 소통하기 위해서는 우리부터 그토록 소중하게 여기는 미미라는 틀을 깨야 하지 않을까.

그때부터 미미는 입을 열기 시작했다.

미미의
옹알이

작은 미 미

우리의 노래를 하자, 고 막상 생각하자 아차차, 미미는 입을 연 적이 없었다는 사실을 깨달았다. 장기하와 얼굴들 시절에 코러스를 하기는 했지만 본격적으로 노래를 하거나 단 한마디의 멘트도 날린 적이 없었다. 그러니까 그 당시 우리에게는 우리의 '목소리'가 없었던 거다. 미미의 의사는 그동안 전적으로 사람들의 상상 속에서 극대화되었다. 어떠한 화려한 언변보다 단 한 번의 고갯짓이 더 강력했고, 어떠한 구구절절한 논리보다 단 한 번의 손짓이 더 설득력 있었다. 그래서 막상 우리의 노래를 하려고 했을 때, 무서웠다. 그래, 인정하기 부끄럽지만 무서웠던 게 맞다. 우리의 목소리를 사람들에게 들려주는 것이, 우리의 생각을 사람들에게 알리는 것이 그렇게 어색할 수가 없었다.

하지만 노래라는 것이 제 목소리 없이 가당키나 한 것인가. 남몰래 보컬레슨만 받은 지 꼬박 2년차. 우리는 마음을 단단히 먹었다.

입을 열자. 비록 엄청난 가창력도, 엄청난 작사 작곡 실력도 없지만, 우리의 목소리로 우리의 노래를 부르고 싶었다.

노래를 잘하는 사람은 세상에 너무 많다. 그리고 어쩌면 우리에게는 미미의 이미지가 없었다면 앨범 녹음의 기회는 평생 오지 않았을지도 몰랐다. 어쩌면 반칙 플레이를 하고 있을지도 모른다는 부채의식을 가지고 우리는 최대한 '들을 만한' 음반을 만들기 위해 바짝 긴장했다.

그렇게 만들어진 미미 1집. 내 입으로 말하기는 좀 그렇지만 제목부터 끝내준다.

《미안하지만…… 이건 전설이 될 거야》(프로듀서님의 강력한 의지로 통과된 제목임) 역시 내 입으로 말하기는 좀 그렇지만, 진정 전설로 점철되어 있는 앨범이다. 오랜 술친구이자 한국 올드팝의 척척박사 양평이형이 흔쾌히 프로듀서를 맡아준 일, 신중현 선생님을 만나 〈우주여행〉 리메이크를 허락받았던 일……. '바니걸즈' 선배님들이 1971년에 녹음하신 〈우주여행〉 원곡은 이렇게 시작한다. '너와나아나아나아나아 우주선 타고오오오오오오오……' 우리는 '나아나아나아와 고오오오오오오오' 부분의 수동 립딜레이를 꼭 재현하고 싶었는데 막상 신중현 선생님께서는 "이제 기술이 발전했으니까 그 딜레이 부분은 기계로 하면 되겠네"라고 하셨다. 그리고 그 곡을 신중현 선생님의 둘째 아들인 신윤철 오빠가 이끌고 있었던 '서울전자음악단' 분들과 양평이형

훗...미안 하지만
이건 전설이 될 거야

이 무려 16분이 넘는 대작으로 만들어버린 일(진정 당신을 우주로 보내버릴 곡), 김창완 선생님에게 〈다이너마이트 소녀〉 리메이크를 허락받은 것은 물론, 선생님께서 직접 피처링까지 해주신 일, '로다운30'의 윤병주 선배님이 타이틀 〈대답해주오〉의 곡을 써주신 일, 미미의 하드 트레이너이자 젊은 시절의 워너비 밴드였던 '크라잉넛' 선배님들이 〈미미〉라는 곡을 만들어주신 일, 영화음악 송준석 감독님께서 단순한 포크송이었던 미미의 자작곡 〈내껀데〉를 강렬한 뽕메들리로 변신시켜주신 일, 이 모든 것들이 미미에겐 전설이었다.

앨범이 나올 때 즈음해서 미미는 단독공연을 기획하기 시작했다. 당시 소속사였던 붕가붕가레코드의 브레인들과 스타일리스트 실비아를 괴롭히며 한창 준비를 하던 중, 갑자기 양평이형이 질문을 던진다.

"근데 너네 멘트는 어떻게 할 거야?"

"……네? 멘트요?"

노래를 한 것만으로 거의 나체를 보여주는 수준이라고 생각했는데. 역시 프로듀서는 달랐다. 멘트를 안 하면 안 되냐는 우리의 반문에 코웃음을 친다. 어떻게 멘트를 하느냐가 문제지, 멘트를 안 하는 건 공연을 보러 온 관객들에 대한 예의가 아니다. 맞는 말이었다. 우리는 더이상 장기하 옆에서 코러스 하고 춤을 추던 미미가 아니었다. 100퍼센트 우리가 채워야 하는 무대였다. 우리가 한국말을 모르는 외국 밴드도 아니고 더구나 한 시간 삼십 분 동안 멘트 없이 공연을 진행하는 건 무리였다. 근데 갑자기 우리가 생목소리로 "저, 안녕하세요~ 저희는 미미시스터즈인데요~"라고 말하면 관객들도 우리도 당황스럽지 않을까 하는 걱정도 드는 거다.

오랜 고민 끝에 결국 단독공연 멘트는 아이디어의 귀재인 양평이형의 의견을 따르게 되었다. 우리가 까딱하며 눈빛을 보내면 양평이형이 한국말로 통역을 해주었다. 물론 한국말을 아주 잘하지만 일본 사람인 양평이형이 한국인 미미의 '눈빛 통역'을 해주다니. 지금 생각하면 나름 괜찮은 퍼포먼스인 듯하지만 그때의 미미로서는 절박한 선택이었다.

그리고 6년이 지났다. 미미는 공연중 멘트는 기본이요, 라디오에 나가질 않나 심지어 요즘에는 둘이서 매주 두 시간씩 생방송 라디오를 진행하기까지 한다. 서로 말하겠다고 나서다가 타이밍 못 맞춰서 버벅거리던 것도 이제는 옛날 일이다. 공연 때는 관객들과 아주 농담 따먹기 하는 수준에 이르렀다. 장족의 발전이다.

가끔 입을 앙다물고 그 어떤 돌발 상황에도 반응하지 않았던 그때 그 시절이 생각난다. 나는 장기하의 멘트가 너무 웃겨서 매번 어금니를 꽉 깨물었다. 가끔 참을 수 없어 피식 웃음이 튀어나와버릴 때도 있었다. 사람들이 "와, 미미가 웃었어" 하며 신기해하면 그날은 큰미미에게 혼나는 날이다. "웃지 마! 미미의 체통을 지켜야지!" 그랬던 큰미미가…… 그랬던 큰미미가…… 폭소에 개그에 드립에 신세한탄에 울먹거림에!!! 그렇게 미미는 **사람**이 되어가고 있다.

준비된
여자

작은미미

무대에서 공연하던 가수가 당황하면 그렇게 귀여울 수가 없다. 멤버 한 명이 다른 방향으로 춤을 추거나, 진지하게 열창을 하다가 삑사리가 나거나, 너무 신나서 춤추다가 무대 밑으로 미끄러지거나, 갑자기 딸꾹질을 연발한다거나.
가수는 당황해서 어쩔 줄을 모른다. 쑥스럽게 웃거나, 실수 안 한 척하지만 극도로 당황했다는 건 다 보인다. 참 귀엽다.

하지만 정작 미미의 무대에서 우리는 실수 혹은 당황 혹은 돌발행동 등을 용납하지 않는다. 사람들은 율동이라고 생각할지 모르겠지만 나름대로 철학을 가지고 만든 미미의 안무는 꽤 디테일해서 조금이라도 정신을 놓으면 그날 뒤풀이에는 반드시 자아비판의 장이 열린다.

미미는 두 명이다보니 한 명이 실수를 하면 다른 쪽도 실수할 확률이 높다. 가사와 안무를 빠르게 주고받아야 하는데 한쪽이 어버버해버리면 다른 쪽도 같이 어버버 하게 되는 거다. 그래서 나 혼자만의 실수가 아닐 때도 있다.

그래, 이쯤에서 인정한다. 먼저 실수해서 다른 이를 실수하게 만드는 거든, 혼자 실수해서 넘어지는 거든, 내 쪽이 훨씬 심하다. 왜 그런지 모르겠는데, 무대에서 갑자기 선글라스 한쪽 다리가 부러지거나, 가발이 뒤로 넘어가는 바람에 사랑이처럼 이마가 훤칠하게 드러나거나, 이에 시뻘건 립스틱이 묻어난다거나 하는 쪽은 항상 나다. 가사를 갑자기 바꿔 부른 것도 나였고, 안무를 하다가 실수로 기타 헤드를 쾅 하고 때려버리는 것도 항상 나였다. 항상 나였다, 항상 나였어……. 나는 왜 그러는 걸까.

큰미미가 준비성이 더 철저한 것도 있다. 사실 큰미미는 정리와 수납의 여왕이다. 그녀의 가방에는 온갖 종류의 폴리백에 물건들이 각자 제자리를 찾아 얌전히 놓여 있다. 그녀의 가발은 항상 가지런히 빗겨져 윤기가 흐른다. 선글라스에 흠 하나 없고 스타킹은 올이 나갈 때를 대비해 두 개씩 사놓는다. 그리고 역시 왜 그런지는 모르겠는데, 그 대비용 스타킹은 주로 내가 신게 된다. 그에 비해 나의 가방은…… 나의 가발은…… 나의 선글라스는…… 아주 자유분방하다고 할 수 있겠다.

그랬던 큰미미가 딱 한 번 무대에서 크게 당황할 뻔한 적이 있다. 정동진영화제 오프닝이었나. 우리는 술을 조금 마시고 무대에 올라갔다. 시골 초등학교 운동장을 개조해서 만든 자그마한 야외무대에는 관객들이 가득했고 모두들 신이 났다. 미미는 신나게 춤을 췄다.

순간, 큰미미의 몸이 기우뚱했다. 큰미미의 힐이 부러져 있었다. 식은땀이 흘렀다. 어떡하지? 저렇게 계속 춤을 추다가 발이라도 삐면? 발라당 넘어져서 사고라도 당하면? 음악을 멈춰야 하나? 여분의 하이힐이 있던가? 온갖 발생 가능한 사고들에 예민해져올 무렵, 갑자기 큰미미가 하이힐을 벗는 게 아니겠는가. 그것도 전혀 당황한 기색 없이 아주 우아한 자태로. 마치, 약속되었던 퍼포먼스인 것마냥. 심지어 다른 쪽까지 벗어버렸다. 관객들이 꺄아아 환호를 보냈다.

우리는 힐 없으면 호빗이라고 항상 10센티미터가 넘는 굽을 선호하던 그녀였거늘. 화끈하게 벗어버리다니! 이런 반전 매력이 있나.

질 수 없었다. 나도 같이 벗었다. 왠지 그래야 할 것 같은 느낌이 들었다.

그렇게 우리는 맨발로 춤을 추고 노래했다. 시원한 바닷가 바람이 발가락 사이로 숭숭 들어왔고 우리는 서로를 바라보며 선글라스 너머로 슬쩍 눈빛을 교환했다. 활짝 웃는 큰미미의 치아 위로 빨간 립스틱이 반짝 빛났다.

무대를 마치고 내려오며 큰미미에게 물었다.

"야, 너 조금은 당황했지?"
"당황은 무슨. 다 준비된 연출인 거지."

그렇다.
그녀는 항상 준비가 되어 있는 여자인 것이었다!

그녀들에게
다다르고
싶다

 작은미미

미미는 대외적으로 큰 활동을 안 하는 것처럼 보이지만, 사실은 사부작사부작 잡다한 일을 하고 있다. 그중에 하나 열심이었던 것이 바로 시스터즈 다큐멘터리를 만드는 일이었다. 수많은 선배 시스터즈들을 한곳에 모아 옛날이야기도 하고 요즘 사는 이야기도 하며 여전히 우리 언니들이 건재하다는 것을 보여주는 다큐멘터리를 만들고 싶었다. 그중 제1탄이 바로 우리나라 최초의 걸그룹인 '**김시스터즈**'를 새로이 조명하는 일이었다.

왜 과거형이냐면, 일단 처음으로 지원했던 다큐 공모에 낙방했기 때문이다. '한 번 낙방에 뭐 그리 의기소침하게~'라고 할 수도 있지만 그 공모전에 우리와 똑같은 소재로 다른 분이 다큐를 준비한다는, 그리고 결국 그분이 뽑히셨다는 사실을 알게 되었기 때문이다. 포기는 빠른 게 좋다.

그 일은 대략 3년 전으로 거슬러올라간다. 이토록 훌륭한 다큐 제안 서가 왜 탈락하고 말았는지 도대체 이해할 수 없는 나날들을 보내던 중, 한 남자로부터 연락이 온다.

"저희는 김시스터즈 다큐멘터리를 준비하는 팀인데요, 혹시 미미가 예 전에 불렀던 김시스터즈 노래 영상을 다큐에 넣을 수 있을까 해서요."
"네에에에? 뭐라구요? 저희도 김시스터즈 다큐를 준비하고 있었는 데요."

이것은 배틀이다! 한번 만나자는 그쪽의 제안에 꽤 방어막을 치고 나갔다. 쳇, 그쪽이 '우리' 김시스터즈 언니들에 대해 안다면 뭐 얼 마나 알겠어?
그들은, 매우, 잘 알고 있었다. 그들은, 마치, 심부름센터의 직원들 마냥, 아주 치밀하고 철두철미하게 김시스터즈의 일거수일투족을 기록하고 심지어 멤버 중 한 분과 연락을 하고 있었다. 하아…… 결 국 공모전의 지원금은 그들에게 돌아갔다.
그렇게 우리는 김시스터즈의 〈찰리 브라운〉을 우리 나름대로 개사 한 버전의 공연 영상을 제공했고, 다큐는 2년 뒤 완성되었다. 형 가리와 서울을 오간 야심작이었다. 다큐의 화자이자 '김시스터즈'의 멤버인 김민자(Mia Kim/본명 이향) 선생님은 현재 헝가리 부다페스트 거주중이시다. 그게 2017년 초에 드디어 극장개봉을 하게 된 김대현 감독의 〈다방의 푸 른 꿈〉이라는 작품이다.

살아생전 그분들의 목소리라도 들을 수 있을까 오매불망 바라던 미미에게 기적 같은 일이 일어났다. 우리는 두 분과 각각 공연도 함께 했고 밥도 먹었고 긴 시간 수다도 떨었다. 아직도 그때를 생각하면 얼떨떨하다. "인생은 쇼 비즈니스! 나의 삶 자체가 쇼 비즈니스야!" 라고 낭랑한 목소리로 말씀하시던 김숙자 선생님, 여전히 곱디고운 목소리로 재즈 스탠더드 넘버를 소화하시는 김민자 선생님, 그리고 함께해준 바버렛츠. 우리는 함께라서 너무 행복했다.

우리는 그녀들을 전설로 생각했지만 그녀들은 현역이었다. 여전히 노래를 부르시고 음악에 열정적이시다. 그리고 여전히 아름다우시다. 같은 시대를 살고 있다는 것에 감사하다.

다큐멘터리의 꿈은 여전히 진행중이다. 한 살 두 살 나이를 더 먹을 때마다 어쩐지 더 시스터즈 선배님들을 찾아뵙고 싶고, 여쭤보고 싶고, 기록으로 남기고 싶은 열망이 더 커져간다. 앞으로 몇 번 혹은 몇십 번 다큐멘터리 공모전에서 낙방할지는 알 수 없지만, 언니들! 거기서 딱 기다려주세요!

내 카톡 친구
배인숙 언니

작은미미

5년 전, 우리는 연극을 하나 준비하고 있었다. 제목은 〈시스터즈를 찾아서〉. 제목 그대로 과거의 시스터즈를 우리가 찾아가는 이야기의 음악극이었다.

포부가 컸다. 그래, 엔딩에는 정말 선배 시스터즈 분들이 깜짝 출연하셔서 다 같이 합창을 하는 거야. 그래, 해외에 계신 여러 선배님들을 찾아가서 우리가 모셔오자. 그래, 동시대 시스터즈, 소녀시대도 부르자.

하지만 주어진 예산 속에서 우리의 꿈은 그저 깜찍한 허세에 지나지 않았다. 펄시스터즈 배인순 선생님이 계신 로스앤젤레스, 김시스터즈 김민자 신생님이 계신 부다페스트에 가기만 해도 벌써 예산을 오버했다. 고민할 것도 없었다. 우리는 각본을 가장 경제적으로 만들 방법을 궁리해야 했다. 한정된 예산으로 그럴싸한 시스터즈 이야기를 쓰는 방법을 고민하던 우리에게 남인우 연출가님이 툭 치고 나온다.

"뭘 그리 고민해? 그냥 니네 이야기 하면 되지."

"예? 그래도……."

"니네가 시스터즈잖아. 니네 이야기부터 시작하는 거야."

뭔가 거창한 레전드에 대한 이야기로 드라마틱한 서사를 채워야 한다는 강박에 뒤통수를 치는 연출가님의 말.

"됐고, 매일매일 일기나 써. 그럼 대본이 나올 거야."

그건 일단 우리의 이야기에서부터 출발하는 방법이었다. 우리도 시스터즈니까, 일단은.

우리가 시스터즈라 불리게 된 데에는 여러 가지 배경이 있다.

20대 초반 말도 안 되게 좌충우돌한 시기를 둘이 함께 보내며 자매애를 다져왔다는 것(나쁜 짓을 함께 하면 친해진다), 선글라스 비슷하게 쓰고 옷도 비슷하게 입고 춤도 비슷하게 추다보니 우리가 봐도 쌍둥이 자매 같다는 것, 그리고 가장 핵심적인 것은 과거 시스터즈라 불리던 많은 선배님들의 모습을 너무 좋아해서 그대로 재현하고 싶었다는 것.

시스터즈 선배님들은 우리를 어떻게 생각하시는지 갑자기 궁금해졌다. 우리의 존재를 아실까, 그동안 숱하게 라이브했던 시스터즈 선배님들의 노래를 선배님들이 듣게 된다면 어떻게 생각하실까 상상하니 갑자기 얼굴이 화끈거림과 동시에 그 반응이 못 견디게 궁금해진 거다.

'그래. 직접 무대 위로 모셔오지는 못하더라도 그녀들에게 우리의 존재를 알려야겠어.'

우리는 시스터즈 선배님들께 전화를 드려보자 마음을 먹었다. 그리고 출연은 힘드시더라도 꼭 보러오시라고 해야겠다고. 곧장 리스트를 만들었다.

- **펄시스터즈**
- **김시스터즈**
- **바니걸스**
- **윤복희 선생님**

가지고 있는 온갖 인맥들을 동원했다. 대략 3년 전쯤 연락이 끊긴 어느 방송국 피디님께 머쓱하게 전화해서 배인숙 선생님 번호를 알려주시면 홍대 여신 1인의 번호를 드리겠어요, 모종의 거래를 하며 전화번호를 땄다. 그렇게 돌아 돌아 얻게 된 몇 개의 전화번호.

나는 세상 모든 것을 가진 것 같았다. 하하하. 숫자 열한 개가 이렇게 사람을 행복하게 만들다니 관심 있는 남자의 전화번호를 얻은 것과는 비교되지 않을 정도의 뿌듯함과 자부심과 행복감이 느껴졌다.
해냈어!

자, 이제 전화를 하자.
응? 전화를 한다고? 이분들한테? 이 전설적인 분들한테? 내가? 내
가 뭐라고?
야, 큰미미가 먼저 하자.
뭐? 편도선염이라고?
…… 그래, 뭐. 전화 한 통이 뭔 대수라고.

이 역사적인 순간을 기록하기 위해 우리는 통화 과정을 촬영하기로
했다. 선배님께 시스터즈 정신을 이어나가겠다는 원대한 포부도 알
리고, 얼마나 선배님들을 사랑하는지도 표현하고, 언젠가 꼭 함께
가요무대든 홍대클럽이든 함께 공연을 하자는 제안도 드리자. 선배
님은 정말 감동하시며 미미야, 그래 힘내거라, 공연도 꼭 보러 가마,
우리에게 '파이팅' 해주시겠지!

배인숙 선생님의 전화번호를 과감하게 눌렀다. 긴장할 거 없어, 우
린 같은 별에 사는 지구인이잖아. 지구인 대 지구인으로 그냥 한번
통화하는 건데.

'누구라도 그러하듯이 길을 걸으면 생각이 난다.'

아... 그...
저... 다름이 아니오라

배인숙 선생님의 컬러링은 바로 그녀의 솔로 데뷔작 〈누구라도 그러하듯이〉였다. 나는 갑자기 눈물이 고였다. 정말 이상한 경험이었다. 동료 가수들이 본인의 노래를 컬러링으로 쓰는 것은 아주 흔한 경우다. 그럴 때 "어우야, 낯 뜨겁게 왜 이래~?" 편잔을 주기도 했다. 그런데, 그런데, 이상하게 이 컬러링은 눈물이 났다. 왜왜왜?

그러던 중 내 귀에 들리는 목소리.
"여보세요?"
헉. 대답을 해야 한다.
"여보세요, 여보세요?"

선생님의 한 떨기 산딸기와 같은 청아한 목소리에 할말을 잃었다. 조금 과장해서 그 순간 말하는 법을 잊어버릴 정도였다. 하지만 해야 한다, 말을. 배인숙 선생님이 저렇게 애타게 날 부르고 있지 않은가. 말을 하라, 말을 하라! 입이여 말을 하라!

30분간 선생님과 통화를 했다. 선생님은 비록 우리와 직접 만날 생각은 별로 없으신 것 같았지만 너무나도 다정하게 우리에 대해 물어보시기도 했고 이런저런 조언을 해주시기도 했다. 우리의 공연에 출연하실 수 없는 이유 역시 자상하게 설명해주셨다. 그리고 무엇보다 계속 버벅거리는 나에게 짜증 한번 안 내시고 대화를 무사히 이끌어주셨다.

장시간의 통화가 끝나자 박수 소리가 들렸다. 큰미미가 다가와서 수고했다고 어깨를 쳐준다. 그제야 카메라도 보인다. 엄마, 나 금메달 먹었어! 그런 분위기. 다리가 떨린다.

필시스터즈는, 시쳇말로 한물갔다. 한물갔다, 는 말은 곧 다른 물로 옮겨갔다는 뜻이다.
한때 몸담았던 그 물에서의 필시스터즈를 좋아하고 존경하지만, 지금 현재 다른 물속에서 살고 계신 필시스터즈 선배님들 역시 기대가 된다. 뭔가를 굳이 준비하지 않으셔도, 그저 나와 같은 하늘 아래 건재하신다는 사실만으로, 여전히 그녀들은 존재감 있다. 그러나 심지어 그녀들은 무언가를 준비중이었다. 개봉박두!

장기하 옆에 있던 미미 역시 그런 의미에서는 한물갔지만, 그렇게 우리는 또다른 물속에서 열심히 발길질을 하고 있다. 물은 자주자주 갈아줄수록 좋다.

숨막히는 통화를 하고 난 며칠 뒤, 나의 카톡에는 친구 한 명이 추가되었다. 그 친구에게 비록 카톡을 하게 될 날이 올까마는, 소장 자체만으로 영광인 카톡 친구다.

신세계로의
유혹

작은미미

일본에 5박 6일 일정으로 공연을 간다. 유카리 언니 덕분에 오사카에 가는 건 벌써 세번째다. 큰미미는 항상 그랬듯 언니의 일용할 양식 '성경 김자반'을 준비하고 나는 언니에게 동화책 『강아지똥』을 드릴까 한다. 그리고 유카리 언니와 함께 연주하는 밴드 멤버 분들에게 드릴 누룽지 사탕 같은 것도 준비한다.

사실 오사카는 자주 가본 곳이기도 하다. 다섯 살 무렵에 오사카에서 유치원을 다니기도 했고 스무 살 넘어서도 종종 여행을 갔다. 그러나 유카리 언니와 함께하는 오사카는 내가 이제껏 알던 오사카와는 완전 다른 곳이었다. 오사카의 '신세계신세카이'라는 지역인데, 언니는 우리에게 그야말로 신세계를 경험하게 해주셨다.

며칠 전에 큰미미와 이전 몇 차례 오사카 공연을 같이 갔던 천재 디자이너 백지훈과 같이 신세계에 대해 이야기한 적이 있다.

"난 유카리 누나 자전거에 달려 있는 **잠바 인형**만 보면 아, 오사카에 왔구나 하는 생각이 들어."
"난 지하철 입구에 있는 **사이비 교회**. 무슨 지옥에 오신 걸 환영합니다, 같은 분위기의 교회. 그거 보면 아, 왔구나 싶어."
"난 **다마데 슈퍼**."

우리가 얘기한 세 가지는 나름 신세계를 대표하는 (우리들만의) 명물이라 할 수 있다.

일단 유카리 언니의 자전거에는 아주 앙증맞은 잠바 인형이 달려 있는데, 실제 유카리 언니의 잠바를 1/60 정도로 축소해놓은 잠바다. 팬이 만들어준 선물이라고 하는데, 소위 잘나간다 싶으면 이 정도는 입어줘야지 하는 그런 스타일의 잠바. 패션용어로는 '스카잔'이라 불리는데 전쟁이 끝난 뒤 요코스카에 있던 미군들이 본국으로 돌아가기 전에 기념으로 만들었던 잠바라고 한다. 야구 잠바 같은 디자인에 화려한 손자수가 특징. 지극히 일본스러운 잠바다.

그리고 교회. 지하철 에비스초 역 3번 출구로 나와서 쭉 걷다보면 굉장히 오래된 공장 같은 건물이 나오는데, 벽에 그려져 있는 그림은 그야말로 지옥도를 연상케 한다. 벽에 붙어 있는 티브이 화면에서는 한국인 목사가 끊임없이 연설을 한다. 처음 보면 섬찟하나 보면 볼수록 정이 들고 언제 와도 여전히 연설을 하고 있는 목사를 보면 음, 여전히 살아 계시군, 하는 기분이 드는 거다. 저는 무교입니다만.

그리고 다마데 슈퍼. 한자로 옥출玉出이라 적혀 있는 다마데 슈퍼는 예전에 같이 공연을 왔던 양평이형이 소개해준 슈퍼인데, 일본 최고의 사이키델릭을 표방하는 슈퍼라 할 수 있다. 다마데 슈퍼 사장님이 애초에 의도한 콘셉트인지는 알 수 없는데, 일단 문을 열고 들어가면 눈이 시릴 정도로 많은 네온사인들이 번쩍인다. '나는 누구 여긴 어디'라는 생각이 들 정도로 정신이 혼미해지는데 슈퍼를 돌아다니다보면 또다시 놀라게 된다. 아니, 스시가 열 조각에 100엔? 돼지생강구이 반찬이 100엔? 정말 먹어도 괜찮은 거야? 스시도 돼지도 일단은 괜찮아 보인다. 우리나라 마트에서 하나에 천 원씩 파는 스시보다 생선도 훨씬 크고 실하다. 그러나 섣불리 손을 뻗지 못하는 건 나의 소심함 때문일 것이다. 이번에 가면 꼭 한번 도전하고 싶습니다.

아니, 잠깐. 이 글은 신세계 소개글이 아니다. 애초에 주제는 유카리 언니였던 것을. 언니, 미안해요. 언니 하면 신세계, 신세계 하면 언니니까.

유카리 언니는 오사카의 남산타워라 할 수 있는 '통천각'이라는 탑의 지하 라이브 홀에서 매월 마지막 수요일에 하는 정기공연을 무려 15년 동안이나 계속해온 오사카를 대표하는 소울 가수다.

한때 지하철 한 량이 얼굴로 도배될 정도로 핫했던 언니.
언니의 이름을 딴 오코노미야키집이 있고, 언니의 손바닥이 새겨진 현판이 오사카 유명몰에 걸려 있는 언니.
제임스 브라운의 일본 공연에서 오프닝을 했던 언니.
함께 길거리를 다니면 너무 많은 사람들이 사인을 요청하는 것이 일상이 된 언니.
그때만큼은 아니야, 라며 웃지만 여전히 건재함을 과시하는 언니.
오사카에서는 너무너무 바빠서 한국에 와야만 휴대폰을 끄고 잠시 쉴 수 있는 언니.

그런 언니지만 사실 나에게 가장 임팩트 있게 다가왔던 언니의 모습은, 눈물을 흘리는 모습이었다.
언니는 데뷔하기엔 조금 늦은 나이인 서른에 가수가 되었다. 한국에서 이런저런 음식을 먹고 쇼핑을 하고 수다를 떤 뒤에 그 당시 우리의 아지트 '모과나무 위'(현재는 아쉽게 문을 닫았다)에서 술을 마셨다. 언니는 긴장이 풀렸는지 여러 가지 이야기를 했다.

항상 연습을 게을리하지 말라. 언니는 여전히 매일매일 빌성연습을 한다고 했다. 미미는 숙연해졌다.

건강 항상 챙겨라. 술을 너무 먹으면 안 된다. 미미는 또 숙연해졌다. 미미는 언니 앞에서 자주 숙연해졌다.

우리는 분위기를 바꿔보려 언니의 연애에 대해 물었다. 언니는 웃으며 이야기를 시작했지만 결국에는 눈물을 흘렸다. 큰미미도 울고 있었다. 나도 눈물이 났다. 우리는 엉엉 울었다. 그토록 강인해 보이던 언니가 갑자기 소녀로 보이는 순간이었다. 언니는 진심으로 사랑을 하고 있었다. 하지만 슬프고 아픈 사랑이었다.
언니의 이면을 본 순간, 나는 언니에게 더욱 강하게 끌렸다. 그전에는 언니의 카리스마에 끌렸다면, 이젠 그냥 언니 자체에 끌렸다. 그래서 신세계는 나에게, 미미에게 절대로 끊을 수 없는 제2의 홈그라운드다.

아, 갑자기 이번에 신세계를 가면 또 하고 싶은 일이 생각났다. 일본에서 '낮술'을 먹는 건 조금 부끄러운 일로 받아들여지지만, 신세계에서는 기본이다. 심지어 '아침술'도 일상이다. 아침 10시쯤 쿠시카츠(튀김꼬치)집에는 생맥을 한 잔씩 들고 건배하는 사람들로 즐비하다. 그러니까, 밤새 술을 먹고 아침까지도 푸고 있는 게 아니라, '상쾌한 아침이다, 맥주나 한잔하러 갈까?' 이런 분위기의 '아침술'인 것이다.

신세계에 들어서면 왁자지껄함 속에서도 왠지 모르게 슬픈 분위기가 나는 이유는 뭘까? 유카리 언니의 눈물이 느껴져서일까. 아니면 다마데 슈퍼의 네온사인이 너무 눈부셔서일까.

색다른 감성에 젖고 싶으신 분들께, 유카리 언니의 노래를 들으며 신세계를 거느려보길 권한다. 까만 잠바를 입고 동네를 유유히 산책하는 유카리 언니를 만나게 될지도 모른다.

50대 왕언니,
유카리 언니의
조언

작은미
미

유카리 언니는 이제 갓 오십을 넘었다. 인생은 육십부터고 청춘은
팔십부터이니(내 맘대로) 아직 햇병아리시다. 미미는 언니에 비하면
아직 깨지 못한 알 속에 있다.

언니 역시 우리처럼 서른이 훌쩍 넘은 나이에 데뷔를 하셨다. 그전
에는 옷가게의 사장이었고 한 밴드의 광팬이었다. 하지만 역시 노래
부르는 것이 제일 좋았던 언니는 서른하나에 결국 첫 앨범을 내게
되었다.

언니의 첫 앨범 《사랑의 맛》은 제목에서 풍기는 분위기처럼 성인가
요 뺨치는 진득한 감정에 빠져 있는 느낌이다. 언니의 농익은 목소
리와 빈티지한 연주는 데뷔 앨범이 맞나 싶을 정도로 원숙하다. 이
미 언니는 준비된 가수였던 것이다. 그런 언니가 이제 데뷔 30주년
이 되어간다.

청춘은 팔십부터

미미

유카리 언니

오사카의 소울 여제라 불리지만 우리가 상상하는 '잘나가는 연예인'과는 차원이 다르다. 언니는 정기적으로 봉사활동도 하고 있고 여전히 오사카에 살며 오사카 시장의 단골 밥집에서 밥을 먹는다. 언니와 오사카 길거리를 지나가면 사람들이 인사를 한다. 하지만 "어머, 유카리 여신이다! 와!" 이런 느낌이 아니라 "오~ 유카리짱, 밥은 먹었어?" 하는, 동네 친구한테 건넬 법한 인사를 한다. 친숙한 느낌의 가수, 나는 그게 너무 부러웠다.

솔직히 말하면 그 반대급부에 있는 것이 미미 아닌가. 미미는 태생이 '신비주의'라 애초에 동네 언니 같은 느낌이 아니었다. 우리는 좀더 도도해야 했고, 좀더 시크해야 했다. 말도 안 하고 표정도 없고, 게다가 눈이 안 보이니.
우리가 말을 하고 웃기도 하며 (선글라스를 벗진 않지만) 사람들과 소통하게 된 것은 어쩌면 유카리 언니의 영향이 큰 것 같다. 언니의 팬들은 언니를 그냥 동네 누나처럼 대한다. 친근한 오사카 사투리로 안부를 묻고 집에서 먹을 것들을 싸다가 준다. 우리도 그러고 싶었다.

그래서 많은 것을 벗었다. 선글라스 빼고 대부분의 것을 벗었다. 선글라스는 미미의 정체성이기에 그건 고수했다. 많은 것을 공유하고 싶었다. **우리도 사람이고, 너희처럼 삶의 무게에 치여 살고 있는 평범한 한국의 여성이다, 그러니 우리의 노래를 같이 들어볼래?** 하는 느낌으로 만든 게 2집의 노래들이다.

데모를 만들고 보니 죄다 연애 노래다. 그렇다면 아예 연애의 민낯을 보여주는 노래들로 추려버리자. 우리가 그래도 나이가 좀 되니 연애 혹은 연애 비스무리한 것들을 꽤 해보지 않았겠는가. 사랑까지는 모르겠지만 연애라는 행위에 대해서는 좀 할말이 많았다. 그렇게 나온 노래들이다.

앨범 제목은 《어머, 사람 잘못 보셨어요》다. 여러 느낌으로 다가오지 않는가? 옛 남자가 아는 척할 때 정색하며 하는 말일 수도 있고. 그것보다 좀더 노렸던 것은 '그동안 여러분들이 봐왔던, 여러분들의 머릿속에 남아 있는 그런 미미가 아니에요. 우리 이제 좀 느슨해질까 하거든요' 그런 느낌을 주고 싶었다.
느슨해지자. 그전에는 모든 것들을 통제해야만 했다면, 이제부터는 좀 풀어보자.

때로는 언니
때로는 엄마
때로는 친구

큰미미

"네가 임신하면 그때 임부복으로 이거 줄게. 이거 어차피 늘어나서 애기 낳으면 못 입을 것 같아."

임신 후에도 통 제대로 된 임부용 원피스 하나 장만하지 않던 알뜰한 작은미미가 예쁜 핫핑크와 블랙의 스트라이프 니트 원피스를 입은 모습은 참 예뻤다. 게다가 싸게 사기까지 했다기에 "어, 원피스 예쁘다" 한마디 했더니 배 부분이 많이 늘어났다며 선뜻 나에게 물려주겠다고 한다. 그 이야기를 들으니 '과연 그런 날이 올까' 싶으면서도 어쩐지 작은미미처럼 볼록한 배에 원피스를 입은 나의 모습이 떠올라 "그래, 꼭 물려줘, 역시 핑크는 나한테 더 잘 어울리지 않니?" 하며 너스레를 떨었던 것 같다.

내게는 여자 형제가 없다. 그리고 우리 엄마는 내가 스물한 살 때 세상을 떠나셨다. 그후로 오랜 시간이 지난 지금 절절히 느끼는 고마운 마음은, 내 주위에는 때로는 언니, 때로는 엄마, 때로는 친구가 되어주는 많은 시스터즈들이 있었다는 것이다. 비록 지금은 연락이 닿지 않을지라도, 나와는 너무나 다르게 살아가고 있더라도, 나에게 힘을 주고, 나를 믿어주고, 때로 나를 질책하고 꾸짖고, 그러면서도 너그럽게 챙겨주는 언니 같고 엄마 같은 일상 속의 시스터즈들 덕분에 천방지축 큰미미는 겨우 지금처럼 사람이 되어가고 있는 것이다.

나는 막내다. 작은미미는 맏이다. 그리고 공교롭게도 내가 굉장히 가깝게, 그리고 오랫동안 친하게 지내는 여자 친구들의 대부분이 맏이다. 이 시스터즈들은 항상 나를 안쓰러워해주고, 위로해주고, 응원해준다. 내가 어떤 상황에 처하든 실질적인 조언으로 나에게 힘을 주고, 소중한 엄마의 김치를 나누어주고, 맛있는 음식을 만들어주기도 하며 나에게 필요한 것들을 채워주고, 마음의 안식이 되어준다. 내가 작은미미를 처음 마주친 건, 학교 화장실이었다. 우리 학교는 같은 학번이라도 천차만별의 나이로 구성되어 있는 조금 독특한 분위기였다. 아무리 어려도 스무 살쯤일 텐데, 고등학생이 아닐까 싶을 정도로 엄청 어려 보이는 애가 화장실마저 근엄하고 칙칙했던 그곳에서 긴 생머리를 휘날리며 화장을 고치고 있었다. 화장실 거울을 통해 눈이 마주치자, 한없이 청순해 보이지만 좀 놀아본 것 같은 느낌의 이 아이는 하얀 얼굴에, 길고 까만 생머리, 속눈썹이 유난히 길고, 깊은 큰 눈으로 싱긋 웃어 보였다.

작은미미를 두번째 만난 건, 학교 앞 막창집이었다. 작은미미는 당시 입대를 앞두고 있는 남자친구와 함께였는데, 누군가 "애도 너랑 동갑이래!" 하면서 소개해주기에 반가워하며 친구로 지내기 시작한 것이다. 그 순간에는 우리의 인연이 이토록 길어질 줄 미처 몰랐다. 작은미미는 항상 인기가 많아 남자친구가 끊이지 않았다. 학교 학생들이 찍는 영화에 단골 주인공으로 등장하기도 했다. 아, 화려했던 옛 시절이여. 작은미미야, 아무래도 네 입으로는 직접 말 못할 테니 내가 최대한 자세히 들려주도록 하마. 그 시절 작은미미는 정말, 싱그럽고 예뻤다.

작은미미와의 관계에 조금 더 깊이가 생기기 시작한 것은, 우리가 처음 만나고 나서도 꽤 오랜 시간이 흐른 뒤였던 것 같다. 우리 둘 다 졸업을 향한 분주한 학교생활 덕분에 많은 시간을 함께하기는 어려웠다. 둘 다 군대 갔다 왔냐는 말을 들을 정도로 학교를 오래 다녔다. 작은미미는 어느 해, 돌연 휴학을 하고 당시 일본 간사이 지역에 계시던 부모님 곁으로 가서 한동안 시간을 보낸다고 했다. 얼마 전, 예전에 쓰던 메일함을 정리하다가 작은미미가 나에게 보냈던 메일을 발견했다. 너무너무 심심하니, 놀러오라고. 매일매일 일본어 공부, 자전거 타기 등등으로 시간을 보내고 있다는 이야기였다. 그리하여 나는 난생처음 해외여행을 떠났고, 작은미미와 함께 교토, 오사카, 고베 등지를 헤매며 잊을 수 없는 뜨거운 여름을 보내기도 했다. 그때는 10여 년이 흐른 뒤, 우리가 함께 영등포 뒷골목 같던 오사카 신세계의 성인 극장 거리를 다시 즐기며 누비게 될 줄은 몰랐다. 우리는 함께 오사카 공연도 세 번이나 다녀왔다.

우리는 항상 친구와 동업자의 아슬아슬한 경계를 넘나든다. 벌써 미미시스터즈를 시작한 지도 10년이 다 되어가다보니, 이제 친구 시즌과 동업자 시즌이 주기적으로 반복되는 것도 조금은 익숙해지는 것 같다. 아무래도 동업자 시즌일 때보다는 친구 시즌일 때, 온갖 고민을 접어두고 희희낙락 신나게 낮술을 마시거나, 영화를 보고 놀러다니거나, 좋은 친구들과 함께 여행을 가거나 하며 좀더 가볍게, 하지만 진지하게 서로에 대해 많은 이야기를 나누게 된다. 물론 동업자 시즌일 때도 술은 마신다.

이제는 제법 '오래된 부부'의 냄새가 물씬 풍기는 우리는 종종 동료 여동생 팀에게 "언니들은 눈빛만 봐도 척하면 척인 것 같아요"라며 다소 오그라드는 부러움 섞인 멘트를 듣기도 한다.

그러나 여기서 함정, 미미는 무대에서는 서로의 눈을 볼 수 없다는 것. 그래서 무대에 오르기 전, 서로의 손을 더 꽉 움켜쥐는지도 모르겠다.

기쁘다
민자 언니
오셨네

큰미미

김시스터즈의 김민자 언니의 내한을 기념하며 뭉친 미미시스터즈와
바버렛츠.

늦은 봄 어느 섬에서 열린 한 페스티벌 공연을 마치고 나오다 오랜
만에 바버렛츠와 우연히 마주쳤을 때, 무척 반가워하며 우리에게
"언니! 우리 '미미렛츠'해요!"라는 말을 던진 것이 씨가 되어, 결국
은 함께 사고를 치게 되었다.

그날의 만남 후 불과 한두 달 뒤, 민자 언니가 한국에 오시게 되었
다. 꿈만 같았다. 편지를 전해드리며 가슴 뛰던 때가 엊그제 같은데
정말로, 전설의 언니들 중 한 분을 만나게 되는 건가!

이렇게 역사적인 순간에, 우리가 뭐라도 해야 하지 않겠냐며 바버렛츠의 리더 신애에게 연락을 했다. 작지만 의미 있는 곳에서 합동 헌정 공연을 하자고 불쑥 제안을 했더니 1초도 안 되어 "하겠습니다!"라고 호방하게 의기투합해주었다.

시간이 얼마 남지 않아 분주해진 우리는, 각 팀의 소속 레이블이 있기는 하지만 이번 공연만큼은 모든 것을 스스로 준비하기로 했다. 무슨 배짱인지 예매도 없이 단지 현매로만 진행하자 정하고, 공연 당일까지 마음을 졸이며 하루하루를 보냈다. 두 팀의 합동 기획 회의를 시작으로, 포스터를 만들고, 붙이고, 온라인으로도 열심히 홍보하고, 보도자료를 뿌리고, 인터뷰를 원하시는 기자님들과 일정을 잡고, 분장을 하고 사진을 찍었다. 우리는 그 어느 때보다 알찬 한 달을 살아내며, 바쁜 일정을 쪼개 따로 노래와 안무를 연습하고, 미미시스터즈와 바버렛츠의 연주자들로 구성된 '미미렛츠'의 '시스터즈 메들리' 합주도 꾸준히 해나가며 그야말로 '꿈의 시스터즈 파티'를 펼칠 수 있으리라는 기대와 즐거움으로 가득차 있었다.

미미가 몇 년 전 쓰고 출연했던 〈시스터즈를 찾아서〉 뮤지컬에서 선보인 '시스터즈 메들리'는 김시스터즈는 물론, 이시스터즈, 펄시스터즈, 바니걸즈, 코리아키튼즈, 김추자 선배님 등 기라성 같은 언니들의 노래를 절묘하게 이어 부르는 구성이었다. 단순히 노래뿐 아니라, 하나의 의미 있는 쇼를 위해 안무와 동선까지 완벽히 만들어내고자 우리는 기어이 욕심을 냈다. 그야말로 세대를 뛰어넘은 진심을 담은 '시스터즈 컬래버레이션'이 될 수 있을 것을 서로 말하지 않아도 직감하고 있었다.

쑥스럽지만 한 기자님은 우리의 공연을 홍대판 〈매드맥스〉라며 극찬해주시기도 했다. 최근, 영화 〈매드맥스 : 분노의 도로〉는 페미니즘적 해석으로 화제가 됐다. 핵전쟁으로 거의 멸망한 22세기의 남성들은 물과 기름을 구하기 위해 폭력만 일삼는 반면, 다양한 여성 캐릭터들은 자유와 정체성을 지키기 위해 싸우고 공동체를 결성한다. 젊고 예쁜 여성뿐만 아니라 할머니들도 싸움에 적극적으로 동참한다. 그런 점에서 여성 듀오 '미미시스터즈'와 보컬 그룹 '바버렛츠'가 최근 구상하는 일은 '홍대판 매드맥스'로 이름 붙일 만하다. 수많은 아이돌 걸그룹이 득세하지만, 여전히 '여성' 그룹으로 살아가기 힘든 것이 대한민국의 대중음악 신이다. 서울 홍대 앞 LP바 곱창전골에서 펼치는 〈기쁘다, 민자 언니 오셨네〉는 미미시스터즈와 바버렛츠 두 팀이 여성 그룹으로 잘 살아가고자 본격적으로 고민을 시작하는 신호탄이다.

드디어 민자 언니가 오신 기쁜 날, 미미는 공항으로 나갔다.

우리는 떨리는 마음으로, 미미 분장을 하고, 예쁜 꽃다발을 사가지고 공항에 나가 기다렸다. 분명히 비행기가 도착했는데, 30분이 지나도, 한 시간이 지나도, 민자 언니가 나오지 않으셨다. 작은미미는

'태어나서 누구를 이렇게 간절히 기다려본 것은 처음'이라고 했다. 혹시라도 무슨 일이 생긴 건가, 공항 직원을 찾아 두리번거리던 차,

"선생님!!!" 하는 작은미미의 비명과 같은 목소리.
아, 민자 언니다. 진짜가 나타났다.

우리는 단숨에 선생님께 달려가 인사를 드렸다. 민자 언니는 "오, 미미시스터즈구나. 나와줘서 고마워!" 환히 웃으시며 우리를 꼭 안아주셨다. 순간 눈물이 솟아나와 꾹 참느라 힘이 들었다.

만나자마자 민자 언니께 궁금한 게 너무 많았다.
"선생님, 처음 미국에 갈 때 어떻게 가셨나요? 직항이 없었지요?"
"없었지. 그래서 오키나와에 가서 한 달간 공연하고 라스베이거스로 갔어."

이것저것 궁금한 것을 앞뒤 없이 여쭤보다가 불쑥.
"선생님, 선생님은 정말 저희의 전설이세요!"
"아이고, 레전드라고 하면 늙은 건데?"
크게 웃으시는 민자 언니.

우리는 민자 언니께 헌정 공연을 준비하고 있다고 말씀드렸고, 민자 언니는 '기꺼이 자리해 주마' 하고 약속해주셨다. 정말이지, 꿈

만 같았다.

이번 공연을 준비하면서 조금 더 가까워지고 각별해진 듯한 〈기쁘다, 민자 언니 오셨네〉의 멤버들은 각자의 팀이 가지고 있는 고민들, 여자끼리라서 더욱 스스럼없이 꺼내놓을 수 있는 걱정들을 함께 나누고 잔을 기울이기도 하면서, 평생 소망했던 일을 이루었다. 영상으로만 뵙고 꿈에 그리던 민자 언니를, 드디어 만나다니. 까마득한 후배들을 만나자마자 환히 웃으며 꼭 안아주시던, 그 감동에 차마 눈물을 감추지 못했던 순간을 경험하면서 이렇게 우리가 아주 조금씩은 성장하고 있지 않을까 조심스럽게 생각해보았다.

고대하던 공연 전날 밤, 긴 글 하나를 SNS에 남겼다.
'꿈같은 한 달을 보낸 내일 이후에는, 또다시 각자의 삶으로 바쁘고 치열하게 살아나갈 시스터즈들이지만, 아마 내일의 무대는 아주 오랫동안 잊을 수 없는 순간이 될 것 같습니다. 부디, 그 순간을 함께 지켜봐주세요!'

민자 언니는, 정말로 와주셨다. 저멀리 올려다보이는 2층 관객석에, 언니가 계셨다. 웬만해서는 잘 긴장하지 않는데, 정말이지 너무 너무 너무 너무 떨렸다.
미미시스터즈와 바버렛츠가 함께 합동 무대에서 〈찰리 브라운〉을 부를 때는, 당신이 그 시절의 김시스터즈로 돌아가신 것마냥 춤을 추며 처음부터 끝까지 따라 불러주셨다.

그러고는 마지막으로 무대로 오르셔서, 〈목포의 눈물〉을 불러주셨다. 언니는 그냥, 담담히 노래를 부르기만 하셨는데 바버렛츠와 우리는 서로를 끌어안고 엉엉 울었다. 이유는 모르겠다. 민자 언니의 목소리를 듣고 있으니, 그냥 눈물이 났다.

공연이 끝나고, 비가 추적추적 내리는 길에 서서 민자 언니를 배웅했다. 언니는 연신 우리에게 고맙다고 하셨다.

우리는 그날 공연의 감흥을 잊지 않으려고, 밤새 마셨다. 김시스터즈의 노래를 듣고, 우리의 고민을 나눴다. 그리고 언젠가 꼭 다시 민자 언니와 공연하자고, 그때는 헝가리로 우리가 찾아가자고 다짐했다. 머지않아, 우리는 정말로 가게 될 것이다.
꿈만 꾸던, 믿기지 않는 일들이, 상상만으로도 짜릿한 그것이, 현실이 되었으니까.

지금부터 쇼 타임,
숙자 언니 타임!

날씨 탓인지 몸도 마음도 자주 지치던 어느 초겨울, 저녁나절 까무룩 잠들었다 깨어난 새벽이었다. 또로롱, 도착한 숙자 언니의 메일. 나에게 무슨 일이 일어났던 것인가……. 비로소 꿈같던 현실이 피부에 와닿으며 조용한 행복감이 밀려온다. 그리고 이내, 숙자 언니께서 보내준 메일을 읽으며 '시스터즈'의 진한 핏줄이 사무치게 느껴져 또 한번 눈시울이 젖어든다.

너무나 원하지만 한편으로는 평생 이룰 수 있을까 싶었던 '꿈'. 김 시스터즈 언니들을 만나서 당시의 이야기를 듣고 시스터즈들만이 공감할 수 있는 진심을 나누고 싶다는, 함께 노래하고 싶다는, 막연하기만 하던 그 꿈은 마치 계획되어 있던 것처럼 순식간에 이루어졌다.

〈가요무대〉 30주년 기념 방송 녹화에서 김시스터즈의 맏언니이자
리더인 김숙자 언니와 함께 〈김치 깍두기〉를 노래했던 일, 목포와
서울에서 '이난영 선생님 탄생 100주년 공연'을 함께한 일은 모두
실제로 내게 일어난 일, 꿈이 아닌 현실이다.

멀리 타국에서 일약 스타가 된 딸들과 함께 〈에드설리번 쇼〉에 출연
해 〈아리랑〉을 부르시는 이난영 선생님의 모습이 담긴 영상을 보았
다. 무척 행복해야 마땅한 그 영상은 유난히 슬퍼 보였다.
곱게 매만진 서양식 올림머리에 우아한 흰 블라우스, 무릎 아래까지
내려오는 검은색 플레어스커트. 그 어느 여인보다 '신여성'의 멋이
우러나는 이난영 선생님의 목소리는, 몇 초만 들어도 가슴이 저리는
마성의 그것이었다. 딸들이 '엄마, 여기서 우리와 함께 살아요'라고
아무리 졸라대도 '여기 있으면 나는 그저 김시스터즈의 엄마일 뿐이
다'라며 단호하게 거절하셨던 선생님.

그리고 어느 겨울, 나는 우연히 접한 고복수 선생님의 고별콘서트
라디오 방송에서 이난영 선생님의 인터뷰와 눈물 섞인 〈목포의 눈
물〉을 들으며 몇 시간이고 펑펑 울었더랬다. "제가 이렇게 죽지 않
고 살아 있어서…… 함께 노래할 수 있어서……"라며 울먹이시던
이난영 선생님의 음성은 그날 이후 내 마음 깊은 곳에 박혀 떠나지
않았다.

〈가요무대〉 녹화 후 어머니의 묘를 찾아 목포에 다녀오신 숙자 언니를 작은미미, 바버렛츠 동생들과 함께 다시 찾아뵈었다.

따끈한 호박죽을 드시고 싶으셨다던 선생님과 맞난 찹쌀떡, 모과차를 앞에 두고 함께 울고 웃으며 네 시간이 다 되도록 많은 이야기를 나누었다. 언니의 어린 시절, 한국전쟁 당시의 상황과 이난영 선생님에 대해서, 그리고 김시스터즈의 시작과 미국행, 여러 활동들, 연애와 결혼, 지금의 생활까지……. 숙자 언니의 이야기를 들으며, 내가 보았던 그 영상이 왜 그리 슬프게 느껴졌는지에 대해서도 어렴풋이 알게 되었다.

언니는 당시의 일들을 손에 잡힐 듯 상세히 기억했고, 사진 한 장 없이도 영화처럼 실감나게 들려주셨다. 일흔 후반의 나이가 믿기지 않을 정도로 에너제틱하신 숙자 언니는, 마침 내년이 이난영 선생님의 탄생 100주년이라며 우리가 다 같이 함께할 수 있는 무대를 꼭 다시 만들어보겠다고 하셨다. 그리고 숙자 언니의 약속대로 우리는 이듬해 봄, 이난영 선생님의 고향인 목포와 서울에서, 영광스럽게도 김시스터즈와 이난영 선생님의 노래를 부르게 되었다.

숙자 언니께서 직접 반주를 만들어 보내주신 〈가스펠 메들리〉와 〈농부가〉, 그리고 빼놓을 수 없는 〈김치 깍두기〉까지 총 세 곡의 노래를 합동무대로 준비했다. 목포 공연장의 대기실에서 일 년 만에 다시 만난 숙자 언니는 우리의 안무를 손봐주시기도, 화음을 고쳐주기도 하면서 내내 엄마 미소로 우리를 지켜봐주셨다.

언니와 함께하는 저녁식사 자리에서, 우리가 마련한 〈목포의 눈물〉

헌정 영상을 보여드렸다. 미미시스터즈, 바버렛츠, 선우정아, 정인, 프롬, 눈뜨고코베인의 연리목, '우쿨렐레피크닉'의 김진아, '구남과여라이딩스텔라'의 나언, '단편선과 선원들'의 박수현 등 2016년을 살아가고 있는 여성 뮤지션들이 1916년에 태어나신 이난영 선생님의 노래를 마음을 담아 한 소절씩 나눠 불렀다. 단 하나뿐인 이난영 선생님의 〈목포의 눈물〉 라이브 영상과 키, 템포까지 똑같이 맞추어, 아카펠라, 통기타, 미니 키보드, 실로폰, 바이올린, 가야금, 피아노, 아코디언 등 각자의 연주에 자기만의 색깔을 입혀 소박하지만 특별한 생신 축하의 메시지를 담아 영상을 만들었다. 마지막, 구남과여라이딩스텔라의 나언이 연주를 마치고 해맑게 웃는 장면과 이난영 선생님의 라이브 공연 영상이 겹치는 대목에서, 그만 숙자 언니는 눈물을 참지 못하고 엉엉 우셨다. 곁에서 지켜보던 우리도 모두 따라 울었다.

"아까 너희와 함께 대기실에서 연습하는데 '아, 어머니가 우리를 데리고 다니면서 공연하셨을 때 딱 이런 기분이었겠구나' 싶었어. 너희는 나의 딸들이야. 한국에서 김시스터즈의 대를 잇고 있는 자매들이야."

〈이난영 선생님 탄생 100주년 헌정 파티〉를 기획하며 짧은 기간 홍보에 고군분투하고, 표가 안 팔려 스트레스를 받고, 그 와중에 영상을 만들고, 연습을 하고, 의상을 준비하고, 큐시트를 짜고, 안무를 맞추고, 인터뷰를 하고, 라디오에 나가서 막판 홍보까지. 그 와중에 출근을 하고, 육아를 하고, 각자의 일상을 살고. 하루에 두세 시간 토막잠을 자면서 '이렇게까지 해야 하나' 싶었던 고단함이, 숙자 언니의 말씀 한마디에 모두 눈 녹듯이 사라졌다.

그리고 며칠 뒤, 서울에서 열린 〈이난영 선생님 탄생 100주년 헌정 파티〉는 성공리에 마무리되었다. 그 어느 때보다 많은 분들에게 오랫동안 그날 공연의 감동을 전해 들었다.
김시스터즈 〈트라이 투 리멤버〉의 공연 영상에 바버렛츠가 화음을 넣으며 자연스럽게 오버랩한 라이브와, 그 사이에서 미미시스터즈의 손을 잡고 나와 그 모습을 조용히 바라보는 김시스터즈의 리더 숙자 언니. 그 모든 풍경을 한 무대에서 목격한 관객들은, 숨을 죽였다. 그 장면은 마치, 과거로 돌아가 나를 만나는 현재의 나, 미래의 나를 미리 만난 현재의 나, 그 기묘한 시간의 만남이었다.
피 한 방울 섞이지 않았지만 어떠한 혈연관계보다도 강력한 핏줄로 이어져 있는 시스터즈들. 단지 음악만으로, 몇 개의 영상만으로 이어받은 언니들의 강한 정신, 부드러운 낭만과 유머는 우리가 물려받은 그 어떤 것보다 값진 유산이다.

이난영 선생님의 그 목소리, '제가 이렇게 죽지 않고 살아 있어서…… 함께 노래할 수 있어서……'를 들으며 펑펑 울던 날, 사실은 나는 진지하게 세상을, 나를 버리게 될지도 모르겠다는 생각을 하고 있던 차였다. 그런데 이난영 선생님이 나를 붙잡아주셨다. 그 눈물이 나를 살렸다.

'고통 한 자락도 버리지 말고 맞서야 한다. 그 어떤 고통스러운 터널도, 반드시 끝이 난다. 너에게 온전히 집중하면서, 그 터널을 통과해야 한다. 그러고 나면, 다시 노래할 수 있을 것이다.'

순간, 한창 힘들어하던 나를 꾸준히 상담하며 돌봐주던 상담선생님께서 해주었던 이야기와 이난영 선생님의 목소리가 묘하게 겹쳐지며 내 머리를 강하게 울렸다.

숙자 언니는 미국으로 떠난 후 우리에게 또다시 멋진 유산으로 가방들을 보내주셨다. 언니의 손길, 따뜻한 체온이 그대로 남아 있는 소중한 가방들을, 우리 시스터즈들 모두에게 남겨주셨다.

언니를 만난 후부터, 우리 시스터즈 친구들, 친한 뮤지션 친구들 사이에서는 언니가 남긴 명언 한마디가 유행어가 되었다.

"사람이 허고 싶은 일만 허면서 살 수는 없잖어? 그럴 때는 무대를 생각해. 우리 쇼 비즈니스 하는 사람들은 열이 펄펄 끓어 아파죽을 것 같다가도 무대 위에서는 어때, 신나게 헐 거 다 허잖어? 허기 싫은 일할 때, 외쳐봐. 지금부터 쇼 타임이다. 쇼 타임!"

그 많던
시스터즈들은
지금

한국 '걸그룹'에 관한 전시가 열린다는 소식을 듣고 만삭의 작은미 미와 함께 무더운 초여름 더위를 뚫고 부평까지 갔다. 설마, 우리도 걸그룹인데……. 그래도 정규 1집도 냈는데……. 사진 한 장쯤은 있지 않을까 한편으로는 살짝 기대도 하면서.

전시에는 한국 최초의 걸그룹의 시조새로 불리는 이난영 선생님의 '저고리시스터즈'부터 '소녀시대'까지 과거와 현재를 잇는 모든 여 성 그룹의 자료들이 총망라되어 있었다.
우리도 1960~70년대 한국 걸그룹에 관해서라면 꽤 많이 찾아보고 공부해왔다고 생각했는데, 우리가 알고 있는 걸그룹의 자료는 그저 빙산의 일각에 불과했다.

김시스터즈, 이시스터즈, 아리랑시스터즈, 바니걸즈, 펄시스터즈, 은방울 자매, 희자매, 여기까지는 많이 들어보던 이름이다. '리리시스터즈' '국보자매' '윤희와 윤미' '핑크자매' '서울시스터즈'. 어, 좀 생소하다. 그리고 1990년대와 2000년대의 수많은 걸그룹까지. 아, 정말 많다. 근데, 없다. 그 많던 시스터즈들이 다 여기에 있는데, 우리는, '미미시스터즈'는, 없다.

패기 있게 발매한 1집이 좋지 않은 평을 받고, 스스로도 준비되어 있지 않았던 부분에 많이 의기소침해져 있었던 터라 조금은 두려웠다. 걱정했던 대로 역시나, 미미시스터즈에 대한 흔적은 전시장 어디에도 없었다.

우리는 실망은 했으나, 좌절하지는 않았다. 이를 갈며 '그래도 시스터즈 언니들에 대한 애정만은 누구도 우릴 따를 수 없어! 우리도 걸그룹이라는 걸 보여주겠어!'라는 생각으로 멈추지 않았다. 걸그룹 전시를 준비하신 대중음악평론가이자 사진가 최규성 선생님의 블로그도 열심히 탐독하고, 꾸준히 언니들에 관한 여러 기사도 찾아보면서 꿈을 접지 않았다. 우리는 그렇게 절치부심 후 2집을 발매하고, 드디어 최규성 선생님이 게스트로 출연하시는 라디오에 초대되었다. 선생님은 우리의 2집 음반을 무척 칭찬해주셨다. 너무 바라왔던 일이라, 꿈같기도 그리고 조금 허무하기도 했다. 최규성 선생님은 한국 '걸그룹'은 물론, 대중음악에 관한 상상할 수 없는 방대한 자료를 가지고 계셨고, 그뿐 아니라 뮤지션들에 대한 엄청난 애정으로

똘똘 뭉친 분이었다. 선생님과의 첫 라디오 방송에서 우리가 물을 마셨던 종이컵은, 선생님이 소장하신 '미미'의 기념품 1번이 되었다. 빨간 립스틱 자국이 선명하게 찍힌 종이컵에 사인을 해드렸다. 선생님은 이 립스틱 자국이 어떻게 하면 날아가지 않을까 고민하시며, 두 개의 종이컵을 고이 들고 가셨다.

선생님은 그날 이후, 한 일간지에서 진행하던 뮤지션 심화 인터뷰 시리즈에 다시 우리를 초대해주셨다. 어떤 기자님에게도 우리의 이야기를 그렇게 자세히 털어놓아본 적이 없다. 태어날 때부터 지금까지의 이야기를, 모두 말씀드렸다. 다행히 쌩얼과 본명, 나이 정도는 지켜주시기로 약속하셨다. 심화 인터뷰를 진행하면서 선생님과 우리는 정말 많이 친해지고 가까워졌다. 선생님은 스스로를 우리의 '팬'이라 칭하시며, 우리의 공연에서 사진도 많이 찍어주시고, 맛있는 것도 많이 사주시고, 노래에 관한 조언을 해주시기도, 좋은 음악을 들려주시기도 했다. 우리가 힘들어할 때마다 늘 따뜻한 시선으로, 그러나 냉철한 관점으로 여러 이야기를 건네주시고, 또 실질적으로도 많은 도움을 주셨다.

어느 날, 파주에 있는 선생님 댁에 놀러갔다. 놀라운 것은 우리가 걸그룹 전시에서 본 많은 자료들 역시, 빙산의 일각일 뿐이었다는 것이다.

선생님 댁에 있는 그 방대한 자료들이란…… LP, CD는 기본이라 말할 것도 없고, 온갖 서적들, 악보들, 사진들……. 압권은 온갖 가수들의 시즌성 이벤트 상품들(걸그룹 소주, 보이그룹 우키 같은)이었다. 그중에는 '키다리 미스터 김'으로 유명하신 우리나라 최초의 댄스 가수 故 이금희 선생님의 화려한 드레스와 신발들도 있었는데, 선생 님은 영광스럽게도 우리에게 이금희 선생님의 옷을 입어볼 기회를 주셨다.

금색 인어 같은 비늘이 달려 있는 화려한 드레스는 작은미미가, 검 정 깃털이 펄럭이는 우아한 드레스는 내가 입고 있자니, 한국 최초 의 댄스가수이셨던 이금희 선생님의 기운이 그대로 느껴지는 기분 이었다. 당장에라도 폭풍같은 춤과 노래를 선보일 수 있을 것만 같 은 느낌.

그리고 며칠 뒤 나는, 이금희 선생님께서 작은미미가 입었던 금색 드레스 차림으로 노래하시는 영상을 유튜브에서 찾아냈다. 대박 사 건! 이금희 선생님은 이미 세상을 떠나셨지만, 살아 계셨더라면, 찾 아뵐 수 있었더라면 얼마나 좋았을까 싶었다. 선생님께 한 수 배울 수 있었을 텐데!

최규성 선생님은 또, 우리에게 멋진 선물을 주셨다. 〈울릉도 트위스 트〉를 부르신 '이시스터즈'의 멤버 김천숙 선생님께서 오랜만에 한 국에 오셨다면서, 이시스터즈의 김천숙·김희선 선생님과 미미시스 터즈, 이렇게 네 시스터즈의 만남을 주선해주신 것이었다. 사실 '이 시스터즈'는 모두 김씨였지만 '이시스터즈'보다 앞서 데뷔한 '김시 스터즈'의 후발주자였기에 안타깝게도 선택의 여지가 없었다는 재미있는 일화도 선생님들께 생생하게 전해 들었다.

선생님들과 우리는, 〈울릉도 트위스트〉〈서울의 아가씨〉〈목석같은 사나이〉 등 이시스터즈의 주옥같은 명곡들을 함께 부르며 즉석에서 춤을 추었고, 선생님들께서는 다음번에는 미미의 노래를 함께 부르자고 하셨다. 아직도 전성기 때 그대로의 꾀꼬리 같은 목소리로 노래를 부르시고, 또 여전히 아름다우신 이시스터즈 선생님들께서 우리 노래 〈택시로 5분〉을 불러주시는 상상을 하니, 생각만으로도 미소가 지어졌다. 최규성 선생님은 우리의 즐거운 한때를 고이 카메라에 담아주셨다.

지금 경주 대중음악박물관에는, 그때 최규성 선생님이 찍어주셨던 미미시스터즈와 이시스터즈의 사진이 커다랗게 걸려 있다. 그리고 우리가 입어보는 영광을 누렸던 이금희 선생님의 의상들도 그곳에 걸려 있다.

이금희 선생님의 의상을 입어봤던 우리는, 아직, 그냥 가수다.

먼 훗날 미미가 세상에 없을 때, 언젠가 그곳에 미미의 음악이 흐르고, 미미의 옷이 걸릴 수 있을까.

반인 반미

큰 미 미

출근길, 오늘은 조금 일찍 집을 나선다.

'미미'로 변신할 때마다 늘 들고 다니는 호피무늬 여행 가방을 끌고. 가방 안에는, 가발, 선글라스, 하이힐, 의상, 베레모, 벨트, 스타킹, 장갑 따위가 들어 있다. 별거 아닌 것 같은데, 참말로 많다. 참으로 번거롭다. 그러나, 저것들 모두를 장착해야 나는 비로소 '미미'가 된다.

다행히 아직 아무도 출근하지 않았다.

나는, 카드를 찍고 들어와 사무실에 불을 켜고, 컴퓨터도 켜고, 따뜻한 차 한잔을 자리에 내려놓고서, 캐리어를 들고 나와 공연장으로 들어간다. 휴대폰 플래시를 켜고, 조심조심 공연장 난간을 지나 분장실로 들어가 구석 어딘가에 나의 호피 캐리어를 짱박는다.

그렇다. 나의 직장은 공연장이다. 나는 모 대기업 문화재단이 운영하는 라이브 홀에서 일하고 있다. 홍대에서 가까운 한강 앞, 한적하게 위치해 있는 이곳은, 유난히 층고가 높고 사운드의 울림이 좋다. 조명도 그때그때 공연에 맞추어 새로 세팅을 하기에 프로그램 하나하나가 유니크하다. 이곳에서 좋은 공연을 볼 때마다 생각한다. '언젠가 퇴사하면 꼭 한 번은 여기서 공연해야지.'

이곳에서는 정말 많은 뮤지션을 만난다. 친한 뮤지션도, 안 친한 뮤지션도 많이 만난다. 여기서 친해진 뮤지션도 많고, 앞으로 친해질 뮤지션도 많을 예정이다. 뮤지션들이 오랫동안 좋은 음악을 지속하면서, 먹고사는 데 지치지 않도록 함께 고민하는 지원 사업도 나의 업무 중 하나다. 처음에는 기획자 모드도, 미미 모드도 말을 잘 안 들었는데, 이제 얼추 입사 2년차가 되니, 모드 전환 스위치가 말을 좀 듣는다.

여기서 일할 때의 나는, 철저하게 기획자 모드를 유지하려고 노력한다. 하지만 누구보다 뮤지션의 마음을 잘 알기에 많은 것을 상상할 수 있다. 함께 일하는 친구들은 절대 이해하지 못하는 난해한 뮤지션들의 행동도, 쉽게 해석할 수 있다. 나는 이곳에서 기획자 모드로 만나는 뮤지션들을 통해 미미의 모습을 본다.

미미일 때의 나는, 철저하게 아티스트 모드를 유지하려고 노력한다.

어떤 기획자들이 어떤 아티스트를 꺼리는지 너무 잘 알고 있기 때문에, 종종 눈치를 보게 된다. 하지만 눈치를 보다가 무대에 집중하지 못함이 가장 큰 민폐라는 것 역시 알고 있으니, 조금은 뻔뻔해지려고 한다. 미미로 활동하면서 뮤지션들의 심정을 한층 더 잘 이해할 수 있게 되었다.

나의 오늘 스케줄은 반인반미다. 반나절은 생활인(사람), 반나절은 미미(미미)다. 지난주부터 함께 일하는 친구들의 눈치를 보며, 오늘 오후 반차를 얻어냈다.

이런 날은, 해야 하는 일을 모두 미리미리 해두고, 혹시 모를 상황까지 예상해서 대비할 수 있는 한 만반의 준비를 해둔다. 웬만하면 평일 스케줄은 피하는 것이 보통이지만, 오늘은 오랜만의 생방송이라, 게다가 보이는 라디오라 아침부터 꽤나 번거로웠다.
어쩌면 누군가는 내가 '배부른 소리'를 한다고 생각할 수도 있다. 또 누군가는 부러워할 수도 있다. 음악을, 작업을 지속하면서 그와 전혀 동떨어지지 않은 일을 하며 생계를 유지할 수 있다는 것은 어쩌면 큰 행운일지도 모른다. 하지만, 가끔 여기서 만나는 뮤지션들은 말한다.

"누나, 음악은 안 힐 거예요?"

후다닥 오전 업무를 마치고, 다들 점심을 먹으러 나간 사이, 나는 분장실로 조용히 들어가 미미로 변신한다. 피부 화장을 조금 더 두껍게, 정신을 가다듬고 립스틱을 바르고, 가발 망으로 머리를 감싸고, 곱게 빗은 가발을 꼼꼼히 쓴다. 준비한 의상을 스팀다리미로 한번씩 다려 입고, 하이힐을 신는다. 마지막으로 선글라스까지 쓰면, 미미 모드 완성.

가끔, 눈썰미 좋은 팬들이 공연장에 놀러왔다가 나에게 인사를 하는 경우가 있다. "어머, 언니, 저 오늘도 언니 노래 들었어요." 그럴 때 나는 어떻게 반응해야 할지 몰라 그냥 어색하게 웃어버리고 만다. '어머, 사람 잘못 보셨어요. 저 미미 아니에요'라고 해야 하나. 아니면 '네, 저 미미 맞는데 지금은 사람 상태니까 못 본 척해주세요' 해야 하나.

사실 나는 늘 반인반미 상태이기에, 그 무엇도 틀리다고 할 수 없다. 생활인으로서의 나, 미미로서의 나, 모두 나, 큰미미니까.

운좋게도 나는, 내가 미미라는 것을 장점으로 여겨주는 사람들과 함께 일하는 덕분에 미미를 지속할 수 있다. 하지만, 일은 일이고 미미는 미미다. 내가 더욱 철저하게 모드 전환을 해야만, 일도, 미미도 성장할 수 있다는 걸 늘 잊지 않으려 한다.

변장을 완료하고, 생방송에 늦을세라 서둘러 공연장을 나가는데,
앗, 점심을 먹고 돌아오는 동료들과 마주쳤다.

"팀장님! 생방송 잘하고 오셔요~ 파이팅!"

음악 하며
먹고
살기 1

평소, 회사 동료들 다음으로 많은 시간을 함께하는 친구들은 바로 밴드 '아시안체어샷'의 멤버들이다.

이들은 하루걸러 한 번, 혹은 어떤 시기에는 매일, 내가 일하는 공연장을 집처럼 드나든다. 아니, 그냥 여기가 자기들 집이란다. 때로는 집에 인터넷이 끊겼다며 와이파이를 쓰러 오거나, 각자 혼자 작업하거나 연습할 공간이 필요하거나, 앞두고 있는 단독공연과 투어를 준비하거나, 때로는 그냥 하릴없이 노닥거리기도 한다. 그리고 당당하게 "누나! 밥 사줘요. 누나! 끝나고 한잔할까요? 누나! 저 담배 없어요! 누나! 커피 콜?" 한다. 역시 전생에 나에게 뭔가 맡겨놓은 게 분명하다. 하지만 매일 이렇게 탈탈 털리면서도 이들을 만나면 나도 모르게, 먼저 "밥은 먹었어?" 묻고 있는 것이다.

공연장 운영과 뮤지션 지원 프로그램을 주관하시는 문화재단의 여러 분들 역시 왠지 아시안체어샷은 만나면 '고기'를 사줘야 할 것 같다며, 자꾸 오니까 이젠 정말 가족 같다고 수줍게 '최애밴드'라 고백하신다. 남자 분들이다. 아마도, 지난 뒤풀이에서 "집에 가서 냉동실에 넣어놓고 김치찌개 끓일 때 넣어 먹으면 맛있잖아요!" 하며 알뜰하게 위생 비닐을 얻어 남은 삼겹살을 차곡차곡 싸가던 모습이 눈에 밟히셨나보다. 이제는 그냥 계산할 때 남은 고기에 새 고기까지 더 주문해서 살뜰히 챙겨주시는 모습을 보면 '도대체 아시안체어샷이 뭐길래! 이렇게 주위 사람들과 팬들의 사랑을 넘치게 받고 있는 건가!' 하는 궁금증이 생기는 것이다.

동생들은 가끔 "누나, 일할 때 보면 멋있어요. 가끔 좀 센데, 멋있어" 하며 칭찬인지 아닌지 모를 오그라드는 멘트를 날려줄 때가 있다. 방어회를 사줘서 하는 얘기는 아니겠지. 아님 이걸 읽고 '내가 그랬나?' 발뺌할지도 모른다. 하지만 사실 일할 때 정말 멋있는 건, 아시안체어샷 쪽이다.
공연장에서 일하기 전부터 자주 만나고 친하게 지내온 뮤지션들은 적지 않았지만, 이렇게 무언가를 절실하게 음악에 걸고 에너지를 뿜는, 뮤지션들의 살아 있는 일상을 이토록 긴밀하게, 꾸준히 지켜본 적은 처음이다.

나의 경우는 어쩌다보니 주로 예술 관련 분야의 일을 통해 생계를 유지해왔고, (물론 전혀 다른 일을 해서 생계를 유지하는 때도 있었지만, 그런 경우는

아주 가끔이었다) 지금은 운좋게도 '미미'의 작업을 일정 부분 존중받으
며 일할 수 있는 일상에서 살고 있지만, 어느 순간 갑자기 하던 일에
서 손을 떼게 되는 경우, 나 역시 스스로 생활을 온전히 영위하기에
는 굉장히 막막한 상황에 놓이는 것이 사실이다. 아무리 단순한 아
르바이트를 구한다 해도, 나이나 학력이 오히려 걸림돌이면 걸림돌
이지 도움이 되지는 않았다.

그렇지만 일단 나는, 그리고 미미는 도망갈 곳이 아주 많다. 솔직히
말하면 우리는 음악을 하고 있지만, '음악만' 하고 있지는 않기 때문
에 어디로든 빠져나갈 구멍을 스스로 만들고 있었다. 일을 할 때도,
나는 '일'만 하고 있는 게 아니기 때문에 도망갈 구석이 있다.

마트 야채 코너에서 오만 가지 야채를 포장하고, 우유를 진열하는
아르바이트를 할 때도 나는 늘 미미의 새로운 무대에 대해 생각하
고 있었고, 나의 관심 분야와 전혀 상관없는 글을 쓰거나, 재미는
없고 정신적으로는 스트레스만 많은 업무를 진행하게 되어도, '나
는 미미니까' '이건 돈을 버는 일이니까 프로답게 해내야 해'라는 생
각에 갇혀 있었다. 그렇다고 맡은 일을 게을리한 적은 결코 없지만,
그야말로 '몸'과 '마음'을 다하는 첫번째의 일이 될 수 없었던 것은
사실이다.

하지만 '미미'만으로 살았을 때와 '미미'와 또다른 '나'로 사는 것을
병행했을 때의 만족도를 생각해보면, 나의 경우는 후자 쪽이 훨씬
마음이 편했던 것 같다. 작은미미도 역시 그렇다. '미미'든, '음악'이

든, '창작'이든, 진득하게 오랫동안 유지하자는 생각에 동의하면서 오히려 여러 면에서 우리는 느긋해졌던 것 같다.

그리고 지금의 나는, '전업 미미'로서의 활동을 엄청나게 활발히 펼칠 수는 없지만, '또다른 나'로 해나가고 있는 일에 무척 큰 만족을 느끼며 마음을 다해 즐겁게 일하고 있다. 처음에는 많이 헤맸지만 현재는 무엇보다, '미미'와 '또다른 나'가 한 사람이기 때문에 더 잘 해낼 수 있는 일들이 많아졌고, 그래서 내가 예전보다 조금은 더 누군가에게 어느새 '필요한' 사람이 되어가고 있지 않나 느끼는 것이다. 그렇게 '미미'도 '또다른 나'도 매일, 매 순간 많은 것을 배우고 느끼며 점점 두 개의 이질적인 존재가 아닌 모두가 하나의 '나'로 자리잡아가고 있는 것 같다.

어느 날 갑자기, 하던 일을 그만두어야만 하는 상황이 닥쳤을 때 나는 덤덤하게 말했다.
"저는 늘 불안하게 살아와서, 다시 돌아가는 게 두렵지 않아요. 아니, 두렵기는 두려운데 괜찮아요. 안 죽더라고요."

한편으로는 또 스스로 '도망갈 곳'을 만드는 이야기였을지도 모르지만 내게는 '미미'가, 그리고 또다른 작업이 늘 기다리고 있고, 나는 무엇이든 또 만들어낼 수 있다는 근거 없는 자신감이 나를 늘 든든히 지탱해주고 있다는 것은 부정할 수 없는 사실이다.

아시안체어샷 동생들은 벌써 결성한 지 5년차로, 모두가 나이 서른을 훌쩍 넘겼다. 그리고 모 공영방송에서 열린 밴드 경연 프로그램에서 우승을 차지해 자그마치 1억이라는 상금을 따낸 전력이 있다. 멤버들 모두, 부모님이 모르는 사람들에게까지 아들 자랑을 이렇게 많이 하신 건 처음이라며 기뻐하고 쑥스러워하던 일이 엊그제 같다. 1억이라는 돈은, 그리고 어떤 시기 열댓 번 가량의 집중적인 방송활동은 그들의 인생을 크게 바꾸어놓는 계기 같은 것은 될 수 없는 것이다. 그저 지금보다 조금 나아지거나, 잠시 나은 상황에 놓이는 것일 뿐. 하지만 나는 이들의 우승을 누구보다 열심히 응원했다.

무엇보다, 그 시기의 이들에게 '역시 진심은 통하는구나' 하는 확신의 경험을 갖는 무대가 절실히 필요했다. 소속사와 결별하며 모든 것을 스스로 해내야 하는 막막함도, 멤버들 사이의 덜그럭거림도, 어떤 계기를 통해서 자연스레 어느 정도 해소될 수 있기를 바랐다. 준결승에서 한 명의 스태프도 없이 오로지 셋이 서로를 의지하며 악기를 메고 백스테이지로 향하던 모습이 내내 마음에 걸려, 결승 무대에선 물이라도 챙기며 옆에 그냥 있어줘야겠다 싶어 모든 경연이 끝날 때까지 무대 뒤에서 그들을 지켜보았다. 두 곡의 경연을 마친 직후 "어때, 후회 없지?" 하니 단숨에 입을 모아 '후회 없다'고 했다. 지켜보던 나도, 후회 없었다. 〈타박네야〉 마지막 소절 '우리 엄마 젖을 다오'를 들을 때는 눈물을 참느라 혼이 났고, 〈반지하제왕〉은 세 멤버가 완전히 하나되어 연주하는 모습이, 마치 유튜브에서나 보던 해외 유수의 록밴드 자태와 에너지 그 자체라서 소름이 돋았다.

그리고 1년이 훌쩍 지난 지금, 기특하게도 이들에게는 아직 그 상금의 일부가 공금으로 남아 있다고 한다. 일단 이들로서는 꽤 큰돈을 부모님에게 척하니 용돈으로 드리고, 각자 사고 싶었던 오토바이를 한 대씩 사고, 악기와 이펙터를 사고, 다른 아르바이트 없이 근근이 1년을 버텼다. 어쩌면 평소 늘 아끼는 습관이 몸에 밴 이들이기에 가능한 일이었을지도 모르겠다. 그리고 남은 공금은 앞으로의 음반 제작을 위해 꽁꽁 묶어두었다.

하지만 이들은 아직도 가끔 휴대폰도 끊기고, 와이파이도 끊기고, 택시비를 아끼려고 무거운 악기를 들고 먼길을 걸어다니기도 한다. 그리고 사실은 나 역시 바로 몇 년 전까지만 해도 꽤 오랫동안 그런 상황을 견뎌온 적이 있다.

내가 그런 상황에 놓여 있을 때 스스로 '위축'되는 모습을 감출 수 없어 괴로웠던 반면, 그들은 늘 당당하고 유쾌하다. 그들에게 음악은 그런 모든 불편함들을 기꺼이 감수하고 견뎌낼 만큼의 것이다. 아르바이트를 구할 때도, 보수는 좀 적더라도 무조건 저녁 시간은 보장받아야 하고, 일을 하는 와중에도 밴드로서 중요한 일정이 생긴다면 언제든지 시간을 비울 수 있는 유연한 일이어야 한다.

아시안체어샷을 처음 만난 것은, 광주의 한 대학교 축제에서다. 처음 그들의 라이브를 봤을 때는 사실 내 스타일의 음악이라고 느끼지도 않았고, 또 잘하는 건 알고 있었지만 첫 무대부터 그들의 음악이 마음에 깊이 와닿지는 않았다.

그런데 3년이 지난 지금, 얼마 전 유럽 투어를 앞두고 준비했던 단독공연을 보고 나는 이들에게 조심스레 고백했다.

"이제 너희들의 팬이 된 것 같아."

음악 하며
먹고
살기 2

큰
미
미

'아시안체어샷'은 정말이지, 무대 위에서 모든 것을 다 쏟아내는 밴드이다. 라이브가 하이라이트에 달할 때면, 저러다 목 디스크가 오지 않을까 싶을 정도로 머리를 흔들고, 40도에 육박하는 무더운 날씨에 발바닥이 데일 것 같은 무대에서도 맨발로 거침없이 뛰어다닌다. 어느 날은, 저 아이들이 무대 위에서 저렇게 연주하다 죽는 거 아닌가 싶을 때도 있었다. 그들은 언제든지 무대 위에서는 '**내일이 없는 사람들**'처럼 그야말로 '**절실하게**', '**용**'을 쓴다.

그리고 그 모습이 정말이지, 최고로 섹시하다. '록'은 섹시해야 한다. 그런 점에서 내 기준의 그들은 진짜 멋진 '로커'이다.

사람들에게 소위 '행사'라고 여겨지는 공연에서 받는 밴드들의 개런티에 대해 이야기하면 "오, 30분 공연에 그렇게 많이 받아?" 혹은

"그 정도면 살기 괜찮겠네"와 같은 반응을 종종 듣는다. 하지만 이들의 개런티는, 단지 '30분간, 대여섯 곡의 공연'을 환산한 시급으로 생각해서는 안 된다.

단순히 준비하는 과정의 노동 시간만 줄잡아 생각해봐도, 서너 번의 합주 시간, 이동 시간, 리허설 시간, 대기 시간, 공연 시간, 귀가 시간까지 아무리 적어도 최소 열두 시간 이상을 공연을 위해 투자해야 한다. 그뿐인가, 아무리 작은 무대, 적은 수의 관객이라도 '공연'을 위해 무언가를 '생각'하고, 조금 더 좋은 무대를 위해 '마음가짐'을 준비하는 시간은 일과중 밥을 먹을 때나, 자기 전이나, 데이트를 하거나, 심지어 게임을 할 때마저 불쑥불쑥 의도하지 않게 떠오르는 걸. 자, 하지만 '모두가 그렇게 성실히 준비하지 않아도 공연 자체는 할 수 있지 않나?'라고 반문할 수 있다. 그럼 철저하게 비용으로 따져보자.

연습을 위한 합주실 이용료, 교통비, 식대, 공연을 앞두고 갈아야 하는 기타줄과 배터리 구입비, 때때로 의상비. 아무리 의상이 중요하지 않은 밴드라 해도, 일주일에 2~3회 이상 공연할 경우 매번 똑같은 의상을 입을 수는 없는 노릇 아닌가. 게다가 더 나은 사운드를 위해 새로운 이펙터도, 악기도 사고 팔고 하며 이것저것 시도해봤을 때 밴드로서 만족스러운 결과가 창출되는 것이다. 그리고 결정적으로, 앞에서도 말했듯 밴드는 최소한 세 명 이상이다. 멤버가 많으면 많을수록 들이는 노력에 비해 벌어들일 수 있는 돈은 아주 한정적이다.

더 큰 문제는, 소위 '행사'라 불리는 이런 일이 매달 일정하게 들어오는 것도 절대 아니라는 것.

미미가 '장기하와 얼굴들'로 활동했던 시절, 하루 두세 탕의 대학 축제 공연을 소화하고 꽤 많은 방송활동을 했을 때, 가장 많은 수익을 벌어들인 분기의 총 금액을 합산해서 평균을 내보면, 겨우 대기업의 신입사원 연봉 정도였던 것 같다. 그런데, 이 정도만 되어도 대부분의 밴드맨들에게는 거의 '재벌' 수준의 수익으로 여겨진다. 연극이든, 영화든, 무용이든, 미술이든, 현재 '무엇'인가로 자리잡지 못한 아티스트, 혹은 아티스트 지망생들에게는 누구나 마찬가지이다. 그리고, 운좋게 '예술활동'만으로 대기업의 신입사원 연봉 정도를 벌어들일 수 있는 기회를 잡았다 해도, 그 기간은 매우 제한적이다. 게다가 성공 후 '그다음' 기회라는 것은 다각도의 엄청난 노력과 '운'까지 따라야만 가능한 것이다.

하지만, 예술활동만으로 대기업 신입사원 연봉 정도를 벌어보는 기회조차 한 번도 경험해보지 못한 예술가들이 훨씬 많다. 그들은 당장 스스로에게 대기업 연봉을 기대하지 않는다. 그리고 그런 기회가 쉽게 오지 않을 것이라는 것도 안다. 하지만 '절대 안 올 것'이라는 생각 역시 하지 않는다. 사람 일은 모르는 거니까. 그리고 그런 확신과 버티기, 끊임없이 주저앉고 일어서기, 깨지고 붙이기를 반복했을 때 결국은 이루어내더라.

많은 예술가들은 그냥, 친구의 부모님이 돌아가셨을 때 망설이지 않고 조의금을 낼 정도의 여유를 바란다. 서른이 넘어 차비도 없고, 휴대폰도 끊기는 상태로 몇 달을 살아보면 예술이고 뭐고 다 싫어진다. 우울하고, 음악도 듣기 싫어지고, 마냥 내가 잘못 살았나, 내가 이러려고 음악 했나, 자괴감만 드는 것이다.

그렇게 지쳐 나가떨어지는 예술가들, 정말 좋은 창작품을 가지고도 버티지 못하는 예술가들이 우리 주위에는 너무 많다. 그렇기에 '나는 앞으로도 언제까지 이렇게 살아야 할지 모른다'는 체념의 자세를 가지고 살 수밖에 없다. 그렇지 않으면 도저히 버틸 수가 없다.

아시안체어샷은 작년의 경연 이후 멤버 중 한 명이 탈퇴하며 밴드로서 여러 부침을 겪은 끝에, 아주 든든하고 멋진 새로운 드러머를 맞아들이게 되었다.

그리고 나는 얼마 전, 엄마의 마음으로 이들을 열심히 트레이닝하게 되었다. 유럽 투어를 앞두고 준비한 출정 기념 단독공연, 그리고 투어를 준비하는 모든 과정을 옆에서 지켜보며 열심히 채찍과 당근으로 이들을 쉴새없이 몰아쳤다.

매일매일 공연장에 출근하게 해 예산 짜는 법부터, 보도자료 작성과 발송법, 업무전화 응대법, 기념품 제작, 영상 편집, 크고 작은 미팅, 공연 연출을 위한 준비물 만들기, SNS 홍보까지, 공연 기획의 모든 업무를 디테일하게 함께 점검하며 채찍질했다. 한 밴드를 서포트하는 크고 작은 잡무가 이렇게 많다는 것을 이들은 난생처음 제대로 경험했다.

그뿐인가. 그 모든 일정은 투어 준비와 동시에 진행되었다. 투어의 일정을 정리하고, 필요한 숙소와 이동편 비행기, 유로스타 등을 예약하고, 각 지역의 담당자들과 소통하며 공연장 상황을 체크하고, 투어에 가져갈 밴드의 홍보물을 만들고, 무대에서 입고 공연할 한복(이들은 '아시안체어샷'이라는 이름답게 한복과 잘 어울리는 동양적인 록 사운드를 선보인다)을 주문하고, 즉석밥이나 라면 따위의 부식품을 구입하고, 만약을 대비해서 국제운전면허도 발급받아두고, 예산이 빠듯하니 각 이동 경로의 모든 상황을 예측해 택시비까지 꼼꼼히 계산해두었다.

"누나, 이제야 회사 다니는 사람들의 마음을 알 것 같아요. 진짜 미생이 된 것 같아. 나 진짜 음악만 하고 싶다."
희남이가 엄살 섞인 불평을 할 때마다 나는 단호했다.

"희남아, 너 언제까지 음악 할래? 짧으면 이삼십 년, 길어도 삼사십 년은 계속할 거 아니야? 그럼 그 과정에서 회사가 도와주는 기간은 얼마나 되고, 또 스스로 해내야 하는 기간은 얼마나 될 것 같아? 예술가는, 로커일지라도, 금수저가 아닌 이상 '자생'해야 해. 스스로 해내지 못하면, 누구의 도움도 제대로 받을 수 없어."

힘들있을 거다. 자칭 타칭 '기타밖에 모르는 바보' 희남이가 리더로서 밴드를 대표해 한 달이 넘게 매일 출근하며 생소한 일들을 어떻게든 책임지고 해내야 하는 상황이었다. 물론 다른 멤버들도 각자의 역할이 있었다. 게다가 이들은 투어를 위해 새로운 레퍼토리를 연습하는 일도 게을리할 수 없었다. 지칠 만도 한데, 희남이는 가난한 주머니 사정에도 매일 자신을 도와주는 공연장 스태프들을 위해 커피를 사들고 출근하는 일을 거르지 않았다.

투어를 앞둔 어느 날, 해외의 음악관계자들에게 밴드를 알릴 수 있는 몇 안 되는 기회인 쇼케이스 페스티벌이 열렸다. 그날따라 여느 때보다 긴장한 이들이 걱정되어 공연장을 찾았다. 공연은 너무 좋았다. 첫 한두 곡 긴장한 것을 빼고는, 모든 연주와 보컬의 컨디션이 훌륭했다. 마지막 곡은 더 자세히 보고 싶어 백스테이지로 갔다. 마지막 기타 솔로 부분에서 희남이의 표정이 뭔가 달랐다. 액션도 평소와 조금 달랐다. 당장 기타를 타고 어디론가 날아가버리기라도 할 듯이 자유롭다. 웃는데, 울고 있다. 우는데, 웃고 있다. 노래하며 베이스를 치는 영원이도, 드럼을 치는 용진이도, 세 멤버 모두가 그 어느 때보다 절실한 마음으로 무대를 불태우고 있었다.

며칠 뒤, 오랜만에 희남이와 편맥(편의점 맥주)을 하다가 그날의 공연에 대한 이야기가 나왔다.
"누나, 이거 비밀인데, 나 그날 울었어요. 아…… 눈물나는 거 안 보이게 감추느라 혼났네."
"정말? 그래서 그랬구나. 표정이 평소랑 다르더라고. 뭔가 고통을 겪은 후에 성장한 느낌이랄까. 하하. 근데, 왜 울었어?"

"그냥요. 나간 멤버 생각도 나고, 서럽고, 슬프고. 누나, 나 요즘 정말 힘들던 이유가 뭔지 알아요? 어린 밴드들은 우리가 경연에서 우승하고, 막 1억 받고, 우리 정도면 뭔가 있을 거라고 엄청 기대하는데 실상은 전혀 아니니까. 누나 말대로 이렇게 우리가 힘들게 용을 써도, 공연장에 오는 사람들은 늘 정해져 있고, CD도 잘 안 팔리고, 저작권도 마찬가지고. 음악이 뭐라고, 내 꿈이 뭐라고 이렇게 가족들을, 주위 사람들을 희생시키면서까지 지키고 있는 건가 하는 생각이 들어서요."

희남이의 이야기를 들으며, 그동안 여러 가지 상황으로 지쳤던 마음이 너무 깊이 느껴져 마음이 아팠다. 하지만 "아이고, 우리 희남이, 많이 컸네. 손 리더님, 성장하셨어!" 하며 그냥 머리를 쓰담쓰담해 주었다.

늦었지만, 이야기해주고 싶다. 여러 가지 어려움도, 슬픔도 잘 참아내면서 부지런히 성장한 너희들이 자랑스럽다고.

살아가면서, 내가 가장 하기 싫은 슬프고 자존심 상하는 상상은 '미미시스터즈'가 어느 순간 지쳐서 흐지부지하다가 사람들의 기억에서 그냥 그렇게 사라지는 존재가 되는 것이다. 우리 미미는 어떤 상황이든 오랫동안 활동을 이어가기로, 한동안 활동이 이어지지 않는다고 해도 해체 같은 건 생각하지 않고 버티기로 약속을 했다.

그런데 어느 순간, 하기 싫은 상상 하나가 추가되었다. 나보다 훨씬 절실하게 일상의 모든 시간을 음악에 매달려 있기에 갑절로 힘이 들 아시안체어샷. 그들이 살아가면서 닥칠 모든 어려움을 이겨내지 못하고 지쳐 나가떨어진다면, 팬으로서 너무 자존심이 상할 것 같다. 무엇보다, 그들의 무대를 더이상 볼 수 없다면, 너무 슬플 것 같다.

그러니, 힘을 내시라. 당장 눈앞에 보이지 않는다고, 없는 게 아니다. 사라지는 게 아니다.
우리, 할머니 할아버지 밴드 될 때까지 열심히 버텨보자.
그때가 되면 그렇게 말만 하던 미미시스터즈, 아시안체어샷 조인트 공연하며 신나게 웃어보자.

애들아, 미미 누나들이랑 글래스턴베리 같이 갈래?

40만 원어치
피아노

2년 전에 피아노를 팔았다. 초등학교 때 아빠가 사주신 피아노이니 거의 이십몇 년을 함께 이사 다닌 셈이다. 이사 때마다 힘들었다. 이삿짐센터 아저씨들은 땀을 뻘뻘 흘리며 이야기했다.

"시대가 이렇게 변하는데 왜 가벼운 피아노 하나 못 만든대? 휴대폰이나 컴퓨터는 맨날 가볍게 만들면서."

지당하신 말씀입니다, 하면서 나는 항상 죄송했다.

그런 피아노를 결국 팔게 된 데에는 고양이가 아주 지대한 공헌을 했다. 나에게는 고양이가 한 마리 있는데, 나이는 열여섯에 아주 고령의 할아버지 고양이다. 이름은 땅콩. 처음 봤을 때는 정말 땅콩처럼 자그마했다고 전 주인이 이름을 그렇게 붙였는데, 나에게 온 지 1년 만에 땅콩은 킹콩이 되었다. 그 당시 나는 남자친구의 친구가

학교 기숙사에서 몰래 고양이를 기르다 (고양이만) 퇴실조치를 당했다는 딱한 사정을 듣고 그럼 기숙사에서 지내는 6개월만 우리 집에서 키워주기로 약속을 했다. 그러나 6개월이 지나도 땅콩이의 친부는 연락이 없었고 나도 그사이 정이 들어버려 어영부영 16년을 함께해버린 것이다.

그사이 나의 애인이 바뀌었어도 땅콩은 그들을 너그럽게 받아주었다. 가끔 그들의 신발에 스프레이를 하기도 했지만, 나는 결코 그를 중성화시키지 않았다. 스프레이란, 수컷 고양이들이 자신의 영역 표시를 위해 소량의 오줌을 여기저기 찔끔찔끔 싸놓는 행위다. 정식 소변은 아니지만 어쩌면 소변보다 더 강력하고 함축된 엑기스 소변인 것이다. 그래서 냄새가 아주아주 독하다. 이것 때문에 중성화 수술을 시키는 집사들도 많다.

하지만 더 부지런히 닦으면 되지 어떻게 너의 본능을 제거하랴 하는 마음으로 나는 땅콩이의 스프레이를 눈감아주며 13년 가량을 살았다. 한옥집으로 이사 갔을 때는 땅콩은 결국 외출냥이가 되어 마음껏 자신의 수컷스러움을 뽐내고 다녔다. 그러던 어느 날 땅콩이는 피투성이가 되어 집으로 돌아왔고, 약 세 시간 정도의 대수술을 받았다. 추측건대, 동네 보스 고양이의 여자를 건드리고 그만 17 대 1로 싸우다…… 흑흑. 이런 신파.

아무튼 그때 수의사 선생님은 땅콩이가 더이상 밖으로 나가 이런 일을 당하지 않으려면 중성화 수술을 해야 한다고 했다.

"선생님, 나이 많은 고양이가 중성화 수술하면 우울증에 걸리지 않나요?"

"그럼 그냥 이렇게 언젠가 길거리에서 죽게 놔둘 거예요?"

그렇게 땅콩이는 사랑도 잃고 수컷의 상징도 잃었다.

아무튼 이사를 끝내고 피아노 튜닝을 하러 조율사 아저씨를 불렀는데 아저씨가 피아노 뚜껑을 열자마자 한숨을 내쉰다.

"아유, 이거 그대로 두면 아주 큰일나겠는데요."

"왜요?"

"피아노 줄이 다 삭았어요. 뭐 식초 같은 거 쏟았어요? 냄새가 완전 쏘는데요."

"식초요? 혹시……."

그렇다, 그 강력한 산의 원인은 땅콩이었다. 고양이의 오줌이 그 튼튼한 피아노 줄(액션 신에서 사람들이 이걸 닫고 날아다니지 않았던가)을 끊을 만큼 강하다는 걸 그때 처음 알았다.

"그냥 두시면 이거 갑자기 줄이 끊어질 거고 그때 엄청난 소리가 날 거예요, 그 소리 때문에 죽을지도 몰라요. 심장마비로."

"에, 그럼 줄만 갈 수 있나요?"

조율사 아저씨는 장난하냐는 표정으로 날 보았다.

"그 돈이면 새로 피아노를 사지요. 지금 이 피아노는 버려도 안 주워 갈걸요."

피아노 줄이 끊겨서 심장마비로 죽었다는 사람 이야기를 들어본 적은 없지만, 그래서 혹시 조율사 아저씨가 날 속였나 하는 생각이 나중에 들었지만, 언제 터질지 모르는 그 소리를 상상하는 것만으로도 아주 공포스러웠다. 시한폭탄을 집에 두고 사는 기분이지 않겠는가.

그렇게 나는 피아노를 팔았다. 그것도 단돈 10만 원에!
아, 20여 년을 함께했던 피아노를 단돈 10만 원에 보냈다니. 그다지 열심히 치지는 않았지만 그래도 나의 손때와 시간이 묻어 있는 피아노였는데.

그뒤 나는 이사를 몇 번 더 했고 피아노 없이 몇 년을 지냈다. 그 사이 기타를 배웠고, 미미 작업을 할 때는 기타로 노래를 만들거나 음악 프로그램의 키보드로 작업을 했다. 디지털 시대 아니겠는가. 아날로그 피아노 한 대쯤 없어도 내 맥북에는 스타인웨이니, 야마하니, 명품 피아노가 가득했다.

그러던 어느 날 친하게 지내던 보컬 선생님의 작업실에 놀러가게 되었다. 선생님은 레슨 때 항상 피아노를 쳤고, 피아노는 항상 작업실 구석에 놓여 있었기에 특별히 느껴지지 않았는데, 이상하게 그날따라 선생님이 피아노 자랑을 많이 하는 거다.

"요즘 피아노 치는 게 너무 재미있어요. 옛날에 치던 클래식 곡들 있잖아요, 베토벤이나 슈만 같은 거."

그러고 보니 악보를 보고 피아노를 친 지 정말 오래되었다. 고등학교 이후에 없었던 것 같다. 우연히 대학 때 친구가 가지고 있던 에릭 사티 악보를 보고 친 것 말고는 거의 기억에 없다. 그런데 선생님이 악보를 보고 피아노를 치는데 갑자기 욕망이 막 솟았다. 악보를 보고 피아노를 치고 싶다는 욕망이.

선생님이 자꾸 날 유혹한다.

"중고로 알아보세요, 비싸지 않아요."

그렇게 일주일 뒤. 나는 피아노를 가지게 되었다.

스피넷이라는 피아노다. 일반 피아노보다 덩치가 작고 소리는 더 째 랑째랑하다. 검색해보니 1950년대 미국의 재즈 피아니스트들이 많이 쳤다고 하는 기종이다. 오, 왠지 이 피아노를 치면 그들의 영감도 받을 수 있을 것 같았다.

게다가 40만 원.

그래, 이 돈으로 40만 원어치 이상의 노래를 만들어버리자.

1년이 지났다.

나는 40만 원어치를 벌었는가? 이 피아노로만?

영감님
이야기

작은미미

동생은 항상 할아버지를 '영감님'이라고 불렀다. 방학 때면 외국에 자주 들락거리던 부모님을 대신해 할아버지 할머니가 우리를 돌봐 주셨는데, 동생은 자주 사고를 쳤다. 할아버지의 돈을 몰래 가져가 는 것은 물론이요, 할아버지의 차를 새벽에 몰다가 (무려 열여섯 살 때) 흠이 나서 영감님 눈을 속이려 검은 마커로 떼우기도 했다.

"누나, 영감님 주무시나? 누나, 영감님 일어났나?"가 동생의 주 대 사였고 나는 주로 새벽에 들어오는 동생의 망을 봐줬다. 우리를 거 의 방임하다시피 키웠던 부모님과는 다르게 할아버지는 무척 엄하 셨고 동생에게는 회초리도 종종 드셨다.

그런 할아버지를 보면 가끔 납납했다. 본인의 가치관이 너무나도 확고하여 다른 길은 전혀 인정하지 않으셨다. 그리고 무척이나 자

147

린고비셨다. 할머니에게 한 달 생활비로 10만 원만 주고 생활하게
하셨다.

내가 고등학교를 졸업했을 때였다. 엄하기만 하던 할아버지가 갑자
기 나에게 졸업선물을 해주겠다며 같이 백화점을 가자고 하셨다. 나
는 들떠서 당시 유행하던 허리가 잘록하게 들어간 카멜색(갈색 아니
고 카멜색) 캐시미어 코트를 사겠노라 마음먹었다. 하지만 백화점에서
나의 로망은 퇴짜를 맞았다. 할아버지의 말씀은 어디 학생이 야하게
그런 옷을 입느냐는 것이었다. 할아버지 저 이제 대학생이 되는데요…… 할
아버지는 결국 고등학교 3년 내내 입었던 코트와 별반 다르지 않은,
시꺼먼 코트를 건네며 "이거 좋네, 이걸로 해라" 하셨다. 모범생이었
던 나는 네, 하고 그 코트를 군말 않고 받았다. 모직 코트는 무척 무
거워서 입을 때마다 어깨가 아파왔다.
그뒤에도 할아버지는 본인의 취향에 맞는, 골프웨어 같은 것들을 가
끔 사주셨다. 감사합니다 하고 받았지만, 사실 내가 소화하기에는
조금 어려운 종류의 옷들이었다.

할아버지는 내가 남자가 아닌 것이 속상해서 내가 태어났을 때 내
얼굴도 안 보셨다고 했다. 정말 고리타분한 경상도 영감이다. 하지
만 그게 내내 마음에 걸리셨는지, 아니면 점점 내가 좋아지신 건지,
그 자린고비 영감님이 내게 유산을 남기셨다.

할아버지는 어느 날 새벽에 갑자기 돌아가셨다. 지병도 없고 평소 건강관리를 징그럽게 철저히 하던 분이셨다. 사인은 심장마비였다. 허리가 아파서 그다음 주에 서울로 검진받으려고 예약까지 해놓으셨던 양반이었다.

영감님 시신은 너무나도 깔끔했다. 생전에 결벽증을 보이셨을 만큼 깨끗한 분이셨다. 집에 먼지가 있으면 할머니께 불호령이 떨어졌다. 본인은 손 까딱하지 않으셨지만 할머니에게는 속옷, 양말까지 다리게 했던 분이다. 비린내 난다고 고등어 대신 삼치만 드셨다. 그런 분이 정말 할아버지답게 깨끗하게 돌아가셨다. 주무시다가 그대로 가신 것이다.

동생은 많이 울었다. 할아버지 속을 무지하게 썩였던 동생은 영감님에 대해 농담을 하면서도 눈에서는 눈물이 줄줄 흘렀다. "그래도 영감님이 혼낼 때가 좋았는데. 맞제, 누나?"

할아버지가 돌아가시고 며칠 뒤 할머니한테서 전화가 왔다. 할아버지가 내 이름으로 돈을 남기셨다는 거다. 나뿐만 아니라 모든 자식과 손주들에게 각각 통장을 만들어서 돈을 남기셨다. 엄청 많은 돈은 아니었지만 당시 경제적으로 힘들었던 나에게는 아주 큰돈이었다. 집값에도 보태 쓰고 미미 앨범에도 보태 썼다. 기분이 이상했다. 이렇게 갑자기 가버리실 거였으면 그냥 그 돈 다 쓰고 돌아가시지. 뭐하러 그렇게 기를 쓰고 모으셨나.

어릴 적에 그런 생각을 했다. 왜 나는 멋지고 쿨한 소설가나 음악가의 손녀가 아닐까? 혹은 왜 맹렬한 독립운동가나 아나키스트의 손녀가 아닐까? 할아버지는 고등학교 한국지리 선생님이었다. 집에서는 하루종일 먹을 갈며 서예를 하면서 잔소리만 늘어놓으시던 할아버지, 나에게 교대를 가라고 그렇게나 말씀하시던 할아버지. 내가 미미를 하는 걸 아셨다면 당장 호적에서 파버렸을 할아버지. 할아버지는 4·19 때 교원노조운동을 하시다가 5·16 이후에 구속되셨고 그 이후로는 본인의 정치적 노선을 완전 극우로 바꾸셨다. 그래서 명절 때면 아빠와 참 많이 싸우시던 할아버지.

할머니 댁에 가면 아직 할아버지가 서예 하시던 방이 그대로 남아 있다. 40년은 족히 되어 보이는 등나무 의자와 낡은 책상. 가끔 나는 거기서 할아버지의 뒷모습을 본다. 그러다 갑자기 할아버지가 돌아보시며 나에게 호통을 쳐댈 것만 같다.

"여자가 살림이나 잘 배울 것이지 무슨 미미야! 당장 때려치워!"

종종 할아버지는 자취하는 나에게 삼치를 보내주셨다. 머리도 없고 뼈도 없는 아주 깨끗하게 손질된 삼치였다. 삼치의 하얀 살을 보면 영감님 생각이 많이 난다.

율리아나의
꿈

큰미미

"큰미미 세례명이? 난 크리스티나!"

며칠간 피정(가톨릭 신자들이 행하는 일정 기간 동안의 수련생활)에 다녀오셨다
는 이시스터즈 김희선 선생님께 "저도 나일론 신자지만…… 가톨릭
이에요"라고 인사를 전하니, 세례명을 물으신다.
"아. 선생님, 저는 율리아나예요."
"오, 큰미미 율리아나!"
"선생님께서 제 세례명을 불러주시니 기분이 몽글몽글하네요. 사실
저 중학교 3학년 때까지 꿈이 수녀님이었거든요."

매일 새벽마다 엄미의 손을 잡고 미사에 가던 어린 시절이 있었다. 어
쩌다 새벽잠을 못 이겨 미사를 가지 못한 날은 뭐가 그리 억울했는지

펑펑 울기까지 했다. 내가 매일 미사에 가는 이유는 오로지 하나였다. 너무나 좋아하다못해 동경하는 제노비아 수녀님의 노래를 듣기 위해서.

천상의 목소리. 새벽 미사 때마다 가장 큰 소리로 성가를 부르시는 수녀님의 목소리를 들을 때마다, 다른 표현은 떠오르지 않았다. 그때부터 나의 꿈은 수녀님이 되었다.

가끔 기타를 튕기며, '너의 침묵에 메마른 나의 입술'로 시작하는 가요를 수줍게 불러주시던 낯선 모습의 수녀님이 너무나 멋져 보였다.

어느 날, 혜화동 가톨릭 회관에서 열린 수녀님의 공연에 초대를 받았다. 학교를 마치자마자 집으로 달려와 며칠 전부터 걸어두었던 예쁜 옷을 차려입고, 엄마와 함께 공연을 보러 갔다. 엄마가 손수 만들어주신 화려한 꽃다발을 들고, 두근두근 설레며 수녀님의 순서를 기다렸다. 지금은 잘 생각나지 않지만, 공연의 내용은 주로 창작 성가였던 것으로 기억한다.

"율리아나, 와줘서 고마워."

수녀님은 공연을 마치고, 환하게 웃으시며 내게 수녀님의 노래가 담긴 테이프를 선물해주셨다. 나에게는 그날 공연에서 들었던 한 곡한 곡이 너무나 소중했고, 한동안 수녀님의 목소리가 담긴 테이프를 외우도록 들었다.

어쩌면 나에게 있어 음악의 첫 경험이자, 가장 가까이에서 살아 숨

쉬는 뮤지션은 바로 제노비아 수녀님이었다. 그리고 얼마 지나지 않아, 수녀님은 다른 성당으로 옮겨가시게 되었다.

더이상 나는 새벽 미사에 가지 않았다. 수녀님을 그리워하며 반복해서 듣던 테이프는 결국 늘어졌다. 나는 또다시 펑펑 울며 테이프를 냉동실에 넣었다.

한동안은 수녀님에게 편지도 하고, 가끔 통화도 하며 지냈다. 다니던 성당에는 새로운 수녀님이 오셨지만, 그 어떤 분도 제노비아 수녀님처럼 멋지지는 않았다. 하지만 나의 꿈은, 여전히 수녀님이었다.

그리고, 시간이 흘러 나는 중학생이 되었다. 우연히 정릉에 위치한 수녀원에 초대를 받아, 성당 친구들 몇몇과 함께 놀러가게 되었다. 수녀원은 정릉에서도 산꼭대기, 숲속에 있었다. 마을버스를 타고 올라가서도, 수녀원 정문을 지나 한참을 더 걸어올라갔다. 우리를 초대해주신 수녀님은 수녀원 곳곳을 안내해주셨다. 나는 혹시라도 제노비아 수녀님을 만날 수 있지 않을까 주변을 두리번거렸다. 하지만 제노비아 수녀님은 어디에도 계시지 않았다.

친구들과 함께 반나절의 즐거운 시간을 보내고 우리를 문 앞까지 배웅해주신 후, 수녀원을 향해 걸어가시는 수녀님의 뒷모습을 나는 몇번이고 뒤돌아 바라보고, 또 바라보았다. 숲속을 향한 그 뒷모습이 왠지 한없이 자유롭고, 또 자유로워 보였다.

그리고 사춘기를 맞은 나는 짝사랑을 시작했다. 수녀님이 되겠다는 꿈은 매일 심야 라디오를 들으며 방송작가가 되겠다는 꿈으로 자연스럽게 바뀌었다. 가끔 라디오에서 나오는 조동익 아저씨의 〈엄마와 성당에〉를 들으면 제노비아 수녀님 생각이 났다.

고등학교 졸업 후, 대학교 입학을 앞두고 있던 어느 날이었다. 엄마는 내게 깜짝 놀랄 만한 선물이 있으니, 엄마와 친한 성당 아줌마네 집으로 오라고 하셨다. 아무 생각 없이 들른 그곳에는, 내가 그토록 그리워하던 제노비아 수녀님이 나를 기다리고 계셨다. 너무 오랜 시간 동안 만나지 못했던지라 조금은 어색했다. 수녀님은 변함없는 목소리로 나를 부르며 무척이나 반가워해주셨다. 그리고 내게 대학교 합격 선물로 함께 여행을 떠나지 않겠냐고 하셨다.

여행을 갔다. 그 누구도 아닌 제노비아 수녀님과.

수녀님은 아주 오랜만에 휴가를 받아, 고향집에 가시게 되었다고 했다. 수녀님은 '율리아나가 이렇게 잘 자라주어 너무 기쁘다'고 하셨다. 당진에 있던 수녀님의 집에서 며칠을 묵으며 함께 인근의 성지에도 방문하고, 겨울 바다를 보겠다고 버스를 타고 눈길을 헤치며 만리포에도 갔다. 오랫동안 수녀님을 그리워하던 나에게, 수녀님과의 여행은 감히 상상하지도 못한 일이었고, 며칠간의 여행은 굉장히 낯설지만 즐거운 경험이었다.

여행중에 수녀님은 아직도 내게 수녀의 꿈을 가지고 있냐고 물어보셨다. 나는 머뭇거리며 대답했다.

"음…… 저는 이제 연극을 전공할 거니까요……"

수녀님은 웃으시며, 수녀가 되어도 다양한 일을 할 수 있다고 하셨다.

여행의 마지막 밤, 나는 열린 방문 틈으로 두건을 쓰지 않은 수녀님의 머리를 본의 아니게 훔쳐보게 되었다. 늘 수녀님에게 "수녀님 머리는 짧아요? 길어요?" 집요하게 묻던 어린 율리아나, 매일 새벽 미사에 수녀님의 노래를 들으러 가던 꼬맹이는 결국 수녀님의 머리 길이를 목격하게 된 것이다.

그리고 그후의 일은 잘 기억이 나지 않는다. 하지만, 아직도 매일 새벽 미사에서 들었던 수녀님의 목소리만은 귓가에 생생하다.

이시스터즈 김희선 선생님은, 지금도 내가 가톨릭 신자임을 잊어버리지 않게 가끔 '우리 큰미미 율리아나'로 불러주시며 환기시켜주신다. 그리고 나는 그때마다 내게 수녀의 꿈이 있었음을 기억해내곤 한다. 아주 오래된, 그러나 문득 꺼낼 때마다 마음이 몽글몽글해지는 꿈이다.

그럼
미미는? 1

우리는 택시로 한강대교를 건너고 있었다.

며칠간 무언가 심상치 않은 표정을 거두지 않던 작은미미가 결심한 듯 입을 열었다.

"○○야." 작은미미는 평소 나를 부를 때 본명을 즐겨 쓴다. 그래야 안 까먹는다나.

"응." 뭔가 심상치 않다.

"나 인도에 가게 됐어."

"······진짜 가는 거야?"

무역업을 하는 작은미미의 남편이 몇 년 전부터 해외 주재원으로 가게 될지도 모른다는 이야기는 무성했지만, '갈 것 같아'가 아닌 진짜 '간다'는 이야기는 처음이다.

"얼마나?"

"4년."

"야, 며칠 너 표정이 이상하더라니. 난 무슨 일 난 줄 알았다. 하하, 잘됐네! 가서 둘째 만들어!!"

우리는 어색한 공기를 바꾸려 애써 웃음을 터트렸지만, 곧바로 미미의 현실적인 계획들을 장황하게 의논하기 시작한다. 우리가 지금 이렇게 가까이 붙어 있으니 언제든지 가능하다는 생각에 부지런히 무언갈 하지 않았지만, 멀리 떨어져 있으면 좀더 절실해지지 않을까? 그래, 시차도 세 시간 삼십 분밖에 안 난다니까 실시간 페이스타임 같은 걸로 뮤직비디오나 라이브를 만들어봐도 재미있겠다. 왜, 우리 얼마 전에 같이 봤던 영화 〈트윈스터즈〉 같은 콘셉트로 말야. 그래 그래, 책도 쓸 수 있고, 요즘엔 왜 '우효'같이 특별히 라이브 활동 거의 없이 음원 발표하고 온라인으로만 소통하는 뮤지션들도 많잖아. 너 거기 가면 시간도 많겠다, 곡이 막 쏟아지겠는데?

"어쨌든, 넌 꼭 솔로 활동을 해줘. 그게 너한테도 좋고, 나한테도 좋아. 하아, 근데 다녀오면 도대체 우린 몇 살인 거냐……." 한숨을 내쉬는 작은미미.

며칠째 '이걸 도대체 어떻게 밀하나' 혼자 고민에 고민을 거듭하며 온갖 상상의 나래를 펼쳤을 작은미미를 생각하니, 괜시리 웃음이 나기도 하고 짠하기도 하다. 나 역시 이야기를 듣자마자 아무렇지 않은 듯 웃으며 앞으로의 계획에 대해 신나게 수다를 떨었지만 진짜로 나의 마음속에, 무엇이 밀려올지는, 내일 아침 자고 일어나봐야 아는 것이다.

아마도 우리는 서로에게 이야기하지는 않았지만, 똑같이 약 6년 전의 비슷한 순간을 떠올렸으리라.

장기하와 얼굴들에서 독립하고 '미미시스터즈'만의 정규 음반을 준비하던 우리는 무척 마음이 급했다. 혹시나 우리를 사랑해주던 사람들의 기억 속에서 잊혀질까 불안했고, 기대에 부응하지 못할까 두려웠다. 기라성 같은 많은 선배님들의 든든한 지원 속에서 1집을 내고 활동하던 미미는, 모든 면에서 서툴렀다. 무대에서 말하는 방법도, 노래를 하며 모니터(보컬 사운드를 무대 위에서 확인할 수 있는 스피커 장치) 환경에 적응하는 것도, 인터뷰중 입을 열어 우리를 소개하고 이야기 나누는 것도, 모든 것이 낯설고 어렵기만 했다. 그리고 우리가 서툰 만큼 대중들의 평가는 냉정했다. 여전히 미미를 사랑해주는 팬들은 있었지만, 우리는 이제 코러스와 율동으로 존재감을 드러내는 **'퍼포머'**가 아닌 엄연히 우리의 '음악'을 '팔아야' 하는 **'직업 뮤지션'**으로서 무대에 서는 것이 당연했다. 그러나 맹목적인 '열정'과 '열심'만으로는 채워지지 않는 현실에 대해, 아프지만 천천히 깨달아가고 있는 중이었다.

"중요한 건 멈추지 않고 무언가 계속하고 있다는 거야. 일주일에 5일 이상 무조건 클럽에서 굴러!" 크라잉넛 한경록 오빠의 조언에 따라 우리는 홍대 앞 라이브 클럽들에서 공연을 시작했다. 너무나 감사하게도 많은 클럽에서 오디션을 거치지 않고 금요일이나 토요일 무대에 설 수 있었다. 그런 특혜가 힘들게 오디션을 거쳐서 화요일, 수요일 밴드로 시작해야 하는 누군가에게는 못마땅하게 느껴졌을지도 모른다. 그렇게 소중한 무대에서 매주 스스로 깨지고, 또 깨지기를 반복하며 공연을 이어가던 중 가장 많이 했던 생각은 '우리가 미미를 계속할 수 있을까, 우리에게 과연 2집이라는 것이 있을까'였다.

입에 담으면 진짜가 될까봐, 우리는 가능한 '미미의 앞날'을 화제에 올리지 않았던 것 같다.

첫 음반을 낸 지 한 달 만에 작은미미는 결혼을 했고, 얼마 후 나는 당시 만나던 여섯 살 연하의 애인과 헤어졌다. 그리고 몇 달이 지나지 않아 나는 미미 활동을 근근이 이어가며 생계로 하고 있던 사업에서마저 뜻하지 않게 손을 떼게 되었다. 결국 나에게는, '미미'만 남았다.

그러던 어느 날, 작은미미와 함께 보컬 레슨을 마치고 나오는 길이었다.

"○○야, 나 임신했어."

당황스러웠다. 그동안 느꼈던 불안의 정체가 바로 이거였나.

이제…… 미미는 어떻게 되는 거지?

"그럼 미미 2집은 한참 미뤄야겠네……."

합주가 있기까지, 나는 집 안에 틀어박혀 먹지도, 자지도 않고 내내 괴로워하기만 했다. 앞으로 나는 어떻게 살아가야 할까. 작은미미는 나만큼 '미미'를 중요하게 생각하지 않는 건가? 큰미미 아닌, 원래 '나'는 어디로 갔지? 애초에 그런 게 있기는 했나? 이런 내가 지금 할 수 있는 건 뭘까, 나는 과연 잘 살아갈 수 있을까……. 온갖 자괴감과 물음으로 둘러싸인 나는 오로지, '나'만 생각했다.

며칠 뒤 합주실에서 만난 작은미미는 울음을 터트리며 나를 몰아붙였다. 나는 분명 "미미 2집은 한참 미뤄야겠네……"라고 말했는데, 작은미미의 뇌리에는 앞뒤 없이 그냥 **"그럼 미미는?"**이라는 문장으로 박혀버린 것이었다. 일부러 그 누구에게도 말하지 않고 나에게 제일 처음으로 꺼낸 소식이었는데, 도대체 자신을 친구로 생각하긴 하는 거냐고 했다. 작은미미는 10여 년간 한 번도 본 적 없는 흥분과 분노로 가득찬 얼굴로 한참을 울부짖었다.

'그래, 우린 친구였지. 친구에게 임신 소식을 들으면 먼저 축하라는 것을 해야 하는 거였지…….'

미안하다, 내가 상황이 너무 좋지 않아 제정신이 아니었다, 늦었지만 축하한다. 이런 말들 따위는 이미 유통기한이 지나도 한참 지나 있었다.

"그럼 미미는? 그럼 미미는? 하, 몇 년이 지나도 못 잊을 거야, 두고 봐. 네가 임신하면 똑같이 갚아줄 테니까"라는 독한 원망 끝에는, 미안함을 넘어 묘한 억울함이 찾아왔다.

'왜 나만, 이렇게 너를 기다려야 하지?'

그럼
미미는? 2

밴드가 한 달 이상 투어를 함께하면 둘 중 하나라고 한다.
죽어라 싸우다 깨지거나 10년, 20년, 혹은 그 이상 밴드를 지속하게
되거나.

몇십 년을 얼굴 맞대고 살아온 가족 간에도 끝내 맞출 수 없는 무언
가가 있는데, 하물며 자라온 환경도 성격도 욕망도 전혀 다른 세 사
람 이상이 만나 가난하고 힘들고 피곤하기까지 한 낯선 상황 속에
서 한 달 이상을 딱 붙어 있자면 크고 작은 다툼이 생기는 건 당연
하다. 갈등의 처음은 대부분 아주 사소한 불만들에서 시작되는데,
이 문제들이 풀리지 못하고 쌓여 있는 와중에 결국 똑같은 불만들
이 일을 하는 과정에까지 영향을 미치게 되는 것이다. 거기다 밴드
멤버가 세 사람인 경우 2 대 1 구도가 되거나, 넷인 경우 2 대 2 구

도가 되기 십상이라고 하니, 미미는 그나마 둘이라서 다행이라는 생각이 드는 것이다.

둘이라는 숫자는 아주 깔끔하다. 붙어 있으면 '우리', 떨어지면 그냥 '나'.

밴드 관계는 어찌 보면 결혼과 연애의 중간쯤 되는 것 같다. 아니, 그보다 지독할지도 모르겠다. 만난 지 얼마 안 된 남편이나 애인과 동업을 하는 경우는 흔치 않을 테니까. 이건 그냥 사랑하는 마음으로 같이 살아가기만 하면 되는 게 아니라, 함께 어떤 목표를 향해 달리고 성과를 이루기까지 해야 하니, 그야말로 서로에게 '필요한' 관계일 때 갈등을 최소화하며 지속할 수 있는 게 아닌가 싶은 것이다.

하지만 사이가 좋고, 갈등을 어떻게 해결해야 하는지도 대략 습득했고, 서로가 서로에게 꼭 필요한 관계라고 인정할지라도 밴드를 지속하지 못하게 되는 경우도 있다. 꽤 오랜 기간 열심히 활동해왔지만 그에 비해 이렇다 할 주목을 받지 못해 절망하거나, 한때 이렇다 할 주목을 받았더라도 그후의 삶이 딱히 크게 달라지지 않는다거나, 음악만으로는 생계를 유지하지 못하는 상황에서 돌파구를 찾지 못하거나, 개인적인 사정으로 지쳐버리는 경우다. 이런 모든 상황을 차근차근 극복해나가며 꾸준히, 진득하고 절실하게 음악활동을 이어가고 있는 대단한 친구들이, 우리 주위에는 아주 많다.

"나는 네가 미미 말고 다른 일도 했으면 좋겠어."

늘 나보다 조금 더 어른스러운 작은미미의 말이, 그날따라 왠지 깐깐하고 냉정한 친언니의 잔소리처럼 느껴져 듣기가 싫었다. 너무 맞는 말이라서, 괜히 부아가 났다. 작은미미는 아마도 내가 조금 더 지치면 더이상 미미를 지속할 수 없으리라 예감했던 것인지도 모른다.

작은미미의 배가 서서히 불러오는 동안, 우리는 크고 작은 공연을 계속했다. 그리고 더이상 우리가 가지고 있는 어떤 의상으로도 작은미미의 배를 감출 수 없을 때쯤 나는, 마지막 공연을 마치고 난생처음 꽤 먼 곳으로 긴 여행을 떠났다. 혼자서 걷고, 걷고 또 걸었다. 그리고 여행에서 돌아온 나는, 동네 마트 야채 코너에서 아르바이트를 시작했다. 그저 매일 아침 일어나 정해진 곳으로 향하고, 몸을 움직여 일할 뿐이었는데 조금씩 뭔지 모를 활력이 생겨났다.

아기를 만날 날이 다가오는 작은미미와 나는 미미 활동을 활발히 할 때보다 조금 더 자주 여유 있는 시간을 보냈고, 한결 편안해졌다. 내가 술을 마시면 작은미미는 무알콜 맥주를 마시고, 보고 싶었던 공연이나 전시나 영화를 함께 보거나, 주위 사람들의 대소사를 챙기곤 했다.

만삭이 된 작은미미의 한옥집에서 친구들과 함께 신나게 바비큐 파티를 하고, 마당에 프로젝터를 설치하고 돗자리에 누워서 글래스턴베리 페스티벌 실황을 봤다.

우리는 인터뷰마다 '미미의 꿈'을 묻는 질문에, "할머니 밴드가 되어 '글래스턴베리 페스티벌'에 가는 것"이라고 막연하게 답해왔는데, 그날따라 다름아닌 글래스턴베리의 풍경이 눈앞에 펼쳐져 있는데도, '할머니 밴드'가 된 우리의 모습은 잘 상상이 되지 않았다.

그럼
미미는? 3

큰미미

우리는 엄살이 심했다. 그래, 처음이었으니까.

작은미미는 지금도 가끔 이야기한다.
"배가 막 만삭으로 불렀어도, 그냥 계속 공연할걸 그랬어. 너도 똑같이 배에 뭔가 넣고 노래했어도 재밌었을 텐데."
임신 소식을 듣고 미미의 활동이 영영 끝인 것처럼 예민하게 굴었던 시간들이 무색하게, 작은미미는 출산 후 반년도 안 되어 작업을 재개했다.

어느 날은 "아기를 가만히 보고 있으면, 이 아이만으로 내가 할 수 있는 창작은 충분한 것 같다는 생각이 들어"라며 솔로인 나로서는 도저히 이해가 안 가는, 아주 노력해도 어렴풋이 짐작 정도만 할 수 있는 신기한 소리를 늘어놓다가 또 며칠이 지나면 "아, 나도 술 마시고 싶다. 연애하고 싶다. 욕망이 채워지지 않으니 음악이, 가사가 절로 나와"라고 했다. 작은미미는 임신 초반에도 그러더니, 아기를 낳고 나서도 여전히 롤러코스터를 타고 사는 사람마냥 웃다가 우울하다가를 반복했다. 그러다가는, 결국 아기를 들쳐업고 연습실에 나오는 지경에 이르렀다. 나는 속으로 감탄했다. '으아, 난 저렇게는 못해.' 엄마는 대단하다. 그리고 엄마이면서 동시에 자기애自己愛를 놓지 않는 엄마는 더욱 위대하다.

미미가 자신 있게 '미미의 뮤즈'라 칭하는 은인 같은 친구 W의 의욕적인 기획에 힘입어, 우리는 아마도 평생 잊지 못할, 미미를 지속할 어떤 계기를 얻게 되었다. 바로 우리가 늘 꿈꿔오던, 그리고 많은 영향을 받아온 한국 시스터즈 언니들에 대한 이야기를 음악극으로 담는 기회를 얻게 된 것이다. 〈시스터즈를 찾아서〉라는 제목의 이 극에는 결국 우리 자신의 이야기를 담게 되었다.

김시스터즈 언니들이 10대 후반에 먼 라스베이거스에서 활동했던 이야기, 이시스터즈 언니들이 돌아가면서 임신과 출산을 반복하며 활동하시던 이야기(무려 출산 전날도 공연을 하셨다고 한다. 노래 제목은 〈날씬한 아가씨끼리〉), 펄시스터즈, 바니걸스, 코리아키튼즈의 윤복희 선생님까지, 멋진 선배님들에 대한 뒷조사(?)와 인터뷰, 영상 등을 두루 찾아보며 언니들의 삶을 조금이나마 들여다보니, 그간 우리의 엄살이 창피하기만 했다. 그리고 패티 스미스 언니의 자서전 『저스트 키즈』를 읽으며, 이렇게 멋진 언니들이 수많은 어려움과 고통을 이겨내며 멋지게 살아오셨고, 지금까지 잘 살아 계시다는 것만으로도 벅찬 위로가 되었다. 그 기운을 받아서였을까, 작업 내내 주고받던 우리의 교환일기는 생각보다 훨씬 솔직한 생각을 가감 없이 담아냈고 서로의 상황과 깊은 속내를 이해하는 데 더없이 좋은 매개체가 되어주었다. 그리고 우리는 누가 먼저랄 것 없이 생각했던 것 같다. '이제 우리, 다시 시작할 수 있겠구나. 조금 더 가볼 수 있겠구나.'

인도에 가면 꽤 오랫동안 자리를 비우게 되는 거니까, 떠나기 전에 지인들에게 인사도 할 겸 뭔가 작은 파티라도 하면 어떨까 하는 나의 제안에 작은미미는 딱히 이렇다저렇다 반응이 없던 차였다.

오랜만에 연습 도중 잠깐 코앞 빵집에서 한숨을 돌리다가, 남편이 있는 인도에 잠시 다녀온 작은미미에게 별생각 없이 "인도는 어땠어? 참, 하늘이(드러머)한테는 너 간다고 아직 얘기 안 했지? 누구한테 듣기 전에 네가 직접 얘기하는 게 좋지 않을까?" 하고 물었다. 아이스 라테를 홀짝거리던 작은미미는 "아니…… 얘기 안 했어. 그거 알아? 가는 건 맞는데 왠지 간다고 하기 싫은 거. 내가 아주 영영 가는 게 아니잖아. 우리 그런 거 하지 말자. 마지막 파티 같은 거 하지 말자." 울먹울먹 대답하다가 결국 감정에 복받쳐 엉엉 울어버리는 모습을 보며 당황한 나는 "그래, 그런 거 하지 말자" 하며 다독거리는데 문득 작은미미의 안타까운 심정이 뭉클, 느껴졌다. 인도행이 결정된 후 『인도에는 왜 갔어』라는 책을 보여주며 요즘 이런 것까지 읽고 있다고 친구들과 웃고 떠들던 근래의 어느 밤이 떠올랐다.

우리가 곧 길지 않은 시간 떨어져 있어야 한다는 사실을 받아들이며, 나는 그저 '괜찮지 않았'지만, 작은미미는 나보다 훨씬 더 많이 힘든 시간을 보내고 있던 것이다.

'몇 달 후면 택시로 5분 거리에 살던 네가 비행기로 아홉 시간 걸리는 곳으로 떠나는구나. 당분간은 너를 보고 싶어도 바로 뛰어갈 수가 없겠고, 미미를 원하는 공연이나 방송 같은 일들이 들어와도 응할 수가 없겠지. 내가 휴가를 내지 않는 이상 우리는 일주일 이상 만날 수가 없겠고, 문득 홍어가 먹고 싶어질 때, 너랑 연남동에서 가지 튀김에 낮술을 먹고 싶어질 때, 너는 당분간 내 옆에 없겠구나'라는 생각이 떠오를 때마다 마음 한구석이 먹먹해져오는 정도였다.

사실, 아직도 실감이 나지 않는다. 그런데, 작은미미의 눈물을 보니 문득 나는 그저 작은미미가 '가야만 하는 상황'을 그냥 너무 쉽게 받아들인 게 아닌가 하는 생각이 들었다.

작은미미가 임신 소식을 전해주었을 때처럼 그러지 말아야지, 나만 생각하지 말아야지, 하는 생각에만 빠져 무자정 웃으며 받아들였던 작은미미의 인도행 소식. 어쩌면 그 순간에 오히려 "그럼 미미는?"

이라는 질문이 작은미미에게 필요했던 게 아닌가 하는 생각이 드는 것이다. 낯선 환경에서 의지할 친구 하나 없이, 오로지 가족들과 함께 몇 년간 일상을 지내야 하는 막막함, 4년이라는 시간 동안 변화할 상황들, 사람들, 그리고 미미. 수많은 생각들이 이어지는 밤마다 혼자 얼마나 외로웠을까 생각하니 너무나 미안해졌다. 역시 이번에도 나는, 또 나만 생각하는 못난 파트너가 된 것이다.

이런저런 생각들로 내가 잠깐 멍해진 사이, 작은미미는 금세 눈물을 닦고 무슨 일이 있었냐는 듯 야채 고로케의 반을 갈라 내게 건네준다.

"너, 인도 올 거지? 적어도 1년에 한 번씩은 와야 해. 이번에 가보니까 인도에 케이블 채널이 무려 2천 개야, 사람들이 어쩌면 그렇게 흥이 많고 즐기는 걸 좋아하는지! 그 많은 인도 영화, 드라마를 보는데, 아무리 봐도 미미가 그 안에 들어가 있으면 너무 어울릴 거 같은 거야. 진짜로 딱 비행기값만 들고 오면 되니까!"

얼마 전 밴드 멤버 문제로 고민하던 친구와 셋이서 밤새 술을 진탕 먹고 돌아오는 택시 안, 거나하게 취한 작은미미가 "야, 우리는 싸우지 말고 오래오래 하자?" 하며 내 무릎 위로 쓰러지던 기억이 떠올라 싱긋, 웃음이 난다.

그때도, 오늘도, 못다 한 대답.

'그래. 작은미미야, 미여사야. 우리 할머니 될 때까지 가늘고 길게, 그리고 끈질기게 달려보자. 4년이든, 혹은 더 긴 시간이든 우리가 미미라는 걸, 언제나 연결되어 있다는 걸 잊지 말자. 때로 외롭고 답답하더라도 한국에서, 또 인도에서 따로 또 같이 함께하고 있다고 믿자. 그냥 믿자. 언제든 네가 돌아왔을 때, 또 내가 너를 찾아갔을 때 서로의 우주에 풍덩 빠질 수 있도록, 그렇게 또 살아내보자. 참, 제일 중요한 걸 빼먹을 뻔했네. 내가 인도 갈 때까지 우리 뮤비에 출연할 멋진 남자 배우들 많이많이 섭외해둬야 한다!'

어디에
있든,
미미는

작은미미

아무리 생각해도 안 될 것 같았다.

인도라니. 갑자기, 왜.

다시 시작한 대본 일을 놓치기 싫었고, 미미도 다시 재부팅하고 싶
었고, 무엇보다 남편 따라 인도 간다는 걸 죽어도 인정하기 싫었다.
그렇게 나는 본의 아니게 싱글맘이 되었다. 남편은 먼저 인도로 떠
났고 나와 아이는 한국에 남았다.

처음 두 달은 솔직히 말해서 너무 좋았다. 신었던 양말을 여기저기
쑤셔놓는 사람도 없고, 설거지 당번 때문에 싸울 사람도 없고, 모든
것이 내 손으로 컨트롤 가능했고 평화로웠다. 어린이집에서 만난 마
음 맞는 엄마들과 진정한 공동육아를 했고 밤 늦게 술 먹고 들어와
주정하는 남편이 없으니 새벽 시간도 온전히 나의 것이었다. 가끔

하는 남편과의 페이스타임은 연애하던 시절보다 애틋했다. 나는 영원히 이렇게 살 수 있을 것만 같았다.

하지만 석 달째쯤. 나는 점점 무너지고 있었다. 너무 많은 것을 하느라 여유가 없었다. 모든 것을 제시간에 해내려면 항상 긴장해야 했다. 그게 잘 안 되면 자꾸 화가 났다. 그래서 나는 난생처음 신경정신과에 갔다.

카페 같은 분위기의 병원에 들어서니 조금 긴장이 되었다. 미드 〈소프라노스〉에서 정신상담을 정기적으로 받던 토니(제임스 갠돌피니, 명복을 빕니다)가 떠올랐다. 무슨 말을 해야 하나. 나도 토니처럼 울다 웃다 의사와 싸우다 문을 박차고 나와야 하나.

내 이름이 호명되고 의사와 상담이 시작됐다. 40분이 지나고 난 뒤 내 손에는 약이 들려 있었다. 내가 항상 긴장하고 있는 것이 조울증의 '조' 상태와 비슷하다고 했다. 그걸 조금 완화시켜주는 약이라고, 먹으면 조금 졸릴 수 있다고 했다.

그후 일주일 동안 나는 약을 앞에 두고 계속 고민했다.

먹을 것인가 말 것인가.

약에 대해서 조사해보았다. 부작용이 몇 가지 있었다. 모든 약에는 부작용이 있다. 간단한 감기약에도 어마무시한 부작용들이 있다. 솔직히 말하면 약을 먹기 싫었기에 0.0001퍼센트의 부작용까지 100퍼센트로 받아들이며 '이 약 못 쓰겠네~' 하며 약을 먹지 않겠다 마음

먹었다. 내 힘으로 내 호르몬을 조절하고 싶었다.

불끈불끈 화가 나는 일이 있으면 약을 생각하며 감정을 눌렀다. 일이 너무 많이 몰려올 때도 약을 생각하며 중요하지 않은 일들은 하지 않았다. 신호등이 빨리 바뀌지 않아 짜증날 때도, 자전거가 갑자기 고장나서 열불이 터질 때도, 약을 생각하며 참아냈다. 화를 내면 저 약을 먹어야 한다는 일념하에 꾹꾹 참았다.

일주일 뒤에 의사에게 고백했다. 약을 먹지 않았습니다. 그런데 약을 보고 약을 생각하는 것만으로 화를 내려는 나를 제어할 수 있었습니다. 의사는 웃었다. 의사는 다음주에 다시 보자고 했다.

내가 끌어안고 살던 많은 것들을 버렸다. 10년째 읽지 않고 이사할 때 인부 아저씨들의 핀잔만 들었던 책들을 처리하고 아기 물건들을 나눠주었다. 한 번도 들지 않았던 가방이나 입지 않았던 옷들을 기부했다. 집은 차차 비어갔다. 인도에 가면 내 인생은 끝이라는 생각도 버렸다. 지금 이 대본 작업을 하지 않으면 내 작가 인생도 끝이라는 생각도 버렸다. 글은 어디 가도 쓸 수 있으니까.

그리고 결국, 나는 인도에 가기로 마음먹었다.
바로 그 순간, 누군가의 얼굴이 떠오른다.
큰미미다.

미미 인생만큼 내 인생도 중요했던 나는 어쩌면 큰미미에게 매번 큰

시련을 안겨주었을지도 모른다. 항상 사고를 치는 건 나였다. 미미 활동에 위기를 가져오는 장본인. 하지만 이번만큼은 위기를 위기로만 받아들이게 하고 싶지 않았다. 미미는 항상 같이 가는 거다. 우리 인생이 바로 미미 인생이니까.

조심스레 큰미미에게 이야기를 꺼냈을 때 큰미미는 의외로 반색했다. 오히려 나보다 즐거워했다. 인도에서 '나마스테 미미' 콘셉트로 노라조 선배들의 〈카레〉를 잇는 인도풍 노래를 만들어보자! 그래, 시타르랑 타블라도 치고 발리우드풍으로 뮤직비디오도 찍고!
큰미미의 여린 마음에 내가 커다란 돌을 쿵 얹은 것이 분명했겠지만, 큰미미는 역시 큰언니다운 모습을 보여줬다. 너무 고마웠다. 갑자기 인도 미미의 프로듀서도 어디선가 데려왔다. 내년에 인도로 같이 오겠다고 했다. 역시, 기획의 천재 큰미미…….

○○야. 큰미미 본명. 가끔 불러줘야 안 까먹는다. 난 너 없이 여기까지 못 왔을 거다.
너가 큰미미라서 정말 고맙다.
어디에 있든 미미는, 그리고 우리는 살아갈 것이다.

롬복,
새벽
5시 10분

아아, 지금은 인도네시아 롬복, 롬복에서 실시간 중계해드립니다.
전복 아닙니다. 롬복입니다. 인도네시아 발리에서 조금 떨어진 곳입
니다. 발리가 그 발리냐구요? 네, 그 인도네시아 발리입니다. 발리
섬이 인도네시아 안에 있는 곳이었냐구요? 네, 발리는 나라 이름이
아니고 인도네시아 안에 있는 섬입니다. 그리고 롬복은 그 옆에 있
는 다른 섬입니다.

롬복 현재 시간 새벽 아침 5시 10분입니다. 아침잠이 무척 많은 작
은미미 특파원, 어쩐 일로 새벽부터 이러고 있나요? 밤을 새웠나
요? 아닙니다. 12시 넘어서 잠이 들었는데 5시쯤에 눈이 떠졌습니
다. 아직 해는 뜨지도 않았고 새벽 스케줄이 있는 것도 아닙니다. 숙
소 내는 아주 깜깜합니다. 그런데…… 매우 시끄럽습니다.

새벽 5시 10분에 아주 시끄럽습니다. 닭이 우냐구요? 네, 닭은 울지만 시끄럽지는 않습니다. 도마뱀이 끽끽거리냐구요? 네, 도마뱀이 끽끽거리지만 시끄럽지는 않습니다. 그럼 귀에 이어폰이라도 끼고 음악을 듣고 있냐구요? 아니요, 그렇지도 않지만, 이곳은 매우 시끄럽습니다.

그것은 바로, 새벽기도를 올리는 무슬림들 때문입니다!

오해를 불러일으킬까봐 노파심에 말씀드리지만, 저 작은미미는 종교가 없습니다. 저는 어떠한 종교를 깎아내리려는 의도가 전혀 없습니다. 단지 이곳 종교가 정말 이들의 인생에서 정말 큰 역할을 한다는 것을 말하고 싶을 뿐입니다. 심지어 그들은 이렇게 나의 새벽에 큰 역할을 하고 있습니다!

제가 묵었던 게스트하우스는 어제 일주일에 한 번씩 있는 파티를 열었습니다. 신나는 미국 음악이 나오고 저는 거기서 만난 중국인 처자와 저는 이런저런 수다를 나누고 있었습니다. 한국의 화장품과 음식을 좋아한다는 그 처자에게 "나는 이런 일을 해"라며 미미 사진을 보여줬을 때 그녀는 "노 웨이!!!! 이즈 디스 유? 닥쳐! 이게 설마 너라고?"를 연신 외치며 믿을 수 없다는 듯 저의 민낯을 위아래로 쳐다보았죠. 그녀는 빈티지 쇼핑몰을 운영하는 사장이었습니다. 우리는 아주 즐겁게 서로의 사진을 보며 술을 마셨습니다. 하지만 8시

30분이 가까워지자 스멀스멀 기어오는 불안함이 있었어요. 바로 그 때부터 무슬림들의 밤기도가 시작되거든요.

처음 그들의 기도 소리를 들었을 때 저는 폭동이 일어난 줄 알고 깜짝 놀랐습니다. 분명 그들은 엄청 튼튼한 성대를 가졌을 겁니다. 아니면 그들만의 발성법이 있을지도 모릅니다. 있다면 저도 배우고 싶습니다. 그들의 기도 소리는 정말, 물리적인 의미로, 정말 하늘에 닿을 만큼 크고 우렁찹니다. 엑소 콘서트에서의 함성도 그들을 못 따라갈 겁니다.

게스트하우스 로비에서 나오던 시끄러운 미국 음악, 금세 그들의 소리에 묻히고 맙니다. 주인은 음악을 끄고 파티는 끝났다며 조명을 끄지요. 그러면 사람들은 그러려니 방으로 돌아가네요. 저는 무슬림들의 기도가 끝나기를 기다리며 중국인 처자와 남은 술을 마십니다.

그들의 기도가 끝나고 나면 정말 적막입니다. 풀벌레 소리만 들리는 고요함. 이때 잠들지 않으면 다음날 지장이 있습니다. 그들의 기도는 새벽 4시부터 또 시작되거든요!

그렇게 억울하면 사원 근처 숙소를 안 잡았으면 됐잖아, 하시는 분들, 네, 저도 그러고 싶었습니다. 하지만, 이 롬복이라는 곳의 신앙심이란 그렇게 피한다고 될 일이 아니었어요. 롬복 전역에 있는 숙소를 검색해보면 100퍼센트 다음과 같은 후기가 따라옵니다. '완전 좋았어요. 아침밥도 괜찮고, 직원들은 친절하고. 단 하나, 근처 모스크가 당신에게 모닝콜 해줄 겁니다.' 네, 완전 확실히 해주십니다! 나를 아침형 인간으로 개조시켜주십니다!

제가 여행을 했을 때는 하필이면 라마단 시즌이었습니다. 고백하건대, 라마단이라는 건 롬복에 도착하고 나서야 알았습니다. 어쩐지 비행기 표가 조금 저렴했습니다. 라마단 시즌일 때 무슬림들은 밥도 먹지 않습니다. 그래서 그런지 게스트하우스에서 일하는 스태프들은 항상 입술이 부르터 있었습니다.
로컬 시장에 있는 저렴한 식당들은 죄다 문을 닫더군요. 대신 그들은 격한 쇼핑으로 그 허기를 푼다고 하네요. 모든 쇼핑몰에 '라마단 세일!' 현수막이 달려 있습니다. 하지만 쇼핑몰에 가도 식당은 문이 닫혀 있답니다.

무슬림과 사업을 하고 있는 친구가 얘기해주더라고요. 그들은 하루 다섯 번, 이 의식을 치른다. 회사든, 공원이든, 상관없다. 그 시간이 되면, 이 의식을 치른다. 특히 해 뜨기 전의 의식이 그날 하루 첫 의식으로, 가장 격렬하다. 네, 여러분. 지금이 그 아침기도 시간입니다. 그들의 격렬한 환호를 받으며 곧 해가 떠오르겠지요.

그래서 롬복이 천국 같은 곳일지도 모릅니다. 그들의 기도가 있기 때문에 말이지요. 무슬림 이야기를 하면서, 이 새벽에 맥주를 두 병째 마시고 있는 저도 참 무교답군요. 여러분, 이곳으로 오세요. 전복 아니고 롬복입니다. 저는 롬복을 사랑하고 이 격함을 사랑합니다. 이상 롬복 특파원, 작은미미였습니다.

버 려 진
것

작은미미

길 가다가 꽤 쓸 만한 것들이 버려져 있으면 종종 주워 와서 썼다.
나전칠기 문양의 접이식 동그란 탁자도 동네 쓰레기장에서 주워 와
서 꽤 오래 썼고, 병원놀이 할 때 쓴 듯한 플라스틱 가방도 두 개 주
워 와서 큰미미에게 하나 줬다. 패치워크한 것들을 한 더미 버려놓
았길래 그것도 주어와 하나하나 꿰매어 의자 덮개로 썼다. 이렇게
쓰니 꽤나 재활용 선수인 듯한데 그건 아니고 그냥 내 취향의 물건
들이 버려져 있으면 아쉬워서 그렇다.

한번은 아파트 단지 내 쓰레기장에서 엄마랑 작은 화장대를 주워 온
적이 있는데, 아주 고급져 보였다. 거울도 깨지지 않았고 크게 흠도
나지 않은 화장대였다. 우리는 쾌재를 부르며 걸레로 화장대 먼지를
닦았다. 그리고 밑에 달린 서랍장을 열었다.

그런데 두둥. 기분이 이상했다. 왜냐하면 쓰던 화장품들이 들어 있었기 때문이다. 스킨, 로션 기본 화장품부터 립스틱, 아이섀도, 색조 화장품까지. 볼터치 붓도 들어 있었고, 밝은 핫핑크 립스틱을 보니 젊은 처자의 것 같았다. 심지어 얼마 쓰지도 않아 보였다. 그걸 보고 엄마는 말이 없어졌다. 뭔가 나랑 같은 생각을 하는 것 같았다.
이 물건은 주워 오면 안 될 것 같은 예감이 들었다. 엄마는 다시 제자리에 화장대를 고이 돌려놓았다.

만약에 우리가 화장대를 계속 가지고 있었다면 어떻게 되었을까? 정말 우리가 생각한 게 맞았다면, 유령이 된 처녀가 밤마다 찾아와 화장을 하고 화장품이 나날이 줄어들어갔을까? 내가 그 거울을 보며 화장을 하고 있는데 갑자기 처음 보는 처녀의 얼굴이 뒤로 떠올랐을까? 자고 일어나면 화장품들이 바닥에 마구 어질러져 있고 그걸 보고 내가 경악했을까? 아니면 화장대 거울이 무참하게 깨져 있었을까? 내가 그녀의 립스틱을 발랐는데 뭔가 무서운 일이 벌어졌을까? 아니 애시당초 그녀는 그 고운 화장품을 버리고 어디로 떠났을까?

어쩌면 슬픈 사연을 간직하고 있었을지 모르는 그 화장대가 가끔 생각난다. 특히 요즘 길거리에 많이 버려져 있는 엄청 큰 곰인형들을 보면 말이다.
한때는 누군가에게 사랑의 징표로 받았을 그 인형은 아마 점점 자리

만 크게 차지하는 솜뭉치 쓰레기가 되었겠지. 그 곰인형은 이제 제
작 좀 안 했으면 좋겠다. 길 가다 마주치면 너무 슬퍼요.

유카리
언니와
보라색
도마뱀

우리 집 욕실 거울에는 보라색 도마뱀이 살고 있다.

"일본에서는 꿈에 도마뱀이 나오면 행운을 빨리 잡을 수 있다고 여
긴단다. 이 보라색 도마뱀을 네가 항상 볼 수 있는 곳에 붙여두렴."

유카리 언니의 한국 첫 단독공연 다음날 밤, 얼큰하게 술에 취해 넋
두리를 하다 울음을 터뜨린 나를 달래며 언니는 조용히 나의 손에
부드러운 실리콘 재질의 보라색 도마뱀을 쥐여주었다.

언니의 무대는 단연 압도적이었다. 기타, 베이스, 드럼, 건반, 브라
스까지 총 일곱 명의 밴드 멤버들과 함께하는 거대하고 감동적인 언
니의 공연을 지켜보며 만감이 교차했다.

남들보다 조금 늦게 가수 활동을 시작한 언니는, 무려 30여 년간 단
한 번도 멈추지 않고 현재진행형으로 달려오고 있는 언니는, 정말이

지 반짝반짝 빛이 났다. 나이를 무색하게 하는 외모와 엄청난 카리스마, 폭발적인 에너지로 가득한 소울풀한 언니의 노래는 관객 모두를 자연스레 춤추게 했다.

그리고 나의 옆에는 만삭의 작은미미가 서 있었다. 우리는 황홀한 언니의 무대를 부러움의 눈빛으로 바라보고 있었다. 그저 대여섯 달쯤 공연하지 못했을 뿐인데, 너무나 무대가 고팠다. 우리는 그 누구에게도 작은미미의 임신을 공개하지 않았기에, 그리고 당장 다음날 아기가 나온다 해도 이상하지 않을 만큼 배가 부른 상태로 언니의 무대에 함께 서는 것은 무리였다.

"나는 과정을 지나왔지만, 너희는 지금 중간 지점에 서 있어. 그래서 네 마음을 충분히 이해할 수 있어. 하지만 지금이 전부가 아니란다. 과정일 뿐이야. 지금을 잘 견디고 나면, 분명히 다른 국면을 맞게 될 거야. 우리 언젠가 꼭 함께 일본 투어를 하자."

유카리 언니와 함께 녹음하고 공연하면서 우리는 정말 많은 것을 배울 수 있었다. 레코딩이든 라이브든 언제나 준비되어 있으며, 동시에 또 많은 준비를 하시는 분이었다.

"어느 날 고베에 '한신 대지진'이 왔어. 지금도 그때 생각만 하면 자다가도 눈물이 나. 여기저기 건물에 깔린 사람들, 이름 모를 할머니의 발이 눈앞에 보이고. 당장에라도 구하러 들어가고 싶은데 다들 여자라서 안 된다고 말리고. 아무것도 할 수가 없었어. 지진을 겪으면서 난 여러 가지로 인생을 돌아보게 되고, '이렇게 살아도 될까' 많이 고민하게 됐어. '외상 후 증후군'을 심하게 앓았고, 이혼을 결심했어. '내가 언제까지 노래할 수 있을지 모르지만, 살아 있는 날까지는 즐겁게 음악을 하고 싶다'는 생각이 나를 강하게 움직였어. 그저 지금 살아 있는 것만으로도 충분하다고 느꼈어."

언니는 노래를 하겠다는 마음으로 이혼했는데 실제로는 이렇다 할 결과물이 없어 마음이 바빠졌다고 했다. 생계는 물론, 앨범까지 내야 하니 더 많은 돈을 벌어야 했고, 아침에는 도시락 장사, 낮에는 보험 일, 저녁에는 가스펠 교실 레슨을 하고 바에서 일하기도 하며 밤낮을 가리지 않고 일을 했다.

그렇게 어렵게 음악활동을 지속하면서 언니는 '오니시 유카리와 신세계' 구상을 시작했다. '신세계'의 연주 멤버도 모집하고, 하고 싶은 모든 걸 다 쏟아내서 만들어낸 앨범은, 가요, 영화음악, 일본의 70년대 음악에서 받은 영향 등을 담은, 처음에 딱 천 장만 찍었던 '초 인디'였다. 그러나 이 앨범은, 독특한 창법과 레트로한 무드를 가진 언니의 카리스마가 절묘하게 어우러져 일본 전국구에서 엄청난 반응을 얻었다. 언니의 라이브를 한 번이라도 접해본 사람이라면 언니의 팬이 되지 않을 수 없었을 것이다.

"언니, 저 너무 두렵고 불안해요. 저희, 미미를 계속할 수 있을까요? 작은미미는 결혼도 하고, 아이도 갖고, 자기 인생을 잘 살아나가고 있는 것 같은데, 저는 음악도, 일도, 사랑도, 아무것도 제대로 하고 있는 게 없는 것 같아요."

"큰미미야, 난 살아오면서 후회되는 일과 잘했다고 생각하는 일이 똑같은데, 바로 '아기를 낳았으면 좋았을 텐데'와 '아기를 안 낳아서 다행이다'란다. 낳았더라면 싱글맘으로 키우거나, 남편이랑 사는 걸 참지 않았을까? 한편으로는 힘들고 돈이 없어서 올바른 교육을 시키지 못했을 것 같고, 만약 지금 같은 상황에 아이가 있다면 잘 키웠을 것 같기도 하고. 어쨌든 아이가 있었으면 인생이 달라졌겠지. 있어도 후회, 없어도 후회. 하지만 넌 아직 젊잖아?"

그렇다. 언니의 이야기를 듣고 있노라면, 내가 지금까지 뭘 얼마나 열정적으로 살았다고 이렇게 엄살을 부리고 있나 싶은 거다. 언니는 노래를 하고, 가사를 쓰고, 직접 자신과 멤버들의 의상을 고르고, 밴드를 구성하고, 밴드의 페이도 책임지고, 당연히 무대도 연출하고, 심지어 자신의 음반을 직접 제작하는 레이블까지 운영하고 있다. 그리고 매달 마지막 주 수요일 밤에 열리는 '오니시 유카리 쇼'에서는 혼자서 기획, 제작, 연출, 스타일리스트의 역할까지 모든 것을 책임진다. 언니는 매달 '오니시 유카리 쇼'가 끝나고 뒤풀이를 가면 맥주를 마시며 늘어져 있다가도 집에 도착하면 정신이 맑아지면서 밤새 청소를 한다고 한다. 공연의 아드레날린이 뒤늦게 분비되면서 벌써 몸과 마음이 다음달 라이브를 향해 달려가게 된다고……. 30년 가까이 멈추지 않고 초심을 잃지 않기 위해, 별다른 공연이 없어도 매주 이틀은 꼭 리허설 룸을 예약해서 혼자 연습한다는 언니를 지켜보고 있자면, 저절로 고개가 숙여진다. 언니는 이미 음악을 하는 모든 과정으로 자기 이야기를 하고 있는 것이다.

"내가 언제까지 미니스커트나 핫팬츠를 입고 공연할 수 있을까? 마흔다섯 때는 오십 살 되면 그만하자고 생각했는데, 벌써 오십이 훌쩍 넘었네. 난 그냥 지금처럼 계속 작업하고, '우자키 류도'(나미 〈슬픈 인연〉의 작곡가) 씨와도 계속 좋은 작업을 하고 싶어."

한국에서 열린 언니의 첫번째 단독공연을 보면서 애써 꾹꾹 참았던 눈물을 흘리게 했던 노래는 바로 〈슬픈 인연〉이었다.

그러나 그 시절의 너를 또 만나서 사랑할 수 있을까
흐르는 그 세월에 나는 또 얼마나 많은 눈물을 흘리려나

서툰 발음의 한국어로 한 음 한 음, 진심을 담아 노래하는 언니의 모습은 마치 언니의 과거와 미래가 따사로운 바람이 되어 언니 스스로를 감싸주는 듯했다. 그리고 동시에, 나의 미래를 떠올려보았다.
나는, 언니 나이가 되었을 때 언니처럼 무대에 서 있을 수 있을까?

얼마 전 유카리 언니가 한국에 왔다. 언제나처럼 "미미야! 언니가 왔어요!" 호탕한 웃음으로 크게 인사하면서 안아주는 언니. 언니에게 엄살을 피우던 것도 벌써 한참 전이다. 작은미미의 아기는 다섯 살이 되었고, 우리는 그사이 두 번이나 더 오사카에서 열린 '오니시 유카리 쇼'에 초대받아 다녀왔다. 그리고 작은미미도, 나도, 생계와 음악이라는 두 마리 토끼를 잡기 위해 여전히 고군분투중이다.

하지만 우리는 언니에게 또 엄살을 피웠다. 마음 맞는 여동생들과 결성한 지 6개월이 채 되지 않은 '밴드 미미시스터즈'의 두 멤버가 팀을 나가게 되면서, 많은 혼란에 휩싸이기 시작한 시점이었다. 우리가 음악을 대하는 자세, 그 안에서 함께 음악 하는 사람들과의 관계와 처세, 새로운 무대에 대한 갈망, 공연에 대한 목마름……. 이틀에 걸쳐 또 많은 이야기를 나누었고, 언니는 또 '중간 과정'을 겪고 있는 미미에게 따뜻하고도 냉철한 조언자가 되어주었다.

언니가 일본으로 돌아가기 전날, 작은미미와 함께 언니를 호텔까지 바래다드리는 길, 언니는 "미미들아, 언니가 쓴 편지야. 집에 가서 읽어봐!"라며 작은 쪽지를 손에 꼭 쥐여주었다.

언니가 시킨 대로, 집에 도착하자마자 쪽지를 펼쳤다. 그런데, 쪽지 속에는 5만 원짜리 지폐가 들어 있었다.

'큰미미에게 언니가 주는 세뱃돈이야. 또 만나자. 시간 내줘서 고마워. ―유카리 언니'

그리고 쪽지 뒷면에는 '번역기가 참 좋다. 와하하'.

언제나처럼 언니의 유머에 웃음이 나면서도 한편으로 언니의 깊고 따뜻한 위로가 느껴져 눈물이 났다.

그래, 언니가 가지고 있는 몸과 마음의 근육, 반의반만이라도 닮아 보자. 그리고 올해도, 달려보자. 올해가 모여, 30년이 되면 언니와 함께 디너쇼를 하자.

나는 내일, 언니의 공연이 있는 오키나와로 여행을 간다. 자, 이제 언니가 주신 세뱃돈을 들고 선물을 준비하러 가야겠다. 언니가 좋아하는 김자반, 누룽지, 유자차…… 아, 떡볶이 세트도 사다드려야 겠다.

유카리 언니, 기다리세요! 동생이 갑니다! 씨익.

커 다 란 팬,
대 구 보 이 를
아 시 나 요 ?

아마 미미의 라이브에 한 번이라도 와보신 분이라면, 누구라도 '대구보이'를 알고 계실 거예요. 씨름선수같이 커다란 덩치에 '미미시스터즈' 로고가 그려진 현수막 응원복을 입고 '뭬뭬(미미)!'를 외치며 미미의 노래라면 모든 가사와 연주를 큰 소리로 따라 부르며 춤을 추는 열정적인 그 청년을요.

종종 '매니저가 아니냐' '공연의 분위기를 띄우기 위해 세우는 알바가 아니냐'는 오해까지 받는 대구보이. 그도 그럴 것이, 이제는 미미의 노래뿐 아니라 멘트에도 적절하게 반응하고 큰 소리로 대답하는 것이 하나의 '만담'처럼 느껴질 정도니까요.

처음 대구보이의 존재를 알게 된 것은 '미미시스터즈'가 독립 후 가진 첫 단독공연에서였어요. 솔직히 대구보이의 첫인상은, 약간 무서웠습니다. 이목구비를 자세히 뜯어보면 천진난만한 귀염상이지만, 위낙 키와 덩치가 크고 목소리도 리액션도 커서 일단 보는 순간 움찔.

맨 앞줄에서 다른 관객들이라면 두세 명은 너끈히 설 수 있는 자리를 차지하고 미미의 라이브를 즐기던 대구보이는, 공연중 관객을 무대 위로 올라오게 하는 순서가 되니 저희가 부르지도 않았는데 어느새 올라와 〈우주여행〉이라는 몽환적인 노래에 맞추어 작은미미 옆에서 문어 춤을 추고 있는 것이 아니겠어요?

미미의 공연이나 이벤트라면, 무조건 항상 1번으로 입장해 가장 앞자리에서 관람하는 것이 커다란 낙인 이 친구는, 그날도 홍대 앞 공연장에 줄을 서겠다고 새벽 6시에 대구에서 왔는데 글쎄, 문은 굳게 닫혀 있고…… 아무도 없더랍니다. 그래도 굴하지 않고 찜질방에서 잠깐 눈을 붙이고 다시 와서 줄을 선 다음 첫번째 타자로 입장했다는 웃지 못할 후일담을 듣고는 "풉, 당연하지. 우리가 무슨 아이돌이냐!" 하니, 정색을 하고 손을 내저으며 찐득한 대구 사투리로 "누님들은 아이돌과 비교할 정도가 아임더. 미미 누님들 앞에서는 모두가 하늘 아래 뫼!"

처음에는 그런 말에 손발이 오그라들어 미칠 지경이었지만, 대구보이의 멘트도 자주 들으니 익숙해지다못해 점점 즐기고 있는 우리를 발견하게 되더군요. 그렇게 첫 단독공연 이후로도 주말마다 혹은 일주일에 두세 번이라도 미미의 공식적인 스케줄이 있다면 언제든지 어김없이 나타나 맨 앞줄에서 함께하고 공연 후에는 늘 인증샷을 찍으니, 대구보이와 미미는 점점 많은 이야기를 나누며 친해지게 되었어요.

그러다보니 걱정이 되더라고요. 매번 미미의 공연을 관람하기 위해서 드는 비용도 만만치 않을 텐데……. 대구에서부터 왕복 교통비에, 공연 티켓에, 밥도 먹어야 할 테고, 때로 찜질방에서 잠도 자야 할 텐데 하는 생각에 공연에 초대해주겠다고 조심스럽게 이야기를 꺼내보았지만, 그럴 때마다 대구보이는 단호합니다. 마치 팬으로서의 철저한 원칙 같은 게 있는 것처럼.

"그건 싫습더! 안 그래도 제가 알바생이 아니냐고 수군대는 사람들이 있는데, 미미 누님들이 그런 오해를 받게 할 수는 없어요! 제가 초대로 들어가면 사람들이 진짜 알바로 생각할 수도 있지 않겠습꺼!"

일본 공연에 따라왔을 때는, 오사카 최고의 돈가스집에서 미미에게 꼭 밥을 사고 싶다고 해 공연을 마친 다음날 다시 만나 데이트를 하기도 했는데요. 외국이다보니 연락처를 주고받아야 편히 만날 수 있을 것 같아 휴대폰 번호를 알려주려고 하니, 갑자기 심각한 얼굴로 "누님, 알아서는 안 될 것을 점점 알게 되는 것 같습니다. 이래도 되는 걸까요?" 하기에 "그래, 그럼 너 번호만 알려줘. 카톡으로 이야기하자"라고 진지하게 반응하며 그날부터 미미와 대구보이의 단체 카톡방이 생성되기도 했답니다.

대구보이는 때마다 늘 세심한 선물로 미미를 감동시키곤 합니다. 미미의 공연 세트리스트를 물어보고 노래 콘셉트에 맞추어 소품 겸 선물을 준비해 깨알 재미를 주기도 하고('누나, 좋아해도 돼요?'라는 대사를 피처링하는 〈낮술〉에 출연을 제의했더니 노래에 등장하는 맥주는 물론, 소주, 막걸리 등 다양한 종류의 술을 준비해오기도 하고, 〈잠복근무〉라는 노래에는 먹는 '무'에 색종이와 테이프를 붙여 '미미 무'를 만들어 노래 후렴구마다 흔드는 등), 미미가 따로 활동이 없는 시기에도 생일에는 꼭 따로 글씨를 새긴 케이크를 들고 서울로 와서 전해주거나, 사정이 여의치 않을 때는 친구들과 함께 생일파티를 열어 케이크와 함께 사진을 찍어 보내주고, 다른 일로 서울에 들를 때는 잊지 않고 대구의 유명한 '안지랑 곱창'을 아이스박스에 포장해서 가져다주기도 한답니다. 한번은 빼빼로데이 때 소속 레이블 사무실에 큰 박스 하나가 도착해서 열어보니, 갖가지 사탕, 초콜릿은 물론 멀티비타민, 정성스레 쓴 편지까지…… 나열해보니 대구보이에게 미미는 정말 많은 것을 받았네요. 도대체 우리는 전생에 무슨 관계였을까.

모든 선물이 하나하나 소중하지만, 그중에서도 아주 오랫동안 잊을 수 없는 선물이 있습니다. 대구보이가 직접 찍은 별 사진과 크리스마스카드였어요.

'제 꿈은 천문학자예요. 해병대에서 다리를 다치고 의가사제대를 한 후 살도 많이 찌고 우울증에 빠졌을 때 저를 구해준 것은 바로 미미 누님들이었습니다. 미미 누님들의 노래를 듣고, 무대를 볼 때마다 저는 정말 큰 힘을 받았고, 누님들을 만나면서 정말 많이 밝아졌어요. 이건 제가 직접 찍은 별 사진입니다. 미미 누님들, 앞으로도 지금처럼 반짝이는 별이 되어주세요.'

흑흑. 정말 눈물 날 정도로 감동적인 크리스마스카드였어요.

대구보이에게는 최근 멋진 일본 형님 한 분이 생겼습니다. 바로 미미가 《직격! 한류 부인권》의 음반 피처링에 참여하게 되면서 만난, 오니시 유카리 언니의 열혈 팬 '류이치' 상인데요. 류이치 상의 외모는 그야말로 일본 만화에 나오는 야쿠자를 연상케 하는 강렬한 인상입니다. 스킨헤드에 짙은 색안경, 큰 키에 깡마른 체구, 화려한 퍼코트에 가죽바지, 그리고 빈티지 자동차……. 그야말로 '캐릭터' 그 자체예요. 그러나 반전은 너무나도 선해 보이는 사람, 좋은 웃음을 짓는 사람이었습니다.

류이치 상은, 미미의 일본 공연 때 대구보이를 무척 유심히 보았다가 다음 일본 공연이 있을 때 미미가 올린 게시물에 '그 커다란 팬, 대구보이도 오나요?'라고 댓글을 달아주셨어요. 그래서 '네! 갑니다!'라고 답하니 너무 반가워하시더라고요. '역시…… 대구보이의 존재감은 일본에서도……!'라 생각하고 넘겼는데, 글쎄 공연장 앞에서 대구보이를 만난 류이치 상은, 기꺼이 맡아두었던 좋은 자리표를 내주면서 말은 통하지 않지만 손짓 발짓으로 이런저런 이야기를 나누었다고 합니다. 그날 공연을 마친 후, 유카리 언니가 감사하게도 "뒤풀이에 대구보이랑 류이치도 데려갈까?"라고 먼저 말씀해 주셨고 대구보이는 공연장 앞 보도블록이 흔들거릴 정도로 펄쩍펄쩍 뛰며 좋아했습니다. 뒤풀이 자리에서 유카리 언니는 말했습니다. "류이치는 대구보이보다 더했어. 나 아니었으면 마약쟁이로 살았을지도 몰라. 류이치는 내 공연 보려고 일하는 사람이라니까! 내가 어딜 가서 공연하든 다 따라다녔지."

류이치 상이 대구보이를 바라보는 눈빛은 마치 자기 자신을 보는 듯한 느낌이었어요. 뭔가 안쓰럽기도 하고, 사랑스럽기도 한 어떤 연민과도 같은 만감이 교차하는 듯했습니다. 뒤풀이 후 류이치 상은 자신의 빈티지 차 위에 미미를 올라가게 한 후 멋지게 사진을 찍어주시고, 차 내부 천장에 사인을 부탁하시더니 대구보이를 태우고 가셨습니다.

그날 밤 대구보이는 '누님! 류이치 행님이 맛난 것도 많이 사주시고 숙소 앞까지 데려다주셨어요! 다 미미 누님 덕분입니다!'라는 메시지와 함께 엄청난 이자카야 요리들을 앞에 두고 한일 양국의 커다란 팬들이 오붓한 한때를 즐긴 뒤풀이 사진을 보내왔어요. 그후로 대구보이는 미미가 함께하지 않더라도 짬이 날 때마다 종종 오사카에 가서 유카리 언니의 정기 공연도 보고, 류이치 행님과 함께 즐거운 시간을 가지고, 혼자서 맛집도 잘 찾아다니며 신나게 여행을 즐기곤

합니다. 물론, 한국에 오는 길에는 미미가 좋아하는 딸기맛 호로요이를 사다주거나, 유명한 오지상 치즈케이크를 사다주는 것도 잊지 않고요.

미미가 어떤 헤어스타일을 하든, 어떤 옷을 입든, 항상 눈이 부시게 예쁘다고 칭찬해주는 대구보이. 그런 대구보이에게 미미는 한 가지 털어놓고 싶은 이야기가 있었습니다. 이제는 오래된 팬이니, 더 편하게 지낼 수 있도록 커밍아웃을 하고 싶었던 것이지요.
대구보이가 일본 여행을 다녀오면서 미미를 위한 먹거리와 선물을 바리바리 챙겨와 전해주겠다던 어느 날, 작은미미는 큰맘먹고 대구보이를 집에 초대했습니다. 맛난 고기와 조개구이를 준비하고, 선글라스를 벗은 모습을 처음으로 공개하기로 했어요. 그 자리에는 작은미미의 귀여운 아기도 함께했고요. 조금 걱정되는 게 사실이었어요. 대구보이는 과연 어떤 반응을 보일까?

제가 작은미미 집에 들어서자마자, 대구보이는 들고 있던 책으로 자기 눈을 가리며 익살맞게도 "아! 누님! 선글라스를 벗으시니 너무 눈부셔서 똑바로 볼 수가 없네요!" 하고 너스레를 떨었습니다. 조금은 긴장했던 마음이 사르르 녹아내리는 듯했어요. 대구보이는, "누님, 사실 저 누님들 맨얼굴 본 적 있어요. 그냥 모르는 척한 겁니다. 작은미미 누님 결혼하신 것도, 베이비도 어느 정도 눈치채고 있었고요, 하지만 괜찮습니다. 미미 누님들은 누가 뭐래도 미미 누님들이

니까요. 근데, 누님들! 너무 보안이 허술한 것 같아요!"라며 잔소리
를 한 바가지 늘어놓았습니다.

이제는 작은미미의 남편과, 바퀴 달린 것이라면 무조건 좋아하는 아
기의 선물까지 살뜰히 챙기는 대구보이는, 얼마 전 짝사랑하는 친구
에게 고백했다가 실연을 당하고 잠시 슬퍼하다가 다이어트 의지를
불태우며 한창 미식축구에 열을 올리고 있답니다. 대구보이, 올해는
다이어트에 꼭 성공해서 고대하던 미미의 보디가드 역할로 공연에
출연할 수 있기를, 그리고 무엇보다 건강하기를.

이렇게 쓰고 있는데, 대구보이에게 메시지가 오네요. 어젯밤 공연에
도 찾아왔던 대구보이, 오늘 아침 수술이 잡혀 있다길래 걱정했더랬
거든요. '저는 이렇게 미미 누님들 공연을 봐야 힘내서 수술받을 수
있심더!!!' 그래서 오늘은 입원한 자리에서 늘 볼 수 있게, 우리와
함께 찍은 사진을 놓아두었다고.

엄마와
술

작은 미 미

저는 술을 참 좋아합니다. 저는 술에 잘 취합니다. 저는 술을 참 좋아합니다. 술을 즐깁니다. 술을 사랑합니다. 술은 제 인생의 낙입니다. 밥 대신 술입니다. 알코올을 발명해주신 분을 사랑합니다. 누구인가 검색해봅니다. 아닙니다, 태초에 알코올이 있었습니다. 신이 내린 맛난 물입니다.

하지만 나는 엄마입니다.
술에 취한 엄마는 옳지 않습니다.
그래서 먹지 않습니다.
그런데 먹고 싶습니다.
하지만 참습니다.
옳은 엄마가 되고 싶어서입니다.

이런 마음으로 엄마는 오늘 하루도 술을 참아봅니다.

하지만 참는 건 좋지 않습니다.
발산하는 삶이 건강한 삶입니다.
엄마는 술을 삽니다.
요즘 편의점에는 여러 종의 술이 싼값에 많이 들어옵니다.
네 캔 샀다가 네 캔 더 골라 옵니다.
오해는 마세요, 오늘밤에 다 마실 건 아닙니다.

저녁을 준비하다 한 캔 홀짝합니다.
기분이 좋습니다.
아기한테 너그러워집니다.
술은 사랑입니다.
아기는 사랑입니다.
타는 냄새가 납니다. 된장이 졸았습니다.
강된장입니다.
비벼줍니다.

"엄마, 왜 저녁땐 항상 비빔밥이야? 어제는 야채비빔밥, 그제는 제
육비빔밥, 오늘은 된장비빔밥."
"응, 그게 제일 건강에 좋아."

아기는 맛있게 먹습니다.
엄마도 맛있게 먹습니다, 술을.
술술 먹습니다.
두번째 캔을 땁니다.

이제 아기가 먼저 건배를 제안합니다.
아기 컵에는 보리차가, 엄마 컵에는 보리술이.

"엄마, 나도 이거 마셔볼래."
"안 돼. 이건 열다섯 살은 더 먹어야 먹을 수 있는 거야."
엄마는 조금 찔립니다.
엄마의 첫 음주는 그것보다 조금 더 빨랐거든요.

엄마는 다른 엄마들과 함께 술을 먹습니다.
알고 보니 그녀들, 주당입니다.
엄마라는 이름하에 참고 살았다 합니다.
엄마들은 아이들을 한곳에 재우고 술을 마십니다.
아빠들이 데리러 옵니다.
감사합니다.

적당한 음주는 가정의 평화를 가져옵니다.
하지만 과도한 음주는 자제합시다.

술이 있어서 세상은 더 아름답습니다.

이 땅의 모든 엄마들에게 건배를 제안하고 싶습니다.

엄마
찬스

작은미미

갑작스레 여러 가지 일이 몰렸을 때 나는 엄마 찬스를 쓴다.

엄마는 경산에서 올라오기 때문에 일단 오면 장기 숙박이다. 나름 바쁘게 사시는 분이라 이 찬스는 신중히 써야 한다.

일단 우리 집에 들어온 엄마는 냉장고부터 확인한다. "살림 꼬라지가 이게 뭐고~ 고양이 털은 이게 뭐고~ 정신이 있나 없나~"부터 시작해서 나의 살림살이를 매의 눈으로 점검하며 가지고 온 물건들을 식탁에 턱 올려놓는다. 엄마는 손이 아주 크다. 무거운데 뭘 그리 많이 들고 왔는지 엄마네 밭에서 난 무, 토마토, 매실 엑기스, 그리고 생협에 들러서 사 온 온갖 식재료들을 꺼낸다. 엄마 오기 전에 아무리 대청소를 하고 장을 봐놓아도 엄마 눈에는 택도 없다.

냉장고에 모든 것들을 정리해놓고 바닥을 닦으신다. 엄마 눈에는 먼지 구덩이다. 무릎도 안 좋은데 엎드리지 말라고 다 닦아놨다고 하는데도 내 말은 똥구멍으로 들으신다.

"일하러 온 거 아니잖아! 이따 어린이집에서 오면 아이랑만 놀아줘! 내가 미역국도 끓여놨다고!" 버럭 소리를 질러보지만 엄마는 개쌍 마이웨이다. 엄마 옆에서 설거지라도 도울라치면 날 떠민다.

"신경쓰지 말고 니 할 일이나 해라!"

살림에 관해서는 본인이 선수다, 이거다.

짧게는 2박 3일, 길게는 일주일을 딸네 집에서 머물면서 엄마도 어지간히 불편하고 심심할 것이다. 하지만 엄마는 아이가 어린이집에 가 있는 동안에 자신만의 서울 라이프를 구축했다.

엄마는 망원시장 마니아다. 매일 아침 내 자전거를 빼앗아 타고 시장으로 마실을 간다. 어쩜 싱싱한 채소들이 그렇게 싸냐면서 손 큰 엄마는 한 달은 먹을 수 있는 식거리를 사 온다.

"병어가 싱싱하더라, 파프리카가 열 개에 천 원이래. 이 고기 좀 봐!" 거기다 좌판에서 사 온 옷이랑 양말들을 주루룩 늘어놓으며 "잘 샀지?" 하며 자랑하신다.

단골 한의원도 만드셨다. 무릎이 안 좋은 엄마는 망원동에 용한 한의원을 발견했고 매일 거기로 출근하셨다. 어느 날엔가는 집에 오니 처음 보는 아주머니가 계셨다. 한의원에서 만난 친구라고 했다. 그분과 수다도 나누고 점심도 해 드셨다. 그분의 강아지가 아프다는 이야기를 들으며 눈물짓는 엄마를 보며 참 어디 가도 재미있게 사실 분이라는 생각을 했다. 어느 날엔가는 엄마랑 밖에서 점심을 먹으려고 한의원에서 침을 맞고 있는 엄마를 찾아갔다. 간호사 언니가 반갑게 맞으며 "어머님이 주셨어요" 하며 커다란 젤리통을 보여줬다.

엄마는 참 손이 크다. 사람들에게 잘 준다. 아빠랑 여행을 갔는데 같이 투어 온 사람들에게 계란을 삶아준다고 호텔에 있던 전기 포트에 계란 30개를 삶았다고, 니네 엄마가 또 저런다고 아빠가 편잔을 놓았다. 오지랖이다. 나는 엄마의 오지랖이 귀찮을 때도 있지만 그게 또 나름 엄마 매력이라고 생각한다.

학창 시절 땐 점심시간이면 친구들은 내 책상으로 모여들었다. 엄마 도시락은 항상 양이 많았다. 서너 명은 거뜬히 먹을 수 있었다. 그에 비해 나는 손이 작은 편이다. 엄마의 냉장고에는 정체를 알 수 없는 비닐봉지들이 그득했고 나는 그게 공포스러워서 내 냉장고는 항상 최소한의 것만으로 채운다. 그래서 엄마는 우리 집에 오면 신이 난다. 아주 전투적으로 냉장고를 꽉꽉 채운다.

아침에 일어나면 언제부터 깨어 있었는지 엄마는 식탁에서 뭔가를 하고 있다. 어떤 날은 사경(불경을 한 자 한 자 백지에 적어가는 작업)을 하고 있고, 어떤 날은 헨리 데이비드 소로의 『월든』을 원서로 읽으며 공부하고 있다. 참 열심히 사신다.

밤이면 팟캐스트를 들으며 잠드신다. 〈파파이스〉와 〈노유진의 정치 카페〉가 엄마의 최애 팟캐스트다. 아이도 어느새 엄마와 같이 "박근 혜는 퇴진하라~"를 외친다. 정말, 열심히 사신다.

엄마는 평생 전업주부로 사셨다. 결혼 전에는 가정 선생님이었다. 예전 엄마의 사진을 보면 그렇게 조신할 수가 없다. 화장도 예쁘게 하고 다녔고 화려한 원피스도 입고 다녔다. 지금 엄마 화장대에는 아직도 30년 전에 썼던 아이섀도가 놓여 있다. 나는 가끔 엄마 집에 가면 엄마 몰래 오래된 화장품이나 샴푸 등을 버린다. 몰랐지롱? 근데 그 아이섀도만은 못 버리겠다.

오늘 아침에는 경산으로 내려가는 엄마에게 볼펜을 선물했다. 문방 구 사장님이 특별히 추천한, 볼펜똥 안 나오고 정말 잘 써지는 볼펜 5종 세트다. 엄마는 예상대로 버럭했다.
"가시나 쓸데없는 데 돈 쓰고! 집에 볼펜 많다, 니나 써라" 하시는 츤데레 엄마 가방에 억지로 쑤셔넣었다. 다음엔 고혹적인 색의 아이 섀도를 사드려야겠다.

나의 살던 고향은
꽃피는 홍대 앞

은미미

내가 처음 '홍대 앞'이라는 곳에 발을 디딘 것은 갓 스무 살이 되어서였다.

입학한 예술학교의 분위기는 생각보다 너무 근엄해 숨이 막혔고, 전공인 극작 수업을 받기 시작하면서 선생님들께 가장 많이 들었던 잔소리는 '제발 진득하게 엉덩이 좀 붙이고 있으라'는 이야기였다. 하지만 세상에서 가장 무모하고 대책 없고 반항심 가득하던 나는 끓어오르는 피를 주체하지 못해, 매일매일 무언가 새로운 것이 없나 잔뜩 촉수를 세우고 밖으로, 밖으로 나돌았다.

그렇게 나돌던 어느 날 나는 우연히 우리나라 최초의 독립예술축제였던 〈독립예술제〉(현 서울프린지 페스티벌)에서 일을 시작하게 되었다.

당시 한국에 태동하기 시작한 많은 인디밴드들의 라이브를 접하게 된 나는, 그야말로 '문화충격'을 받았다.

10대 시절 주로 강력한 하드코어와 펑크를 즐겨 듣던 작은미미와 달리, 매일매일 심야 라디오를 즐겨 듣던 나는 '어떤날'이나 '조동익' '이병우' '낯선 사람들' 등의 서정적인 음악에 푹 빠져 살던 센티한 소녀였다.

그러던 내가 '독립예술제'에서 열정으로 가득한 다양한 장르(음악, 무용, 연극, 마임, 독립영화 등)의 예술가들과 기획자들을 만나면서 그간 고이 간직해오던 소녀 정서는 급변했다. 그들이 내뿜는 신선한 에너지에 흠뻑 젖었고, 미치도록 푹 빠졌다. 지금까지도 그때 맺은 인연들 중 많은 이들이 무척 오래되고 소중한 사람들로 곁에 남아 있다.

어쩌면 지금의 나를 홍대 앞이라는 곳에 발붙이게 하는 데 가장 많은 역할을 한 것은 '크라잉넛' 오빠들이지 않을까 싶다. 지금은 멤버 대부분이 가정을 이루고 아빠가 되기도 하며 어엿한 어른이자 형님들이 되었지만 처음 만났을 때는 그야말로 세상에 무서운 것이 없는, 파릇파릇 천방지축 자유로운 영혼의 로커들이었다. 물론 지금도 여전히 오빠들의 라이브는 시간을 무색하게 하고, 크라잉넛 특유의 긍정적이고 폭발적인 에너지 역시 한결같아, 나는 늘 오빠들의 공연을 볼 때마다 새로운 자극을 받곤 한다. 그런 오빠들과 기획자와 아티스트의 관계로 만나, 친구가 되고, 어느새 같은 신에서 활동하는 선후배가 되어 함께 전국 투어를 다니기도 하고, 투어중에 경록 오빠가 기꺼이 미미를 위한 노래를 만들어주는 감동을 누리기까지 하다니. 그리고 미미시스터즈의 1집에는 오빠들이 함께 연주하고 노래를 불러준 〈미미〉가 수록되기까지 했다니. 사실 아직도 가끔 생각하면 얼떨떨하기만 하다.

아무튼, 스무 살의 나는 독립예술제에서 처음 만나 축제가 열리던 한 달 동안 대학로에서 매일같이 함께 술을 마시던(그때는 안타깝게도 술맛을 몰라 주로 술자리 자체를 즐기기만 했지만) 크라잉넛 오빠들의 라이브를 보러 홍대 앞에 왔다. 지금은 사라진 **'드럭'**이라는 클럽이 오빠들의 아지트였는데, 그곳은 당장 쥐가 나온다고 해도 이상할 것 같지 않은 좁고 습하고 어두운 공간이었고, 벽에는 온통 그라피티로 가득했다. 공연이 열리는 날에는 슬램을 하는 청년들의 땀내와 열기로 안경에 김이 서릴 정도였다.

처음 홍대 앞에 왔을 때의 첫 이미지는, 거리 곳곳이 무척 이국적이라는 것이었다. 햇볕이 좋은 날은 골목골목을 마냥 걷기만 해도 여행이라도 온 사람처럼 그냥 기분이 좋았다. 그즈음 나는 홍대 앞에서 대중교통으로 한 시간 삼십 분은 걸리는 동네에 살고 있었는데, 축제 일을 핑계로, 사람을 핑계로, 하루가 멀다 하고 홍대 앞을 드나들었다. 어느 일요일 늦은 오후 상수역에 내려 홍대 앞 놀이터를 향해 걸으면, 아침까지 영업하고 문을 닫은 **'해물잔치'** 앞에서 결성한 지 얼마 되지 않은 '아소토 유니온'이나 홍대 앞의 큰형님들 '오! 부라더스'의 버스킹 소리가 아련하게 들려오기 시작한다. 거리를 울리는 리듬에 따라 내 마음은 설레고 발걸음은 빨라진다. '해물잔치' 앞에 도착하면, 바로 옆 **'인도옷집'**의 문턱에는 동네 오빠 언니들이 모여앉아 수다를 떨고 있다. 20대 초반의 나에게 홍대 앞의 풍경과 사람들은 그야말로 부러움의 대상이었고, 그저 거리에 서 있는 것만으로도 마치 유럽 어디쯤으로 여행을 떠나온 듯한 기분이 들었다. 그러고는 이내 '나도 언젠가 꼭 '홍대 앞'에 살아봐야지'라는 마음을 먹게 하는 것이었다.

불토가 되면 대낮의 홍대 앞 놀이터에는 매주 플리마켓이 열렸고, **'거리미술전'**이 열리는 시즌에는 그야말로 길가를 누비는 모든 사람들이 아티스트가 되었다. 밤이면 놀이터 미끄럼틀 근처에는 하늘을 찌를 듯이 머리를 높이 세운 모히칸 헤어의 펑크족 청년들이 모여들었다. 징이 잔뜩 박힌 라이더 재킷에 타탄체크의 밴디지를 입고 클리퍼를 신은 그들은 '섹스 피스톨즈' 보컬 시드 비셔스의 환생 그 자체였고, 그의 여자친구 '낸시'를 닮은 소녀들은 퇴폐미 가득한 스모키 화장에 찢어진 망사스타킹을 신고 가터벨트를 맨 채 벤치에 걸터앉아 맥주를 홀짝거리고 있었다. 그렇게 놀이터에서 유유자적 시간을 보내고 있노라면, 어느새 홍대 앞의 유명 인사 **'막걸리 아저씨'**가 나타나 "형님들 누나들~ 알라뷰 하세요~ 사랑합니다!"를 외치신다. 반가운 마음에 구릿빛 근육을 자랑하는 유쾌한 막걸리 아저씨와 몇 마디 나누다 정신을 차려보면 손에는 어느 틈에 세 병에 5천 원짜리 막걸리가 한아름 안겨 있곤 했다.

지금은 사라지고 없는 **'밥 딜런'**은 크랜베리 보드카 피처가 맛있었다. 2,000cc의 피처컵에 꽂혀 있는 기다란 스틱으로 얼음을 휘휘 젓고서는 코를 파며 "역시 보드카는 코딱지가 들어가야 와방이지" 하며 익살맞게 웃음을 자아내던 개구쟁이 경록 오빠. 비가 추적추적 내리기 시작하는 새벽 나절 전봇대 옆에 뻗어 누워버린 상혁 오빠를 깨울 생각은 않고 어디선가 살 부러진 우산을 주워 와 씌우던 윤식 오빠. 지금은 기억도 나지 않는, 하지만 당시에는 꽤 심각했던 고민을 늘어놓을라치면 진지하게 상담을 해주다가는 "생각이 너무 많으면 재수없어, 그냥 달려!"라고 다정한 일침을 가하던 상면 오빠. 늘 가장 말이 없지만 제일 세심하던 우리의 공익형 인수 오빠. 멀리 있는 계란말이를 앞접시에 놓아주고 석류 한 알과 같은 선물을 센스 있게 건네주던 인수 오빠에게 감동해 친구와 함께 팬 카페를 만들기도 했는데, 팬클럽 이름은 '석류와 계란말이'였다.

가끔 막차를 놓쳐 밤이라도 새울라치면 자주 들르던 **'모모집'**의 이모는 매콤달콤한 닭볶음탕을 끓여 내주시고는 뜨끈한 바닥에 누워 코를 골며 주무시곤 했다.
첫차가 다닐 때까지 만만하게 들르는 **'이쩨이'**에서 마시던 1,500원짜리 테킬라와 커피, 불량식품들도, 세상에서 가장 맛있는 콩나물볶음밥와 질 좋은 수육, 뜨끈한 선짓국과 김치까지 모든 메뉴가 감동적이던 **'홍익보쌈'**집, **'선영집'**에서 땅콩버터 가득 얹어 먹던 날치 알쌈과 **'영천집'**에서 처음 먹어본 술국도 이제는 모두 그리운 추억 속의 맛이 되었다.

그리고 홍대 앞에 올 때마다 설레던 '그때의 나'도 이제는 추억 속의 존재가 되었다.

지금은 '인간 내비게이션'이라고 불릴 정도로 홍대 앞 골목 구석구석이 눈에 훤하고, 초행길로 보이는 사람들이 내게 만만하게 길을 묻는 걸 보면 어느새 나는 부정할 수 없는 홍대 주민이 되었구나 싶다. 그냥 전혀 멋 내지 않은 추레한 차림으로 아무렇지 않게 거리를 활보하기 때문인지도 모르지만.

얼마 전, 10년 동안 홍대 앞 랜드마크로 자리를 지켜오던 **'라이브 클럽 타'**, 작고 어둡지만 독특한 색깔의 밴드와 아티스트들이 모여들던 와우교 앞 **'바다비'**, 처음 홍대 앞으로 이사를 나왔을 때 방황하던 나에게 제2의 집이 되어준 **'모과나무 위'**가 문을 닫았다. 모두 10년 가까이 우리 동네를 지켜주던 든든한 공간이었는데, 있을 때는 당연하게 여겨지던 공간이 하루아침에 사라진다니 무언가 나의 오랜 시간도 함께 사라지는 듯 허무했다.

'모과나무 위'의 마지막날, 늘 친언니 같은 주인 은주 언니와 '모과나무 위'의 마스코트 골든 레트리버 호수, 그리고 그곳에서 만난 소중한 가족 같은 사람들(동네 뮤지션 언니 오빠 동생들, 배우 언니, 개그우먼 동생들, 역 대 아르바이트생들, 오랜만에 얼굴을 마주하는 친구들)까지 줄잡아 60~70명쯤 이 모였다. 모두의 머릿속에 그 공간에서 만들어온 자기만의 크고 작은 추억과 에피소드들이 파노라마처럼 펼쳐지는 듯했다. 아무도 입 밖에 내지 않았지만, 모두가 느끼고 있었다. 눈은 울고 입은 웃 는, 슬프지만 즐거운 마지막 파티는 새벽까지 계속되었다. 사람들은 자진해서 '모과나무 위' 공간 구석구석을 사진으로 담고, 사람들의 풍경을 영상으로 담고, 주문 메뉴를 적어두던 공책을 열어 마지막날 의 소감과 고마움을 흔적으로 남겼다.

지나간 시간이 그리운 것은, 그저 지나가서일지도 모른다.

숨이 차게 변해가는 홍대 앞 거리에서 더이상 예전과 같은 낭만과 에너지를 느낄 수 없는 것은 너무 아쉽지만, 누군가에게는 지금 이 순간의 홍대 앞이 삶에서 가장 빛나는 무대가 되고 있을지도 모른다 고 생각하면 아주 조금은 위안이 된다.
하지만 더이상은 홍대 앞이 대규모 체인 카페, 고깃집, 호프집, 노 래방, 부킹 포차로 점령당하지는 않았으면 한다. 작지만 뚜렷한 색 깔을 가지고 소신 있게 일구는 가게들, 라이브 클럽들도 더이상 사 라지지 않았으면 한다. 관광객과 뜨내기들에게 더는 나의 동네, 홍 대를 내주고 싶지는 않다. 정말 이곳을 사랑하는 누군가가 모여들어 새로운 바람을 일궜으면 한다.

나의 살던 고향, 꽃피는 홍대 앞은 어느새 나에게는 삶의 터전이 되어, 이제는 이곳을 떠나 어딘가에서 살아갈 수 있을까 상상하면 그저 막막하기만 하다. 바람이 있다면, 지금으로부터 10년 뒤에도 오랜 시간을 함께 보낸 사람들과 홍대 앞 어딘가에서 우연히 만나 안부를 묻고 반갑게 커피 한잔을 나눌 수 있으면 좋겠다.

과메기와 낮술은
국적이 없다

큰미미

'미도리 씨, 다음주 만나서 맥주를 마셔고 시퍼요.'

며칠 전 친구의 소개로 만났던 일본인 야스코의 문자 메시지다. 야스코는 이제 겨우 두 달째 어학당에 다니고 있는 한국어 새내기다. 제아무리 뻔뻔하게 말도 안 되는 외국어를 잘 갖다붙이는 큰미미라지만 일본어 좀 하는 작은미미도 없이, 이제 '왜 그렇게 일본말을 잘하세요?'라는 말까지 듣는 양평이형도 없이 혼자서 야스코를 만난다고 생각하니 왠지 조금 떨린다.

만나서 무슨 얘기를 하지? 어디 가서 뭘 먹여주지? 등의 고민을 잔뜩 한 후에 만난 야스코. 내가 왜 그런 고민을 했던가 허무할 정도로, 서로 말을 잘 못하는 것은 아무런 문제가 되지 않았다. 야스코는 낙천적이고 긍정적인데다가, 센스가 아주 좋아서, 주로 내가 한국말로 신나게 떠들면(그래도 또박또박 최대한 천천히 일반적인 단어로 이야기하려고

^{노력했다)} 아주 정확한 타이밍에 웃고 반응을 해주었다.

나중에 알고 보니, 야스코는 일본에서 이름만 대면 누구나 알 법한 대중음악기업에서 일했었고, 꽤나 이름 있는 음악웹진에 글을 쓰며 유수의 뮤지션들을 인터뷰한 경력이 있는 베테랑이었다. 야스코는 일본에서 지진을 경험하고, 사람의 삶은 유한한 것이라는 사실을 절감했다고 한다. 죽음이 두려운 만큼 내가 하고 싶은 일을 더 적극적으로 찾아나가고, 현재를 즐겨야 한다는 생각으로 한국으로 왔다고 했다. 그리고 가능하면 한국에서 살아보고 싶고 일해보고 싶다고 했다. 우리는 한국어, 일본어, 영어를 섞어서 도무지 국적을 알 수 없는 언어로 소통했지만 서로를 기가 막히게 알아보았다.

그 이후로는, 틈만 나면 낮술을 같이 먹었다. 광장시장에 가서 빈티지 원피스를 잔뜩 구경하고 부침개에 막걸리를 마시거나, 비 오는 날이면 우리 집에서 떡볶이를 만들어 소주를 마시기도 하고, 너른 창으로 햇살이 쏟아지는 단골 술집에서 생맥주를 벌컥벌컥 들이켜기도 하며 우리의 정은 돈독해져갔다. 낮술을 마시다가, 내일 어학당 시험이 있다며 일어나려는 야스코를 붙잡고, "시험이 뭐가 중요해? 이렇게 나랑 술 마시는 게 진짜 살아 있는 한국어 공부야!"라고 능청스레 그녀를 붙잡는 나에게 곤란한 기색 하나 없이 박장대소하던 야스코. 그때까지만 해도 야스코에게 나는, '미도리 씨'였다.

그러던 어느 무더운 여름날, 길을 한참 걷다가 종로로 가는 버스를 탔다. 시원한 에어컨이 나오는 버스 안에서, 야스코는 나에게 휴대폰을 열어 사진 한 장을 보여주었다. 얌전히 말아놓은 김밥이 돗자리 위에 놓여 있다.

"미도리, 저 지난주에 데이트를 했어요. 남자친구가 생긴 것 같아요. 그런데 비밀이야!"라며 발그레 웃는다. 맛난 돈부리를 파는 일본 식당에서 아르바이트를 하다 만난 한국인 요리사와 첫 데이트로 등산을 갔는데, 김밥을 말아왔더란다.

"야스코! 니가 나보다 200배 낫다! 이야, 축하해!"

그런데 야스코 하는 말, "저, 그런데 일본에 있었을 때는 7년 동안 남자친구가 없었어요!"

그해 여름, 우리는 함께 록페스티벌에 놀러갔다. 2박 3일을 예닐곱 명이 같이 먹고 자며 즐거운 시간을 보냈다. 그리고 마지막날, 집으로 돌아오기 직전, 나는 어떤 전화를 받다가 그만 엉엉 울어버리고 말았다. 그 순간 누구에게도 털어놓고 싶지 않아 그냥 그대로 줄행 랑치듯 먼저 서울로 와버리고 말았다.

야스코에게는 미안했지만, 일본어를 잘하는 언니도 같이 있고, 그 사이 다른 친구들과도 친해졌으니 괜찮겠지 하는 마음으로 귀가해 애써 마음을 추스르고 있었다.

다음날 아침, 야스코에게 온 문자 메시지.

'언니, 괜차나요? 어제 만이 걱정했어요.'

그냥 안부 문자일 뿐인데, 야스코가 '언니'라고 처음 불러준 그 순간에 또 눈물이 왈칵 쏟아졌다. 왠지 그 말이 그 순간 나에게 너무나 큰 위로가 되었다. 그러다 문득 '얘는 근데 언제 언니라는 말을 배웠지?' 눈물을 훔치다가 피식 웃음이 새어나왔다.

그후, 2년이 지났고 야스코는 그사이 일본에 9개월 정도 다녀왔다. 미미가 일본으로 공연을 갔을 때 오사카와 교토를 함께 여행하기도 했다.

그리고 얼마 전, 야스코는 첫 데이트에서 김밥을 말아준 한국인 요리사와 결혼을 했다. 한국 며느리가 되었으니 김치 담그는 법을 배워야 한다며, 김장하는 내 친구 집들이에 야스코를 데려갔다. 언제나처럼 낮술로 시작한 술은 밤술이 되었고, 김장김치에 수육이 떨어질 무렵, 모인 친구들과 가위바위보 내기로 '과메기'를 사 왔다. 그런데 이 과메기, 정말 제대로다. 등 푸른 은빛깔이 선명하기 이를 데 없고, 얼마른 정도가 적당하여 기름진 맛과 꼬들한 식감이 절묘하게 어우러졌다. 알배추 속대 위에 김과 다시마를 얹고, 큼직한 과메기, 그 위에 다시 알싸한 고추, 마늘편 작은 것 하나, 아삭한 마늘종 사뿐히 얹은 후 마지막으로 새콤달콤한 초장을 살짝 발라 그대로 입속으로 전진! 캬아~ 술이 술술술 넘어간다. 바로 이 맛이지, 드디어 겨울이 왔구나! 사랑하는 과메기를 1년 만에 만나 흥분한 나머지 정신없이 과메기와의 대화에만 집중하던 나.

순간 야스코를 바라보니, 이 아이는 과메기와의 첫 경험에 이미 혼이 나가 있다. 웬만한 한국 친구들도 잘 먹지 못하는 과메기를, 어찌 이리 잘 먹지? 역시, 야스코는 내 친구야. 아니, 내 동생이야!

아직 한국말이 서툰 야스코의 요즘 고민은, 시어머니와의 대화이다. 딸이 없고 정이 많으신 시어머니는 야스코를 당신 아들보다 더 알뜰살뜰 챙기시는 다정한 분이신데, 말씀이 너무 빠르셔서 도통 잘 알아들을 수 없다고 한다.

그런 시어머니께 야스코가 과메기가 너무 맛있다고 하니, 깜짝 놀라 기특해하시며 포항 직송 과메기를 잔뜩 가져다주셨단다. 그런데, 알고 보니 야스코의 남편은 과메기를 전혀 먹지 못한다는 사실. 처음에는 반찬 삼아 혼자 먹어봤는데, 영 맛이 없더란다. 그래서 술과 함께 먹다가 남편에게 '너, 그러고 있으니 아저씨 같다'며 놀림을 받았단다.

그래서 핑계삼아, 야스코네 집에서 또 낮술. 시어머니가 가져다주신 과메기는 끝이 없고, 우리의 낮술도 끝이 없다.

어른이 되어서야 만난 좋은 친구, 아직 완벽하게 말이 통하지는 않지만 마음만은 완전히 통하는 내 동생 야스코는 잠깐 일본에 갔다. 애주가이신 아버지가 반드시 좋아하실 거라며, 과메기를 싸가지고서.

과메기와 낮술은 국적이 없다.
낭만을 즐기는 사람들은, 어딜 가나 눈빛만으로도 통한다.

미미라는
장르

작은미미

"미미가 추구하는 장르가 뭘까요?"라는 질문에 지금이야 "1960~
1970년대의 향수를 자극하는…… 시스터즈 언니들의 스피릿을 이
어받은…… 미미만의 스타일로 재해석한…… 약간의 똘끼와 다량
의 뽕끼를 추구하는……" 등의 미사어구로 스스로를 포장하긴 하지
만, 한때는 어쩌다 나는 음악계라는 어마어마한 세계에서 하염없이
헛발질만 하고 있는지, 미미가 뿌리내려야 할 곳은 당최 어디인지,
한참 방황할 때가 있었더랬다.

음악.
나에게 음악은 무엇일까. 문득문득 떠오르는 순간들.

항상 칼단발을 기가 막히게 유지하며 체인이 달린 안경을 쓰고 다니

던 피아노 학원 선생님의 각 잡힌 모습. 난생처음으로 극장에서 본 영화 〈마지막 황제〉 속 〈레인〉이라는 곡이 극장에 가득찼을 때의 전율. 어릴 적 두 허벅지 사이에 첼로를 끼우고 묵직한 소리에 도취되었던 시간. 아빠가 가끔 불던 알 수 없는 멜로디의 휘파람. 내가 엄마 배 속에서 들었(을 수도 있었)던 정훈희 선생님의 목소리. 사춘기 시절 화가 불끈불끈 치솟을 때마다 방 안 가득 틀어놓았던 베토벤의 〈황제〉. 그 옛날 홍대 하드코어 팬들의 성지였던 '빽스2'에서 뼈끔뼈끔 말보로 레드를 피워대며 마셨던 닥터페퍼의 쌉쌀함. '드럭'의 곰팡이 냄새. 갱스터 힙합에 빠져 한글로 랩을 받아 적으며 가사를 외우던 교실. 친구와 학교 운동장에 누워 하늘을 보며 들던 이아립의 노래. 그런지와 펑크와 하드코어의 직격탄을 맞고 정신없이 흔들어대던 머리. 스윙재즈에 맞춰 빙글빙글 돌던 나의 발과 치맛자락. 시스터즈 언니들의 도저히 따라갈 수 없는 그 낭만, 그 분위기. 내 아이를 재우는 우리 엄마의 목소리, 〈섬집아기〉.

이런 모든 음악적 경험들이 지금 미미의 음악에 들어가 있는 걸까?

음악은 어디에서 오는 걸까.
미미의 음악은 어디에서 오는 걸까.
우리의 음악이라고 할 만한 것이 있긴 한 걸까.

한줌의 멜로디, 한줌의 가사로 시작한 갓난아기 같던 곡이 어엿한 성인이 되어 관객들 앞에서 불린다. 한 사람의 성장 과정과도 흡사한 노래 만들기. 여전히 울퉁불퉁한 사춘기 감정선에 머물러 있는 곡도 있고, 노년의 성숙함처럼 숙성된 곡도 있다. 미미의 음악은 처음부터, 그리고 여전히 들쑥날쑥하다.

하지만 선택받은 자들의 음악은 달랐다. 진정한 뮤지션들 앞에서는 어쩐지 쑥스러웠다. 내가 뮤지션 흉내를 내고 있다는 자괴감이 들기도 했다. 그 격차를 다른 걸로 채워야 한다는 생각이 있었다. 예를 들면 더 좋은 사람이 되는 일. 그리고 미미만이 할 수 있는 다른 어떤 일.

우연히 발 담그게 된 음악계는 기대보다 환상적이었고 생각보다 근엄했다. 처음 2년간은 정신없이 구름 위에 둥둥 뜬 채로 살았다. 무대 위 주인공보다는 무대 밑 스태프로 일하는 것이 훨씬 익숙했던 나에게(아마 큰미미에게도) 그 무대란 것은 두려운 동시에 어마어마하게 중독적으로 다가왔다. 무대를 사랑했고 관객들을 사랑했다.
그러다 갑자기 바닥으로 쿵 떨어져 어쩌면 수면 밑에서 허우적대고 있을 때, 결국 우리를 구원할 자는 우리 스스로였다. 우리는 서로의 손을 꼭 잡고 함께 침잠했고, 그리고 다시 물위로 기어올라와 천천히 발장구를 시작했다. 우리는 서로에게 산소호흡기가 되어주었고, 한 명이 뒤처질 때면 다른 한 명이 잡아끌어주었다.
우리가 가고 있는 곳이 맞는 방향인지는 여전히 알 수 없지만, 둘이라서 충분하다. 함께하는 거라 이제는 더이상 무섭지 않다.

이제 와서 고백하건대, 미미를 벗어나고픈 시절도 있었다. 너무나도 도망가고 싶을 때, 나를 붙잡아준 건 항상 나의 동업자, 나의 동료, 나의 친구, 큰미미였다.

단 한 번도 그녀에게 사랑한다는 말을 한 적이 없다.
여기다 하련다. 직접 하면 오글거려서 말끝을 흐릴지도 모르니, 또 박또박 활자로 남겨놓으련다.

사랑해, 큰미미.
…….
입으로는 쿨한 척 킥킥거리면서 눈에서는 닭똥같은 눈물 흘리고 있는 거 안다, 큰미미야. 항상 말하지만 넌 센 척만 안 하면 돼, 겁나 여린 주제에.

큰미미와 알게 된 지 이제 20년이 되어간다. 싸울 만큼 싸웠고, 할 만큼 했고, 놀 만큼 놀았다. 하지만 여전히 부족하다. 다시 20년이 지나도 아마 우린 어디선가 이러고 있을 것이다.
미미의 장르는 미미입니다, 라고 당당하게 말할 수 있을 때가 오길.
그러니 그때까지 여러분들도 부디 건강하시길.
오래오래 같이 놀아주시길!

김치찌개에
김 한 장

작은미미

우리집 밥상에는 김치찌개와 김이 항상 같이 올라왔다.
촉촉한 돼지고기 한 조각과 김치, 그 위에 들기름 바른 김을 한 장
올려 김이 채 흐물흐물해지기 직전 입안으로 집어넣는다. 처음에 파
사삭한 김의 식감은 이내 김칫국물과 한몸이 되어 질척해진다.

아, 눈을 감으니 배추가 자라난 땅의 테루아와 김의 고향 동해안의
비릿한 향내와 돼지가 어린 시절에 먹었던 한약재······. 암튼 내 생
각에 이보다 더 완벽한 마리아주는 없는 것 같다. 쓰읍, 방금 자판 위로
침이 떨어질 뻔.

나는 요리하는 걸 좋아한다, 라고 써놓고 석연치 않은 이유는 무얼까.
엄밀히 말하자면, 요리를 좋아할 때는 무척 좋아하는데 하기 싫을

226

때는 정말 아무것도 안 한다. 손 하나 까딱하기 싫을 땐 그냥 요리 책을 보면서 상상으로 배를 채울 때도 있다. 노약자와 미성년자는 절대 따라 하지 마세요.

그래도 조금은 손을 움직일 여유가 있을 때 해 먹는 게 김치찌개다. 들이는 노동력 대비 가장 영양가 있고 맛좋은 게 김치찌개라 할 수 있겠다. 레시피고 비결이고 따로 없다. 무조건, 오래오래 끓이는 거다. 재료 넣는 순서도 없다. 그냥 김치에 고기에 물 때려넣고, 맛좋은 냄새가 날 때까지 좀더 누워 있기.

물론 김치가 맛있으면 좀더 가산점이 붙을 것이다.
맛있는 김치라. 김치 그거 대충 담그면 되는 거 아닌가? 라고 생각했었다. 직접 담가보기 전에는.

이쯤에서 김치 담근 자랑을 좀 해야겠다.
지금으로부터 대략 3년 전, 미미는 팬클럽 회원 300명을 돌파한 것을 기념하여 대대적인 김장 이벤트를 열기에 이른다. 김치와 딱 어울리는 빨간 추리닝 패션에 고무장갑을 끼고 우리는 열 명쯤 되는 팬들을 맞이했다. 대구에서 올라온 성원이, 자가 제작 막걸리를 싸온 하나양와 봄바람군, 보석공예가 킹크로치, 그리고 우리의 영원한 팬클럽 회장님과 대구보이, 그 외 다양한 친구들.
그중에서 김장을 해본 유일한 경험자인 김미려양은 두 팔 다 걷어붙이고 김장 총감독을 했고 우리는 새참으로 라면을 한 대접씩 먹어가며 김장에 매진했다. 어둑어둑해질 무렵에야 김장은 끝이 났고 우리는 약속된 보육원에 김치를 배달했다. 그리고 보쌈을 삶아서 거나하게 뒤풀이했다. 정말이지 우리가 담가서가 아니라, 그렇게 달달한 김치는 처음이었다.

다음날. 일단 세수를 못했다. 이를 못 닦았다. 수저를 못 들었다. 내 팔이 내 팔이 아니었다. 김장을 끝내고 온몸에 파스 냄새가 진동하던 엄마 생각이 났다. 매해 김장을 해보자던 마음이 이내 수그러들었다. 그냥, 김치를 주시는 분들에게 감사해하면서 먹자.

김장을 해보고 나니 세상의 모든 김치가 달리 보였다. 일단 예전에는 그저 아무 생각 없이 버렸던 김치 꽁다리가 그렇게 애잔해 보일 수가 없는 거다. 그렇게 버림받기에 당신은 너무 아깝고 귀한 존재입니다. 어떻게든 당신은 맛있어질 권리가 있습니다. 당신을 김치볶음밥의 메인 재료로 환생시켜드리겠습니다.

그렇게 내 냉장고 속 김치 꽁다리는 새로운 삶을 살고 있다.

게으름에서 조금 벗어나 색다른 김치찌개를 드시고 싶으신 분들은 김치찌개의 김치를 블렌딩해보는 것을 추천한다.

냉장고 구석구석을 뒤져보면 오래된 열무김치나 쉬어빠진 총각김치 꼬다리 같은 것이 고대유물처럼 발견될 것이다. 도저히 맨정신으로는 못 먹을 그들, 죄책감에 못 이겨 일단 냉장고 깊숙이 유배시켜버린 그들, 이제 그들을 해방시켜주자. 나의 배 속으로.

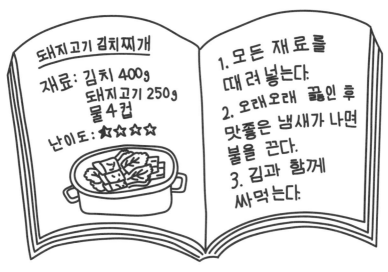

돼지고기 김치찌개

재료: 김치 400g
　　돼지고기 250g
　　물 4컵
난이도 : ★☆☆☆

1. 모든 재료를
때려 넣는다.
2. 오래오래 끓인 후
맛좋은 냄새가 나면
불을 끈다.
3. 김과 함께
싸먹는다.

Try it!

묵은지에 열무나 총각김치를 블렌딩해서 끓여먹어도 상큼한 색다른 맛이 나고, 열무김치를 달달달(참 좋아하는 요리 전문용어입니다) 볶다가 멸치육수를 넣어 푹 끓여먹어도 별미다. 너무 쉬어빠져 이러지도 저러지도 못하는 김치들은 차라리 물에 깨끗이 빨아 그냥 피클처럼 먹어도 막걸리 안주로 그만.

그리고 김!
그 이름도 심플하고 단호한 김!
세상에 김만큼 또 맛있는 게 있을까.
오랜 자취생인 나의 김 사랑은 정말 각별하다. 김이 떨어지면 매끼가 불안해지고, 김을 대체할 수 없는 건 이 세상에 없다. 김 만세.

참, 김치찌개와 김의 궁합 다음으로 제일 환상적인 조합은 새우깡과 가나 초콜릿이다. 짭쪼름과 달콤함이 공존하는 그 맛! 내 입맛에는 최고의 마리아주다. 그리고 정말 초코 옷을 입은 새우깡이 나왔다! 꽤 맛있었다! 내가 먼저 만들어서 팔걸! 겉과 속이 다른 미미깡!

만만치 않은
계란 프라이

작은미미

며칠 전 스뎅 프라이팬을 샀다. 그 며칠 전엔 압력밥솥을 충동구매
했던 터였다. 원래 서투른 무당이 장구만 나무란다고, 요리든 뭐든
해 먹기 귀찮을 때 갑자기 주방 기기 사 모으는 것에 불타오를 때가
있다. 밥솥을 바꾼 것도 밥맛이 좋아지면 좀 살맛날 것 같은 그런 느
낌적인 느낌 때문이었다.

확실히 밥맛은 좋아졌다. 묵은쌀로 밥을 해도 윤기가 쫄쫄 흘렀다.
밥통에 81시간째 두어도 (몇 시간까지 표시되나 한번 놔둬봤음. 절대 게을러서 밥
을 안 먹은 것이 아니라고는 말 못 함) 거짓말 조금 보태 갓 한 밥만큼 풍미
가 느껴졌다. 하지만 사람이 밥만 먹고 살 순 없지 않은가.

나는 요즘 자꾸 검댕이 묻어나는 프라이팬을 원망스레 노려본다. 알
록달록한 아래쪽 무늬에 현혹되어 산 코팅 프라이팬. 하지만 지금은

무늬 따위 그을음에 가려져 오히려 지저분해 보이기만 하다. 그래. 이제 프라이팬을 바꿀 때다. 그것도 스뎅으로.

스뎅 프라이팬. 전문용어로 스테인리스 프라이팬. 길들이기 힘들다, 무거워서 손목 나간다, 어차피 사봤자 얼마 못 쓴 다 등등 악플의 대명사, 스뎅 프라이팬. 하지만 '이제 나이도 있고 건강도 생각해야 하니 기름 덜 먹는 스뎅이지!' '오, 번쩍번쩍 제대 로 느낌 나는데!' '역시 이쁜 건 스뎅 프라이팬이지!' 하는 생각으로 눈 오는 어느 겨울날 저녁, 덜컥 질러버렸다.

엄마에게도 스뎅 프라이팬이 하나 있는데, 사실 엄마가 그걸 꺼내는 건 누룽지를 만들 때뿐이었다. 팬 위에 지은 지 좀 오래된 밥을 얄팍 하게 펼치고 보일 듯 말 듯한 약불로, 그야말로 지진다. 노릇노릇하 게 지져진 누룽지는 간식으로도 먹고 뜨거운 물에 넣어 말아먹기도 하고. 입과 손이 심심할 때 딱 좋은 간식거리가 된다.

암튼, 프라이팬은 정확히 이틀 뒤에 집에 도착했다. 떨리는 손길로 박스를 벗겨본다. 뿌연 비닐 안에서 빛나는 속살을 뽐내는 프라이 팬. 절세미인 옆에 선 우락부락한 보디가드처럼 설명서에는 협박과 도 같은 글귀가 적혀 있다. 초록 수세미로는 절대 닦지 말라, 요리가 끝난 뒤 바로 물세척하라, 이래라저래라, 이러지 말라 저러지 말라. 뭐가 이리 복잡해. 그래봤자 니가 프라이팬이지. 널 내 손안에 길들이고야 말겠다.

설명서에는 온갖 멋진 요리들의 조리법이 나열되어 있었다. 닭찜부터 케이크까지 가능하다고? 오호, 실제 요리하는 것보다 요리책을 보는 걸 좋아하는 나로서는 레시피를 보는 것만으로도 벌써 프라이팬을 길들인 듯한 기분이 들었다. 무엇을 해볼까. 당장 냉장고를 열어보자!
생닭 따위가 있을 리는 없고. 셰프마냥 구울 수 있는 스테이크가 있을 리도 없고, 케이크는 너무 귀찮고, 뭔가를 데우기엔 첫 요리치고 아쉽고. 그래 너, 너로 가자. 제일 만만해 보이는 계란, 나와.

약불로 일단 팬부터 10분 정도 데웠다. 물방울을 튕겨보아 또로록 구르면 적정 온도랬지. 처음이니 매뉴얼대로 해주자.
기름을 두르고 떨리는 마음으로 계란을 깬다. 착, 하고 팬 위로 계란이 안착한다. 이제 계란은 나의 손을 떠났다. 계란 프라이 정도야 뭐, 하는데, 갑자기 떠오르는 기억이 있다.

해 저물어가던 봄날, 나는 부암동 오르막길을 자전거로 열심히 오르고 있다. 꽤 가파른 언덕길이었기에 생각보다 땀이 많이 났다. 화장이 지워질까 내심 걱정되었다.
그렇다. 나는 지금 호감이 있는 썸남의 집에 가는 길이다.

집.

누군가의 집.

그것도 남자의 집.

그것도 살짝 좋아진 남자의 집.

일 때문에 두서너 번 만났던 그는 뜬금없이 저녁밥을 해줄 테니 집
으로 오라 했다. 삼십 줄이 훌쩍 넘은 총각의 집밥 초대라. 경우에
따라 1부터 100까지 상상 가능한 설정이다. 속옷을 아래위로 맞춰
입고 가야 하나. 촌스럽게 왜 이래. 기대한 거 같잖아. 나 설마……
기대하는 건가?

뭉글뭉글한 심장은 그의 집에 도착해서도 계속되었다. 동네 슈퍼에
서 마실 것을 사고 전화를 했더니 아뿔싸 그의 집은 슈퍼 사장님네
안쪽 집이었다. 머쓱하게 다시 한번 슈퍼 사장님에게 인사를 하고
그의 집으로 들어갔다.

부엌에서 이것저것 준비를 하고 있던 그는 나에게 반찬들이 다소곳
하게 담긴 접시를 건네주며 계단 쪽을 가리킨다.

"그 계단 올라가면 옥상이 나와요, 먼저 올라가 계세요."

"아, 네."

좁은 계단을 올라가니 이건 뭐 절경이 따로 없다. 동네가 한눈에 보

인다. 심장이 또 한번 뭉글뭉글해진다. 잠시 뒤 그가 올라온다. 그의 손에는 부루스타가 들려 있다.

'우와~ 삼겹살?'

야외 옥상에서 둘만의 바비큐 파티인가요? 아, 서로 쌈 싸주면 부끄럽게 받아먹고, 그러다가 눈 맞으면 러브 쌈 싸먹고, 그러다가 그러다가…… 나 또 기대하는 건가?
그러나 아니었다. 정성스레 옥상까지 부루스타와 프라이팬까지 대령한 뒤 그가 해준 요리는 삼겹살도, 목살도, 갈빗살도, 항정살도 아닌, 그것은 바로 **계란 프라이**였다.

이렇게도 만만치 않은 계란 프라이라니!
내 생애 이토록 호사스러운 계란 프라이라니!

만약에 그가 가금류나 어패류를 가져와 구웠다면 그건 뭔가 모범답안 같아서 재미가 없었을 것이다(라고 굳이 생각하려는 나). 그렇다면 그날의 분위기도 사뭇 달라졌을 것이다. 젓가락을 들고 프라이팬에 달라붙어 살점에만 집중했겠지. 뭐 그것도 나쁘진 않았겠지만.

하시만 계란 프라이라니!
내가 이토록 계란 프라이를 특별하게 기억하게 될 줄이야!

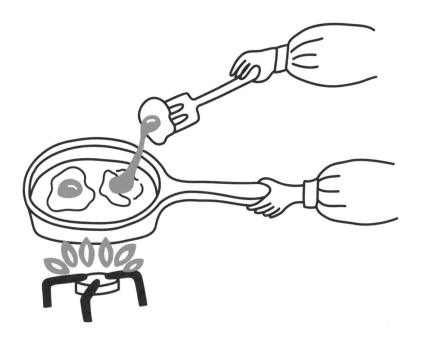

계란 두 알을 나란히 깨서 지글거리는 걸 한참 바라본 기억이 난다. 왠지 우리 둘도 저 계란처럼 뜨겁게 익어갈 수 있지 않을까 싶었던 순간.

스팸 투하.
아. 고기다.
완벽한 밤이구나.

그 남자와는 잘 안 되었다. 그뒤에 그와 가금류도 어패류도 먹었지만, 이상하게 진전이 되질 않았다. 길들지 않는 스뎅 프라이팬 같은 남자랄까.

자, 이렇게 두루뭉술 다시 나의 스뎅 프라이팬으로 돌아오자.
익었으려나. 조심스레 계란을 뒤집어본다.

음……. 은반 위의 요정처럼 매끄럽게 떨어지는 비주얼을 기대한 건 아니지만 이건 달라붙어도 너무 달라붙었다. 이미 망했다 생각하며 다시 한번 뒤집어본다. 이제 계란의 반가량만 생존가능하다. 스뎅 프라이팬, 너 무서운 놈이구나.

내 인생 두번째로 만만치 않은 계란 프라이를 만난 날이었다.

그 남자
때문에

작은미미

요즘 한 남자 때문에 잠을 못 이루고 있다. 성은 스페이더요 이름은
제임스다. 혹시 이 남자를 아는가. 당신이 그를 안다면 꽤 연식이 있
을 터이고, 모른다면 지금 당장 검색해보라.

어느 날 밤 나는 갑자기 야한 영화를 보고 싶어졌다. 왜냐고 묻지 마
라. 그런 밤이 있지 않은가. 잠은 안 오고 일은 산더미고 하기는 귀
찮고. 야식 먹듯이 야동을 보고 싶어지는 밤이 있다.
정식으로 야동을 다운받기에는 귀찮은 절차가 너무 많았기에 나는
나의 밤친구 유튜브를 소환했다. 그렇게 돌고 돌아 만나게 된 영화
가 데이비드 크로넨버그의 〈크래시〉다. 그리고 나는 운명의 상대인
제임스를 만나게 되었다. 현재 나흘 연속으로 그 영화를 정주행하고
있다. 조만간 DVD를 장만해야겠어, 자막 있는 것으로.

아무튼 이 제임스라는 남자가 나의 밤을 지배하는 자가 된 것은 어쩌면 너무 당연한 수순일지 모른다. 왜냐, 이 남자는 딱 나의 취향이었다.

내게 남자에 대한 어떠한 취향이 있냐고 스스로 되물어봤을 때, 사실 머뭇거리게 된다. 실제로 나와 사귀었던 남자들은 교집합 되는 어떤 부분도 없었다. 키가 작은 사람도 있었고, 큰 사람도 있었고, 무뚝뚝한 사람도 있었고, 끊임없이 농담만 던지는 사람도 있었다. 액션 영화만 좋아하는 사람도 있었고, 예술 영화만 보는 사람도 있었다. 그런데 나는 이 제임스를 보고 나의 취향, 어쩌면 나도 몰랐던 나의 취향에 방점을 찍게 되었다.

〈크래시〉를 본 사람들은 알겠지만 이 영화는 컬트를 넘어서 변태 영화로 낙인찍힌 상태다. 자동차들이 서로 '크래시!' 하는 순간 어떤 성적 자극을 느끼는 이른바 교통사고성애자(!)들에 대한 이야기인데, 이 영화에서 제임스는 우연히 교통사고를 당한 뒤 그들의 세계에 조금씩 빠져드는 역할을 맡고 있다.

일단, 잘생겼다. 짙은 금발에 파란 눈, 어쩌면 전형적인 미남의 얼굴이다. 그런데 이 남자, 어딘가 이상하다. 눈동자가 약간 사시인데다 눈이 항상 풀려 있다. 하…… . 눈을 항상 선글라스로 대체하는 미미 주제에 이런 남자의 눈에 빠지다니. 그리고 하는 말이나 행동은 정상적인 듯하면서 어딘가 변태다.

너무 빠지면 위험하겠다 싶은 생각이 들어 생각을 고쳐먹었다. 그래, 역할이 매력적인 걸 거야. 캐릭터발인 거지. 그런데 연관 링크를 찾아보니, 이 남자 그 멀쩡한 얼굴로 죄다 '그런' 영화만 찍어댔다. 이 사람, 역할이 아니라 취향이 다 '그런' 쪽인가봐! 인정하기로 했다. 난 변태를 좋아하나봐.

사실은 가끔 이렇게 눈에 콕콕 박히는 사람을 좋아할 때가 있다. 몇 년 전에는 아이돌 듀오 '테이스티', 아주 어렸을 때는 신해철과 요요마를 그렇게 좋아했더랬다. 몇 년 전에는 '펄프'의 자비스 코커를 잠깐 좋아했고 그보다 전에는 에밀리오 에스테베즈를 좋아했고 최근에 반한 남자로는 류준열이 있겠다. 쓰고 보니 역시 나의 취향은 잘 모르겠다. 그때그때 다르다. 그런데 이 제임스는 뭔가 다르다. 이 남자는 좀 다르다. 나이도 아주 다르다.

보자, 그런데 1960년대 생이네? 그럼 지금 이 남자는 현재 쉰다섯이다. 어엿한 중년 아저씨다. 조심스럽게 그의 현재 모습을 검색해 보았다.
두둥. 대머리에다 배도 나왔다. 이건…… 내가 아는 제임스가 아니야. 나는 강하게 부정했다.

내가 사랑에 빠진 건 30대의 제임스였다. 이 무슨 아이러니인가. 타임머신이 상용화되지 않은 이상 내가 그때의 제임스를 만날 수는 없다. 타임머신이 상용화되더라도 내가 또 무슨 재간으로 무슨 명목으로 그를 만나겠는가. 그러니 다음 세상에서 기약하자. 제임스, 좋은 타이밍에 만나자.

하지만 곧 다시 마음을 고쳐먹었다. 그를 정말 좋아한다면 지금의 그 역시 받아들이자. 그게 진정한 사랑이니까.

조심스레 그를 조금 더 염탐해본다. 열일곱에 만났던 첫사랑과 30년을 산 뒤에 그는 젊은 배우와 다시 결혼을 했다. 그리고 이제는 영화보다 드라마에서 더 활약중이라고 한다. 외모는 달라졌지만 여전히 '그런' 쪽의 역할들이다. '조금만 살을 빼면 다시 돌아갈 수 있어 제임스', '머리만 조금 더 심으면 제레미 아이언스 못지않아!'라는 생각이 자꾸 드는 그의 현재 모습이지만, 받아들이기로 한다. 나에게는 유튜브가 있고, 그 안에는 나만의 그가 있다. 그의 외모가 아니라 그의 취향을 사랑한다고 했는데, 결론은 어째 '미남 만세'네. 더불어 유튜브 만세.

참고로 유튜브에는 그에 관한 짧은 클립들이 엄청나게 많다. '와이 제임스 이즈 핫!' 같은 제목의 찬양 클립들 말이다. 그중에 한 인터뷰어가 제임스에게 '당신에게 섹슈얼리티란 무엇인가'라고 묻는 영상이 있다. 꼭 봐라.

자, 다시 한번 정리. 18도 정도 오른쪽으로 항상 기울어진 목, 속삭이는 목소리, 약간 벌어진 눈동자, 과하게 깜빡거리는 눈, 그리고 요상한 변태기. 여자를 안절부절못하게 만드는 그 어떤 것. 그 어떤 것이 가장 큰 매력 포인트.

제임스에게 빠진 지 어언 열흘이 지난 지금. 아직도 나는 유튜브의 바다를 헤매고 있다. 그도 그럴 것이 너무 자료가 많다. 이것이 연식 있는 남자에게 빠졌을 때의 기쁨인가. 파도 파도 끝이 없다. 어디가 끝인지 심연을 알 수 없는 이 남자와 함께 나는 오늘밤도 이리저리 뒤척인다.

날
가져라

작은이미

혼자 여행을 떠나기 전엔 항상 오픈마인드이다. 날 가져라! 자, 세
상의 남자들이여(그리고 여자들이여), 난 열려 있어! 세상에 그렇게 멋
질 수가 없다.

그러나 막상 공항에 들어선 순간부터 쭈뼛대기 시작한다. 막 혼자서
멋진 척하느라 행동이 어색하다. 공항 맥도날드에서 햄버거 하나 주
문하는데도 혀가 꼬인다.
"네, 콜라 말고 스프롸이트로로욧."

행여 비행기 옆자리에 젊은 남자라도 타면 큰일이다. 혼자 오버하고
난리다. 신경 안 쓰는 척 엄청 신경쓰는 게 너무 피곤해 결국엔 내릴
때쯤엔 혼자 뻗어버린다. 그 남자는 이미 가고 없다. 〈비포 선라이

즈〉 같은 일은 내게 일어나지 않는다.

그 신경전은 여행지에서도 계속된다. 숙소를 찾아가는 과정에 한 외국인 남성이 "하이~ 여기루 여행 왔어? 나중에 한끼 먹자" 아무 생각 없이 말을 걸어도 "슈어~ 씨유"라고 대답하고 시크하게 고개를 돌려도 하루종일 그 생각이다. 그놈은 왜 다시 말을 걸지 않나, 왜 코끝도 안 보이나.

그 남자가 만약 한국 남자라면 더욱 마음은 활짝 열린다. 그러나 왠지 아닌 척한다. 어째서 나는 상황에 따라 이다지도 달라지는 카멜레온 같은 여자인가. 나에게 실망스럽기 그지없다. 그런데 변하는 나를 나도 어찌할 수 없다.

그 남자가 현지인 남자라면 오히려 순순히 따라가게 되는 면도 있다. 실제로 나는 현지인 남성들에게 인기가 있었다. 또 혼자 한 착각일 수도 있다. 그렇게 한 남자에게 혹해서 가게 된 라오스의 한 마을. 하지만 그 남자는 막상 다른 곳으로 일을 하러 떠났다. 봐라, 항상 이런 식이다. 그 마을에서 외국인은 나 혼자였다. 라오스는 아직 공산주의권에 해당하는 나라. 그리고 그 동네는 유독 그런 분위기가 강하게 남아 있어 호텔 따위 모텔 따위 게스트하우스 따위 없고 구민회관이 유일한 숙소. 그렇지 않으면 민박.

그리고 때는 라오스의 설. 왠지 구민회관에 머물며 그 나라의 설을 즐기면 좋겠다 싶었다. 사람들은 다들 구민회관 앞에 모인다고 했다.

자, 나는 자유로운 인간이야. 나는 열려 있어. 나는 문화의 차별성 따위 몰라, 라고 생각하는 것 자체가 이미 나는 자유롭지 않고 열려 있지 않고 차별성에 연연하는 인간이라는 걸 증명하는 사례들이다. 적어도 나는 이 여행을 끝내고 나에 대해 그렇게 정의 내렸다. 그래서 어떤 상황에서라도 그 상황에 의도치 않게 '의식'을 하는 순간 자유 혹은 방만은 날아가는 거라고, 나는 그 이후로 나 스스로 결정 내리게 되었다.

실제로 행사는 매우 즐거웠다. 이 동네에서 외국인은 나 혼자였다. 거기에 더욱 나는 경도되었다. 이 오지까지 찾아온 외국인은 나 하나야! 나는 빨간 립스틱을 바르고 그들의 명절을 같이 축하했다. 빨간 립스틱을 남녀 불문하고 온 얼굴에 바르는 게 그들의 문화였다. 입술에만 발렸던 빨간 루주가 금세 내 얼굴 전체에 발렸다. 그야말로, 발렸다. 그들이 주는 독주도 얻어먹었다. 그 나라 전통 위스키였다. 주는 대로 족족 받아먹었다. 술이 약한 나는 금세 취해버렸고 음악은 커져갔다.

그러나 그 나라 사람들은 술이 강했다. 술에 취한 몸뚱아리를 어떻게 가누는지도 잘 알았다. 나 역시 가무에 능하다고 생각해왔으나 그들에게는 잽도 안 됐다. 취하면 토하기도 하고, 엉뚱한 말을 하기도 하고, 자버리기도 하는 게 한국 술자리의 흔한 그림 아닌가. 그런데 어째서인지 이 나라 사람들은 취한 채로 오래갔다. 나의 짧은 영어를 그들은 알아듣지 못했고 나는 그들의 언어에 무지했다. 어느 순간 내 눈엔 그들이 빨간 얼굴의 외계인들로 보였다. 헬보이처럼 보였다. 나중에 내 카메라에 찍힌 나의 얼굴 역시 헬보이였다.

수많은 노래들이 나왔다. 대부분 내가 따라가기 어려운 빠른 템포의 노래들이었고 더군다나 그 나라 말로 된 가사는 더욱 나를 혼미하게 만들었다. 그들은 그런 나를 보고 웃으며 더 독한 술을 가져왔다. 그래, 이 구역의 외국인은 나야. 약한 모습을 보일 수 없지. 다 받아먹었다. 이 사람들은 안주도 없이 술만 먹나보다. 강한 척하며, 의식하며 계속 먹었다.

그런데 갑자기 비가 한두 방울 오기 시작하더니 이내 폭우로 변했다. 고온다습했던 동네에 있던 나는 차디찬 비를 맞고 갑자기 정신이 들었다. 그런데 문제는 이 동네 사람들은 정신이 들기는커녕 더욱 광분했다는 거다. 생각하면 그렇다. 페스티벌에 가서 술을 이리저리 먹고 다니다 비가 오면 더 광분하지 않는가.
비가 오고, 나는 갑자기 술이 깼다. 비를 맞으며 광분하는 그들의 모습이 보였다. 그 순간 든 감정은 '무서웠다'였다. 갑자기 그 사람들이 너무 무서웠다. 정말 솔직히 말해도 되는 자리라면, 아무 지탄 없이 말해도 되는 자리라면, 나는 그 사람들이 사람으로 안 보였다고 말할지도 모른다. 짐승들이었다. 아니, 짐승들이었다면 비가 오면 집에 갔을 것이다. 하지만 그들은 그 이상이었다.

나는 올라오는 토를 참지 못하고 숙소로 돌아왔다. 그러나 그 숙소라는 곳은 그들의 축제의 장 그 앞이었다. 구민회관 앞 광장에서 그들은 광분중이었다. 일단 토하고 난 뒤에는 다시 밖으로 나갈 엄두가 나지 않았다. 심지어 전기마저 오락가락했다. 지금에서야 고백하지만 나는 어둠에 굉장히 취약하다. 잘 때 작은 스탠드 하나 없이는 불안해서 잠을 잘 수가 없다. 어렸을 때 티브이 앞에서 잠이 들었는데 한밤중에 눈을 떴을 때 그 티브이에서 공포 영화의 한 장면을 보고 말았다. 그후 나는 어둠을 무서워하게 되었다.

그런데 폭우가 쏟아진 뒤에는 이 작은 마을 하나 전체에 정전이 오는 것이었다. 그러니까, 완전 암흑이다. 그러니까 완전 암흑이란, 내가 지내왔던 도시에서는 전혀 겪을 수 없는, 촛불 하나 없는, 반경 10킬로미터 내에 전혀 아무것도 보이지 않는, 그러니까 내가 오른쪽 눈을 감아도, 왼쪽 눈을 감아도 똑같이 깜깜한, 완전 무지의 상태인 것이다. 눈을 감아도 떠도 똑같은 상태. 그건 나에게 있어 지옥이자 공포의 근원. 완전 암흑. 나는 덜덜 떨리는 손으로 노트북을 켰다. 나의 유일한 빛, 노트북의 빛. 젠장, 배터리가 얼마 남지 않았다. 그때 내가 읽고 있었던 책은 자연 출산에 대한 책이었다. 결혼도

하지 않은 주제에 어째서 자연 출산에 대한 책이었는지는 모르겠는데, 하필 내가 읽고 있었던 부분이 태아가 엄마 배 속에 어떤 상태로 있었느냐에 따라 자살의 형태가 달라진다는 논문을 정리해놓은 단락이었다. 또다시 내 마음속에 어둠이 깔리고.

밖은 광란. 내 노트북은 7퍼센트 광량.

나는 그야말로 기절 직전이었다. 간혹 창문을 누군가 노크해댔다. 나를 부르는 소리였다. 나는 창문으로 그들이 넘어오지 않을까 두려웠다. 그러나 그 정도로 나를 원하는 사람은 없었던 모양이다. 잠시 후 그들은 포기하고 축제장으로 돌아갔다. 그리고 오랜 시간 폭우 속에서 축제를 즐겼다.
나는 즐기지 못하는 나를 원망했다. 여기에 내가 다시 올 수 있기나 할까? 즐겨도 모자랄 판에 이렇게 도망가도 되는 거야? 나 너무 별로 아니야? 이 자리에서 내가 자연 출산에 대해 읽는 게 도대체 무슨 상관이지? 나는 정말 별로이지 않나?

별로다. 나는 그렇게 결정내리고 편한 마음으로 잠자리에 들었다. 나는 별로니까 이대로 잠들어도 괜찮아. 내일 해가 밝으면 이 동네를 뜨자. 그렇게 생각하며 어둠 속에서 눈을 감았다. 그런데 앞서도 말했지만 완전 암흑 속에 있으면 눈을 감았는지 떴는지 잘 모른다.

그들의 잔치는 새벽이 다 돼서야 끝이 났다. 다음날 나는 짐을 싸서 숙소를 나왔다. 밥을 먹으러 가는 길, 지난밤 여흥 때문에 다들 뻗어 있겠지 생각했는데 너무나도 쌩쌩하고 상큼한 얼굴로 나를 맞이해 주는 그들. "잘 잤어? 어제 왜 안 나왔어?" 같은 대사를 나에게 던지며 진한 연유커피를 주는 그들. 취기 어린 모습 따위 전혀 없고 어젯밤 광란의 그 장소 역시 무슨 일 있었냐는 듯 깨끗하다.

나는 꿈을 꾼 것일까?

화끈거리는 얼굴을 가리고 나는 급히 마을을 떠났다.
그리고 받아들였다. 나는 어쩌면 열려 있는 게 아니라 지극히 닫혀 있기 때문에 여행을 하는 거라고. 진정 열리려면 아직 멀었다.

직접경험성애자

작은미미

간접경험보다는 직접경험을 더 하며 살고 싶었다. 20대에 그런 욕망이 제일 강했다.

도덕적으로 옳지 못한 일도, 살인과 강간을 제외하면 직접 겪어봐도 되지 않을까, 안일하게 생각했다. 그렇다고 나쁜 짓만 골라서 하고 돌아다닌 건 아니다. 매일매일 범죄를 저지를 궁리를 하는 것도 아니다. 세상에 모든 사람들이 느낄 만한 감정을 직접경험하고 싶다는, 조금은 오만한 생각이었다.

실존이 본질을 앞선다. 적어도 나의 20대는 그랬다.

엄청 거창하게 말하지만, 사실은 술을 먹고 얼마나 망가질 수 있는지, 도를 아십니까라고 물어보는 사람을 따라가면 어떻게 되는지,

하루에 담배를 두 갑씩 피워대면 어떻게 되는지, 두부를 한 달 동안 방치하면 어떤 냄새가 나는지 따위의 하등의 쓸모없는 직접경험들이 대부분이었다.

개중에는, 집에서 족발을 만들면 가스비가 엄청 나오고 소스도 속까지 배지 않기 때문에 역시 족발은 사 먹는 게 최고라는 걸 굳이 몸소 알게 된 귀한 체험도 있었다. 하지만 대부분의 직접경험은 다른 사람을, 혹은 나를 혹사하면서 끝이 났다.

마음이 느끼는 건 몸이 알고, 몸이 느끼는 건 마음이 안다. 그래서 너무 모든 경험과 감정의 소용돌이에 스스로를 끼워 넣으려고 하고 있으면, 굉장히 피곤했다.

그리고 본의 아니게 남에게 상처를 입히는 일도 많았다. 내가 이렇게 감정의 극한까지 갔는데, 주변에 멀쩡한 사람들이 남아 있을 리 없다. 20대의 나는 굉장히 오만했다. 연애에 관해서 특히 그랬다. 안전한 연애도 좋았지만 위험한 연애에 더 끌렸다. 착한 남자도 좋았지만 나쁜 남자에게 더 끌렸다. 나쁜 남자에게서 극한 경험을 하고 다시 착한 남자에게 돌아가서 마음을 추스르던 나는 정말 나쁜 여자였는지도 모른다.

그래서 〈과거사 청산〉이라는 노래를 만들었다. '나에겐 옛날에 잘못했던 일이 많아요'로 시작되는 노래다. 하지만, 노래 하나 정도로 정리될 과거가 아니다.

그들에게 꼭 말해주고 싶다. 정말 미안했고 정말 고마웠다고 나를 참아줘서 고마웠고 나를 내쳐줘서 고마웠어. 사실 어쩌면 이런 글을 남기고 있는 것도 여전히 오만한 짓일지도 모르겠다.

망나니 같던 나는 지금 철이 들었을까? 잘 모르겠지만, 그 오만함이 조금은 수그러든 것도 같다. 계기는 결혼과 임신이었다.

처음에 내겐 결혼과 임신도 직접경험의 일환이었다. 결혼은 정말 사랑의 결실일까? 나도 결혼을 하면 불륜이라는 걸 하게 될까? 임신을 하고 아기를 낳으면 정말 인생을 보는 눈이 달라질까?

결론부터 말하면, 잘 모르겠다. 어쩌면 그것들이 아직 진행중이라 그런 것도 같다.

그리고 무엇보다 육아는 '아, 이번 경험은 정말 끝내줬어'라거나 '이번 경험은 죽어도 되풀이하지 않을 거야'라고 결론 내릴 수 없는 성질의 경험이라는 점에서, 나에게는 처음 겪는 경험이었다. 싫증이 난다고, 내 스타일에 맞지 않는다고 육아를 중간에 그만둘 수도 없는 것이다!

내가 철없이 저질렀던 직접경험은 '육아'라는 경험을 하면서 그 격동의 세월이 일단 마무리되었다. 내가 했던 그 어떤 경험보다 나를 전혀 상상도 하지 못했던 곳에까지 다다르게 한다. 하늘을 날았다가 땅바닥 속으로 처박히다가 한다. 전혀 예측 불가라 하루하루가 흥미진진하다(좋게 말해서).

직접경험은 위대하다. 하지만 당분간은 쉬련다.
몸과 마음의 밸런스가 잘 맞는 사람이 되고 싶다.

그대
눈 속으로
다이빙

작은미미

다이빙을 좋아한다.

수영은커녕 공중목욕탕 가는 것도 싫어하는 체질이라 물하고는 영인연이 없을 줄 알았는데, 우연히 들어서게 된 다이빙계에 본격적으로 입수하게 될 줄은 정말 몰랐다.

첫 다이빙은 태국 코 타오 섬에서였다. 자격증 없이 하는 체험 다이빙을 했는데, 그때 느꼈던 건 다이빙슈트라는 게 정말 좋다는 것이었다. 비키니를 입게 되면 아무래도 이놈의 뱃살이나 팔뚝살이나 허벅살이나 궁둥잇살이나 허릿살 부위가 신경이 쓰이기 마련인데, 다이빙슈트란 것은 정말 이 모든 걱정을 한숨에 없애준다. 물론 몸매가 각별한 사람들은 다이빙슈트를 입어도 다 티가 나게 돼 있으니 몸매가 죽을까봐 걱정하지는 마시라. 아무튼 그 첫 다이빙은 바닷속의 경이로움을 느꼈다기보다는 다이빙슈트에 경이로움을 느끼며 끝이 났다.

막상 다이빙에 빠지고 자격증을 따게 된 건 그다음 여행에서였다. 캄보디아 '시아누크빌'이라는 곳이었는데, 델리스파이스의 〈시아누크빌〉을 들으며 낭만 가득한 마을을 생각하며 갔다가 온 동네가 닭으로 가득차 있는 것을 보고 경악을 금치 못했다. 물론, 닭이 있는 풍경 역시 낭만적일 수 있으나 조류공포증이 있는 나에겐 지옥 같은 곳이었다. 게스트하우스 천장을 가득 채우고 있는 도마뱀이 차라리 나았다. 그들은 적어도 타인과의 거리라는 걸 상당히 의식하는 편이다. 두 눈을 번뜩이며 항상 상대의 움직임을 감지한 뒤에 안전하다 싶으면 비로소 소심하게 움직이지 않는가.
그러나 닭들은, 특히 이 시아누크빌의 닭들은, 인간친화적인 성향이 강해 일단 친한 척하고 달려든다. 자연과 더불어 사는 삶, 너무 좋다. 하지만, 하지만 닭은 아직 좀 힘들다.

아무튼 시아누크빌의 첫인상은 닭으로 점철되었다. 나는 아침밥도 거른 채 게스트하우스 문을 걸어 잠그고 당시 나의 여신이었던 김연아의 트리플 턴을 몇 번 돌려본 다음에야 문을 열고 다이빙 센터로 향했다. 닭들이 친한 척하며 나에게 달려오는 걸 곁눈으로 느끼며 마치 김연아처럼 발 빠르게 스핀을 하며 그들에게서 멀어져갔다. 빨리 물속으로 들어가야 했다. 땅에 발붙이고 있는 이상 나는 닭을 피할 수 없었으니까.

그래서 덕분에 나는 그곳에서 첫 자격증을 딸 수 있었다. 나의 마스터는 굉장히 풍만한 몸매의 일본인 언니였는데 물속에서는 정말 김연아 뺨치게 아름다웠다.

그리고 울릉도와 양양에서 다이빙을 도전했다.

나는 처음으로 성게와 문어를 직접 잡아먹을 수 있다는 걸 알았고 그게 불법이라는 것도 알았다. 그리고 법적으로도 제재가 강해져서 다이빙 들어간 사람 기다리며 배 위에서 초장 만들었다는 이야기는 이제 전설처럼 내려올 뿐이다.

소소한 다이빙 경험들을 거쳐 나는 내 인생 최고의 목표 포인트에 도전하기 이르는데. 그것은 바로 신혼여행지를 '투바타하 리프'로 정한 것이다. 투바타하로 말하자면 모든 다이버들이 죽기 전에 꼭 가보고 싶어하는 팔라완 지역의 다이빙 포인트다. 육지에서 꽤 떨어진 곳이라 배에서만 5박 6일 동안 머물며 포인트를 돌아다니는 리브어보드(배에서 하루 이상 머물며 다이빙하고 잠자는) 여행만 가능하다. 어쩌면 나와 남편은 그 여행을 위해 결혼했다고 해도 과언이 아닐 정도로 결혼 준비 대부분의 시간과 돈을 투바타하 리프 여행 준비에 썼다. 이 글을 읽으시고 신혼여행을 투바타하 리프로 가야겠다 하시는 분이 계실지는 모르겠지만 혹시라도 계신다면 제발 부탁이다, 절대로 가지 마라. 너무 너무 너무 너무 너무 너무 너무 너무 힘들다. 하루

다섯 번 물속에 뛰어든다. 새벽 5시부터 종소리가 울리면 무조건 식당으로 가서 밥을 먹고 또 종소리를 들으면 슈트를 입고 물속에 뛰어내려야 한다. 혹시 부부싸움을 하게 되더라도 배 위라 어디 갈 데도 없다. 혹시 너무 열받아서 바다로 뛰어내리더라도 육지까지는 약천 킬로미터 정도 떨어져 있다. 체력적으로 너무 힘들어서 달콤한첫날밤 따위 없다. 서로 코 고는 소리에 깨지만 않으면 다행. 혹시다음번에 나에게 신혼여행의 기회가 또다시 온다면 무조건 드러누워 쉴 수 있는 곳으로 가겠습니다……. 퍽.

아무튼, 신혼여행지로는 비추지만 투바타하 리프는 정말 바닷속 극락이다. 얼마나 아름다우냐면 첫 테스트 다이빙에서 혼자 길을 잃을 정도였다. 너무 아름다워서 내가 인어공주라도 된 마냥 바닷속을 누비고 다니다 하마터면 위험한 상황에 이를 뻔했다. 이후 나는관심병사로 찍혀서 5박 6일 내내 마스터의 눈초리를 받아야 했다.

아무튼 어드밴스 자격증까지 따고 요즘 나는 다이빙을 쉬고 있다.일단 너무 돈이 많이 드는 취미이고, 아기와 함께 다이빙을 하려면많은 준비가 필요하다. 그리고 요즘엔 슈트 없이 그냥 맨몸에 물이닿는 느낌이 더 좋다! 아, 나체로 수영을 즐긴다는 건 아니고 수영복을 입고 하는수영 말이다. 언젠가 다시 다이빙을 하게 된다면 나는 관심병사로 돌아가겠지만 곧 그날이 돌아오기를 기다린다.

한 가지 팁. 바다에 들어가기 전에는 충분히 쉬를 한 뒤에 입수해야
한다. 혹여나 다이빙중에 오줌을 누게 되면 그게…… 다이빙슈트 안
을…… 계속…… 돌아다닌다……. 마치 나의 혈액처럼…… 내가
그랬다는 건 아니고…… 내 친구의 친구인 어떤 관심병사가…….

타이밍이
맞지 않았던
남자아이

인생은 타이밍이다, 라고 쉽게 단정지을 수 없는 일들이 인생에는
많지만, 적어도 나의 경우 연애는 결단코 타이밍이다.
이는 타이밍과 관련된 지극히 사적인 연애 이야기다. 특정 인물과
아주 관계가 깊은 사연이라 조심스럽지만 어느새 달콤쌉쌀했던 호
르몬이 뇌를 뚫고 나온다.

나와 타이밍이 잘 맞지 않았던 첫번째 남자아이.
그는 나와 같은 아파트 라인에 살았던 초등학교 동창생으로 편의상
D군(증권가 지라시 스타일)으로 칭하자. 우리는 초등학교 졸업 후 우연
히 만나도 데면데면하게 지내다가 각자 사춘기를 맞이하게 되었다.
중3 때 그는 내게 익명의 크리스마스카드를 보냈는데, 6학년 때 나
의 짝꿍이었던 그의 글씨체는 3년이 지나도 전혀 나아지지 않았기

에 나는 카드를 열자마자 그를 떠올렸다. 그 순간 거짓말처럼 에너지가 솟아오르더니 정말 가기 싫었던 한문 학원에 단숨에 달려갔다. 나는 사랑에 빠졌다. 책과 영화 속이 아닌 진짜 남자에게 사랑에 빠진 건 그때가 처음이었다. 금사빠 중에 금사빠였다.

하지만 당시의 나는 내려야 할 정류장에서 벨조차 누르기 부끄러워하는 극도로 소심한 소녀였던지라 속으로는 그에 대한 열망이 뜨겁게 솟아올랐지만 겉으로는 아무런 내색도 하지 못했다. 기껏해야 엘리베이터에서 우연히 만나 안녕, 정도의 인사를 나누는 게 우리의 유일한 데이트라면 데이트였다. 그 안녕, 이라는 두 음절이 그토록 긴장되는 단어라는 것을 그때 처음 느꼈다.

어쩌다가 그와 엘리베이터를 타기라도 하면 나는 어색함에 숨을 쉴 수가 없었다. 머릿속으로는 어떤 상상을 했을지는 알 수 없어도 적어도 그 역시 나처럼 숙맥이었다. 우리가 엘리베이터에 같이 있던 시간을 계산해보자면 3년 동안 대략 10분 정도이려나. 사실 마음만 먹으면 무슨 말이라도 할 수 있는 시간이다. '내일 뭐해?'라든가, '배 안 고프냐?'라든가. 우리는 그런 타이밍을 다 놓쳤다.

고3이 되었다. 많은 아이들이 다니던 동네 독서실이 있었다. 어느 날 밤 나는 독서실 뒷마당 구석에서 담배를 피우는 D를 보았다. 나와 눈이 마주친 그는 황급히 담배를 껐다. 나는 그 어느 때보다 마음이 설레었다. D의 형은 의대를 갔지만 D는 대학을 포기하기 직전이라더라, 라는 이야기를 엄마에게서 들었을 때도 나는 왜인지 모르겠는데 설레었다. 사실 아직도 그 설렘의 포인트는 잘 모르겠다. 그와 관련된 것이면 다 설레었나보다.

수능을 100일 정도 앞둔 어느 날. 갑자기 엘리베이터에서 그가 말을 걸었다.
"주말에 좀 볼 수 있나."

장족의 발전이다. 5년 동안 썸만 타다 우리는 드디어 데이트를 하게 되었다. 당시 대구의 명물 장우동에서 우리는 볶음우동과 납작만두를 먹었다. 어색하게 대화를 하며 동네를 산책했다. 간혹 부딪히는 나의 어깨와 그의 팔뚝. 그 작은 스킨십에 나는 기절할 것 같았다. 밤이 깊었고 우리는 공원 벤치에 앉았다. 인적 하나 없었고 달빛은 은은했고 우리는 서툴렀지만 뜨거웠다. 나는 어떤 것을 내심 기대하고 있었다. 달빛처럼 은은하게 스며들, 어떤 자연스러운 것……. 그런데.

"고맙다."
"뭐가."
"그냥. 다."
"……?"
"니는 공부 열심히 해서 대학 가라."

"니는?"

"나는 대포잖아."

"대포가 뭔데?"

"대학 포기."

"……."

"암튼 공부 열심히 하고. 수능 잘 보고."

"……알았다."

"있잖아…… 근데……."

"응?"

"한 번만 안아봐도…… 되나."

네, 뭐라구요? D군아, 이 무슨 무드 없는 제안이냐. 나름 내 생애 첫 데이트였거늘, 물론 스킨십에 순서가 있는 것은 아니지만, 남자랑 손도 못 잡아본 나에게 웬 포옹 제안이냐 말이다. 그것도, 왜 굳이 말로 나에게 허락을 맡느냐 말이다. 몸이 원하면, 몸이 가고자 하는 대로 가면 될 것을, 왜 말이 먼저 나와서 초를 치느냐 말이다.

난 대번에 대답했다.

"싫다."

'싫다, 아직은!'이라는 나의 의미를 그 아이는 알아듣지 못했고 실망 가득한 눈으로 고개를 떨구었다.

"알았다, 그럼…… 가자."

미련 없이 벤치에서 일어나는 그.
뭐지? 우리 이렇게 헤어지는 거야?
만나자마자 생이별인 거야?
뭐 포옹하는 데 동의했으면 좀더 만나봤을 거라는 거야, 뭐야?

이걸 쓰는 나 역시 지금 손끝이 오그라들어서 타자를 칠 수 없을 정도이지만, 그때는 진심으로 억장이 무너졌다. 몇 년을 걸려 하게 된 첫 데이트인데, 이렇게 허무하게 마무리되다니. 정말, 이다지도 타이밍이 안 맞을 수가.

그런데, 그 역시 그런 마음이었나보다. 뒤돌아서 먼저 가려던 그가 허망하게 서 있던 나에게 다시 돌아온다. 그리고 정말 어색하게 나를 끌어안는다.
순간 낯선 남자에게 닿는 나의 몸이 나의 몸처럼 느껴지지 않았다. 손과 발을 어디에 어떻게 놓아야 하는지, 엉덩이와 등을 뒤로 빼야 하는지, 고개를 숙여야 하는지 들어야 하는지. 숱하게 읽었던 연애 소설 속에 사람들은 어떻게 포옹을 하고 어떻게 키스를 하는 거야? 몸이 이렇게 어색하게 움직이는데? 한참을 나의 몸과 갈등하고 있는데, 그가 몸을 뗀다. 그리고 내가 정말 듣고 싶지 않은 말을 했다.

"미안하다."

그리고 그는 그렇게 가버렸다.
미안. 미안. 미안.
고마워, 라고 할 건 아니지만 그래도 미안, 이라고 말할 타이밍은 더더욱 아니지 않았나 싶다.

시간이 한참 흘러 스무 살이 훌쩍 넘어 그 아이를 동창회에서 다시 만났다. 우리는 이제 장우동이 아닌 커피숍에서 커피를 마셨고 꼬치집에서 소주를 마셨다. 하지만 나는 남자친구가 있었고, 그는 너무 멀리 살고 있었다. 우리는 역시 타이밍이 맞지 않았다.

두번째로 이야기하고 싶은 남자아이와는 정말 타이밍이 안 맞아도 이리 안 맞을 수가 없었다. 편의상 S군이라 칭하자. D군의 이야기가 너무 길었기에 S군은 간략하게 소개한다.
그 아이가 좋아졌을 땐 그 아이에게 애인이 있었고, 그 아이가 고백 비슷한 걸 했을 땐 내게 애인이 있었고. 그래서 우리는 계속 친구였다. 둘 다 애인이 없었을 땐, 뭔가 그닥 좋아하는 마음이 진하지 않았던 것 같다. 그러고 보면 나와 타이밍이 잘 맞지 않았던 것이 아니고, 그만큼 내가 그 아이가 절실하지 않았던 것이 아닐까. 타이밍은 내가 만들 수 있는 것. 〈응답하라 1988〉에서 정팔이도 그랬다. 나빴던 건 타이밍이 아니라 내 수많은 망설임들이었다고.

지금도 수없이 고민하고 망설이고 있을 청춘들아, 목에 꽉 막힌 물고구마 때문에 괴로워하지 말고 사이다 한잔 원샷하고 그 사람에게 연락해라. 시간은 기다려주지 않고, 사람은 하루하루 늙어간다. 1초라도 젊을 때 진심을 보여줘라.

그리고 한때 나의 심장을 들었다 놨다 했던 D군과 S군아.
감사했다!

연애
안 해요?

큰
미
미

아무리 나이가 없는 미미라지만, 작은미미를 비롯한 또래의 많은 친구들이 결혼과 육아의 과정을 밟고 있는지라 "결혼 안 해요?"까지는 아니더라도, "연애 안 해요?"라는 질문을 종종 받는다. 그럴 때마다 별생각 없이 "저야 늘 하고 있죠(일과 연애하는 중)" 혹은 "이렇게 바쁜데 연애까지 하면 너무 신경쓰일 것 같아요(무슨 소리를 하는 거니, 김연아 선수도 연애하는 마당에)" 정도의 답으로 눙치곤 한다.

하지만 "어떤 사람을 만나고 싶어요?" 혹은 "이상형이 뭐예요?"라는 질문에는 늘 조금 더 뜸을 들이게 된다. 그러다 결국 "음…… 음악 안 하는 남자?" 하면서 웃어넘기고 만다. 물론, 농담이다.

나는 미미시스터즈 활동 외에 '비치볼 트리오'라는 해변풍의 하모니를 선보이는 보컬 그룹의 멤버이기도 한데, 비치볼 트리오의 첫 음반에 수록된 〈기타맨〉이라는 노래의 가사를 썼다. 가사는 이렇다.

잠수 타고 사라진 김기타, 첫사랑 찾아 떠난 이기타, 돈 빌리고 날른 박기타~ 맨맨 기타맨, 맨맨맨 기타맨, 맨맨 기타맨, 맨맨맨 왜 기타 맨, 치명적인 그대, 기타맨

이 노래를 듣고 나면 사람들은 '혹시…… 경험담?' 하며 알 수 없는 웃음을 흘리곤 한다. 뭐, 내가 무슨 대답을 하든 이미 마음대로 생각하며 재미있어하고 계시니, 이렇다저렇다 딱 잘라 대답한 적은 없다. 하지만 주위의 여동생들에게 입버릇처럼 이야기하는 레퍼토리가 하나 있기는 하다.
"만약 뮤지션을 만나고 싶다면 기타, 보컬은 노노. 비추야. 정 한 번은 꼭 만나보겠다면…… 차라리 베이스나 드러머를 만나! 그리고, 만날 거면 빨리 만나!!!"

밴드에서 보컬과 기타라는 포지션은 대부분 가장 많은 이들의 주목을 받는 자리다. 말 그대로 프런트 맨, 주인공이라고 할 수 있다. 반면 베이스나 드러머는 상대적으로 조용하고 유순한 편이다. 그들은 보컬과 기타가 매력을 마음껏 내뿜으며 자유롭게 뛰어놀 수 있도록 묵묵히 자기 역할을 해낸다. 현실적으로 팀 내에서 스태프의 역할을 도맡아하는 쪽도 리듬 파트 멤버인 경우가 많다. 드물게는 베이스를 치면서 노래를 하거나, 드럼을 치면서 노래를 하는 팀도 물론 있지만.

잠수부

멀티 플레이어

어장 관리사

자, 이쯤에서 큰미미 연애 사전 1장을 살펴보자.

나쁜 남자
1. 상대방을 전혀 배려하지 않는 남자 사람
2. 어떤 상황이든 자신의 감정과 욕망이 기준인 남자 사람

[유의어] 잠수부 / 어장 관리사 / 멀티 플레이어

하지만 부정할 수 없는 사실이 하나 있다.
무대 위의 나쁜 남자는 그 얼마나 치명적인가.

그래, 나도 한때는 나쁜 남자에게 반했더랬다.
나는 늘 나와는 정반대인 사람에게 무척이나 끌렸다.

나는 늘 자신이 없었다. 겉으로는 늘 자신감 넘치고 활기차 보였지만, 사랑에 빠지기 시작하고 좀더 깊은 내면을 드러낼라치면, 지레 '이 사람은 나를 어떻게 생각할까, 진짜 나를 알면 금세 싫증이 날 거야. 분명 더 매력적인 여자에게로, 아니면 잊지 못한 첫사랑에게로 떠나가겠지' 상상하면서 늘 두려움에 떨곤 했다. 그리고 그럴수록 더더욱 상대방에게 무척이나 집착했던 것 같다. 마치 엄마를 찾는 어린아이처럼.
'벚꽃이 피는 계절에는 꽃길 데이트를 해야 헤, 주말은 주말이니까 함께 있어야 해, 평일 저녁은 혼자 보내기 싫으니까 같이 놀아야 해,

친구를 만나는 건 괜찮지만 여자 사람 친구는 싫어. 생일인데 어떻게 그냥 넘어갈 수 있는 거야? 넌 내가 먼저 질릴 때까지는 나만 바라봐야 해.' 지극히 평범하지만, 결국은 불행해지는 이러한 연애 패턴은 끝없이 반복되고 변주되었다.

하지만 헤어질 때가 다가오면 어김없이 매몰차게 뒤돌아서거나, 혹은 나에게 정리당하는 경우에도, 그 누구도 '너는 왜 이렇게 나에게 집착하니'라고 직접적으로 말한 사람은 단 한 명도 없었다. 오히려 그들은 두고두고 되새길 명언을 하나씩 나에게 남기고 떠나갔다.

조금만 더 자신감을 가져. 일할 때처럼. 그럼 일도, 미미도, 사랑도 모두 지금보다 훨씬 더 잘될 거야.

도대체 뭘 걱정하는 거야? 넌 스스로 매력이 없다고 생각해? 작은미미와 너를 비교하지 마. 너는 너대로의 매력이 있어.

내가 이야기할 때는 나한테만 집중해야지. 그리고 말할 때 끊지 좀 말아줄래?

넌 좀 쉬어야 해. 혼자 멍 때리는 시간이 있어야 살지. 그냥 집에서 아무것도 하지 말고 가만히 누워 있어봐.

그렇게 톡 쏘지 좀 마. 네가 충동적으로 내뱉는 말들이, 듣는 사람에게 얼마나 상처가 되는지 생각해봤어?

더이상 같은 실수를 반복하기는 싫었다. 스스로 어른스러운 사랑을 할 수 있다고 느껴질 때까지는 멈추자.

그리고 시간이 조금 더 흐르고 난 뒤에는 깨닫게 되었다.
그들도 나와 다르지 않았다는 걸. 늘 사랑받고 싶고, 주목받아야만 직성이 풀리는 그들도 역시 나처럼, 누구보다 스스로에게 자신 없어하고 있었을지도 모른다는 걸.

당시에는 무척이나 힘들고 괴로웠고 외로웠지만, 천방지축이었던 나를 일깨워주고 성장시켜준 것 역시 그런 연애이니, 늦게나마 명언을 남겨주었던 그들에게 고맙다는 인사를 전하고 싶다.

재미있는 것은, 잔혹했던 연애를 겪고 나니 이번에는 그야말로 진짜 '나와는 다른 사람'에게서 느끼는 매력이 배가 된다는 점이다. 한 친구가 내게 붙여준 '아웃사이더 킬러'라는 별명처럼, 어떤 자리에서든 가장 조용하고 비사교적인 사람에게 관심이 가고, 먼저 다가가게 되고, 자연스럽게 챙겨주게 된다. 남자든, 여자든, 마찬가지다. 이들은 처음과 달리 한번 말 터지고 마음 터지고 나면 완전히 새로운 면을 보여준다. 그것도 나에게만.

아무튼 지금 나의 이상형은, 굳이 한마디로 정리하면 '말이 잘 통하는 남자'이다. 나이가 많든 적든 '가벼운 이야기부터 깊은 토론'까지 '어른의 대화'가 가능하다면, 그걸로 오케이.

하지만 '연애와 결혼, 직업과 거주'의 문제는 사람이 하는 일이 아니라 생각하니, 그 역시 또 느긋해진다. "종교, 집안, 다 상관없다. 네가 좋으면 그걸로 됐다"에서 이제 "나는 흑인 사위도 괜찮다"로 조급함을 애써 돌려 말씀하시는 아빠에게는 조금 죄송하지만, 이렇게 서핑하듯이 몸을 맡긴 채 자유롭게 인생을 유영하다보면, 언젠가 다가오지 않을까.

대책 없지만, 이게 나다.

평일
오후 3시의
엄마들

작은미미

〈메꽃: 평일 오후 3시의 연인들〉이라는 일본 드라마가 있다. 외간남자랑 마음껏 몸껏(이라는 말이 있으려나) 바람을 피우다가도 오후 3시쯤 되면 슬슬 가정으로 돌아갈 때인가, 저녁밥을 준비하기 위해 장을 보러 갈 때인가 싶은 시간이 바로 오후 3시라는, 일본 스타일의 불륜 드라마다.

나에게도 그런 오후 3시가 있다. 시계를 보고 시침이 3에 가까워지면 나의 마음도 스리슬쩍 졸여온다. 바로 한 시간 뒤면 아기가 어린이집에서 돌아오는 시간이기 때문이다.

굳이 숨긴 건 아니지만 굳이 밝힐 이유도 없었기에 아기 이야기는 어디에서도 한 적이 없다. 근데 굳이 여기서 하는 이유는 아기에 대

땡땡땡

한 글을 쓰고 싶은 욕망 때문이다. 그냥 편하게 말하고 싶다. 네, 작은미미는 동거남이 셋이나 있습니다. 인간 수컷 둘에 동물 수컷 하나. 그중 하나는 아직 인간이라 하기에도, 수컷이라 하기에도 긴가민가한 꼬맹이지만.

미미와 엄마를 병행하는 건 처음에는 참 어려운 일이었다. 대부분의 워킹맘들이 그러하리라. 모드 전환이 확실히 되지 않으면, 예를 들어 아기랑 놀고 있는 시간에 노래를 만들고 싶어진다거나, 미미 연습을 하고 있을 때 갑자기 아기가 너무 보고 싶어진다거나 한다면 둘 다 어영부영 될 확률이 높다. 그리고 결과적으로 그 어느 쪽도 만족을 못하게 되므로 그 불만이 나도 모르게 쌓여버리면 나중에 감당하기가 어려워진다. 이유 없이 아기에게 짜증을 내거나 큰미미에게 엄살을 부린다거나 하는 부작용이 생기는 것이다. 멀티가 안 되는 나는 확실히 하나를 포기하기로 했다. 미미를 할 때는 아기를, 아기랑 있을 때는 미미를 생각하지 말 것.

그래서 아기는 아침에 어린이집을 가고 나는 그사이에 미미와 관련된 일이나 다른 일들을 한다. 합주를 하러 가거나 미팅을 하거나 음악 작업을 하거나 시나리오 작업을 하거나. 그리고 가끔은 그냥 빈둥대며 혼자 시간을 보낼 때도 있다. 24시간 풀가동시키면 나의 뇌와 몸뚱아리는 과부하에 걸리므로 가끔 방전도 시켜야 하는 법. 하지만 어찌됐든 3시부터는 변신 준비를 한다. 엄마가 될 준비를.

사실은 엄마가 되는 것을 미리 계획했던 건 아니었다. 한마디로 실수라고 할 수 있겠다. 예전에 봤던 통계에서 거의 90퍼센트에 달하는 대부분의 잉태는 계획 따위 없는 '실수'였다. 우리는 대부분 실수로 태어난 자식들이라는 거다! 나 역시 우리 부모님들의 하룻밤의 실수로 태어났고, 나 역시 한 남자와 하룻밤의 실수를 저질렀다. 돌이킬 수 없는 그 실수를.

살면서 저질렀던 많은 실수들이 있다.

실수 1
내가 쓴 가사를 내가 까먹고 어버버, 하며 노래했다.

실수 2
브래지어에 뽕을 넣은 채 남자친구와 트램펄린을 타고 있는데 너무 신나게 뛴 나머지 실수로 밖으로 튀어나온 뽕이 남자친구 옆에서 트램펄린을 타고 있었다.

실수 3
대학교 3학년 때 만든 영화를 편집하다가 밤낮없이 한 달 동안 편집했던 결과물을 다 날려먹었다.

실수 4
대학교 4학년 때 썼던 졸업 시나리오를 다 날려먹었다.

실수 5

술을 너무 많이 먹고 냉면 그릇에 토를 해버렸다.

실수 6

리어나도 디캐프리오와 김일성의 생일이 똑같다고 우겼으나 알고 봤더니 리어나도 다빈치와 김일성의 생일이 똑같았다.

기타 등등 수없이 나열할 수 있다. 대부분의 실수는, **실수를 인정한 다 → 실수한 상대**(사람 혹은 냉면 그릇 혹은 뽕)**에게 사과한다.**

아니면, **실수를 인정한다 → 괴로우므로 술을 진탕 마신다 → 마음을 다잡고 다시 컴퓨터 앞에 앉아 편집을 하고 시나리오를 쓴다** 정도로 해결이 가능하다.

그러나 이 임신이라는 실수는 사과할 대상도 없고(낳아서 미안하다 정도 는 가능하겠다), 술을 진탕 먹고 되돌릴 수도 없으니, 완전 멘붕이 오는 상태의 실수인 것이다.
심지어 당시 미미는 1집 활동을 슬슬 마무리하고 다음 단계를 모색 하던 타이밍. 앞으로 할 일이 산더미 같은데, 임신이라니. 난 잘려도 할말이 없는 상태였다.

이쯤에서 당시 나의 임신에 대한 주변 사람들의 반응을 한번 살펴보자.

"어, 그럼 내년 여름휴가는!" —남편 L씨

"그럼 미미는?!" —동료 K양

"낳을 거야?" —기타리스트 H군

"누구 애야?" —기타리스트 Y군

그렇다. 나는 이런 삶을 살았던 것이다.

'와, 축하해!'까지는 아니지만, 적어도 부정당하지는 않았으면 했는데. 씁쓸하기도 했지만 어쨌든 내 배 속에 있는 건 나의 것. 그것 때문에 몸이 불룩해지고 미미를 지속할 수 없는 것도 나의 책임. 그리고 뒤따라오는 죄책감. 미미는 나 혼자 하는 것도, 할 수 있는 것도 아닌 것을. 큰미미와 밴드에 대한 미안함.

오랫동안 말을 못하고 고민했다. 임신 시기를 큰미미와 상의해야 했던 걸까 후회가 되기도 하고, 혹시 아닐지도 몰라 생각하며 몇 번이나 테스트를 다시 하기도 했다. 테스트기의 뚜렷한 두 줄은 우리의 발목을 잡을까 우리에게 날개를 달아줄까. 앞날이 캄캄했다.

장담컨대 대부분의 여성 뮤지션들은, 아니 대부분의 여성들은 임신을 막연히 축복으로만 받아들일 수 없을 것이다. 태어나서 한 번도 해본 적 없는 일, 어쩌면 태어나서 저지른 가장 큰 실수. 아기가 태어난 뒤의 삶이란 건 겪어보지 않고는 전혀 예측 불가능하기에 더욱 무섭고 조마조마한 것.

아기를 낳은 뒤에 모든 커리어를 버리고 아기에게만 올인하는 친구를 보면 전혀 이해가 되지 않았고 그 친구의 재능이 아쉽기만 했다.
"내가 만들었던 작품 중에 최고는 이 아이야." 단언하는 그녀가 미치도록 부러웠지만…… 뭔가 찜찜한 이 느낌.

반면에 아이를 엄마에게 몇 달 동안 턱 맡기고 인도에 차 공부를 하러 간 친구를 보면 역시 미치도록 부러웠지만…… 역시 뭔가 찜찜한 이 느낌.

아마 그 찜찜함의 원인은 '엄마'라는 단어가 주는 무게감 때문이 아니었나 싶다. 어쩌면 나 역시도 사회가 규정짓는 엄마라는 어마어마한 존재에 대해 선입견이 있었는지도 모르겠다. 한 사람 한 사람 개인이 아니라 '엄마'로 몽땅 싸잡아 분류해버리는. 세상에 엄마란 '좋은 엄마'와 '나쁜 엄마'밖에 없어 보였다. 하지만 진짜 내가 엄마가 되고 나니 왜 엄마의 다양성을 인정해주지 않는 걸까, 답답해졌다. 좋거나 나쁜 엄마가 아니라, 이런저런그런 엄마가 있을 뿐이다. 일하는 걸 더 좋아하는 엄마가 있듯이 살림하는 걸 더 좋아하는 엄마가 있을 뿐이고, 술을 좋아하는 엄마가 있듯이 목공일 혹은 뜨개질을 좋아하는 엄마가 있을 뿐이다. 그 어느 쪽이 더 좋은 엄마라고 그 누구도 규정지을 수 없다.

하지만 문제는, 왜 항상 엄마 쪽이 더 이런 고민을 하냐는 거다. 아이를 보느라 회사를 다닐지 말지, 아이를 보느라 공연 뒤풀이를 가야 할지 말지 고민하는 아빠를 나는 보지 못했다. 물론 가끔 있긴 있다. 나도 한동안 아이 아빠와 답이 없는 투쟁을 하다 공동육아를 시작하며 합의를 보게 되는데…….

각설하고, 다시 임신 당시의 이야기로 돌아가보자면 큰미미의 글에
도 잘 나와 있지만, 그녀가 받은 충격은 어마어마했다. 아마 나보다
어쩌면 더 미미의 미래를 불안하게 느꼈던 것도 같다. 그만큼 미미
에 애정과 열정이 강했기에, 어쩌면 자신의 정체성이 부정당했다고
생각했을지도 모르겠다. 며칠 동안 우리는 서먹하게 지냈다.

나는 최대한 빨리 복귀해야겠다고 결심했다. 다행히 1집 클럽 공연
이 마무리될 시기였고, 그다음 행보를 준비할 때였다. 배가 티 나게
불러오기 시작한 5개월 무렵부터 공연은 일단 중단. 곡 작업은 계속
했다. 음악극 준비도 계속했다. 만삭일 때는 이박사 아저씨와 컬래
보로 곡 〈다른 오빠〉를 만들어 녹음하기도 하고 기린의 노래 〈누나
는 시간이 많아〉에 피처링을 하기도 했다. 대중 앞에 서기 전에 할
수 있는 모든 물밑 작업을 했다. 어쩌면 미미에게 찾아왔던 가장 긴
공백기였다. 왜 그랬는지 모르지만 우리는 참 많이 울었던 것 같다.
사실 큰미미는 아주 눈물이 많다. 나는 이상하게 큰미미가 울면 같
이 울게 된다. 우리는 나의 호르몬 변화를 함께 느끼며 열심히 울며
노래하며 지냈다.

드디어 아기가 나왔고 큰미미는 베개만한 커다란 책을 한 권 안겨
줬다.
"야. 이거 애 있는 집 필독 도서래."
첫 장에는 큰미미 이모의 축사가 적혀 있었다. 아……. 나는 너무

감동해서 욕이 나올 정도였다.

아기를 낳고 4개월 뒤 우리는 유카리 언니와 일본 공연을 했다. 그리고 지금까지 우리는 여전히 미미를 꿈꾸며 미미로 노래하며 미미로 살고 있다. 크게 변한 건 없다. 아, 약간의 허리 라인과 팔뚝 라인과 허벅지 라인이 달라졌…… 뭐, 크게 변한 건 없다.

지금 생각하면 그냥 배 불룩한 채로 활동을 계속할걸 하는 생각도 든다. 예전에 1960~1970년대에 활동했던 이시스터즈 선배님들은 멤버 세 명이서 임신과 출산을 번갈아 하면서 계속 활동을 하셨다고 한다. 불룩한 배를 하고서 〈날씬한 아가씨끼리〉 같은 노래를 깜찍하게 불러내셨다는 거다. 정말 존경스럽다.

아기의 등원시간은 아침 10시. 아기를 어린이집에 데려다주기 무섭게 나는 온 집에 불을 다 끈다. 암막커튼으로 창문도 다 막는다. 작은 스탠드 하나 켜거나 촛불 하나에 불을 붙인다. 그리고 노트북을 열고 지금 이 글들을 써내려가고 있다. 카페 가는 돈이 아까워서 그냥 집 자체를 카페화하기로 했다. 밝은 카페도 있지 않으냐고 왜 불은 끄느냐 물으신다면, 불을 켜면 집에 널브러진 것들이 자꾸 눈에 들어와 청소를 하게 되고, 설거지를 하게 되고, 빨래를 하게 되기 때문입니다. 일단 그런 것들은 뒤로 미뤄두고 그냥 내 생각, 미미 생각에만 집중한다. 물론 다른 일을 할 때도 있다. 어쨌든 중요한 것은 엄마인 나를 분리해내는 것. 마치 정갈하게 생선 뼈 발라내듯이, 세

밀한 젓가락질로 엄마인 나에게서 그냥 '나'를 발라낸다.

아기는 우리 노래 중에서 〈택시로 5분〉을 제일 좋아하는 것 같다.
바퀴가 달린 모든 것에 애착을 보이는 아이라, 〈택시로 5분〉을 따라
부르면 기분이 좋아지나보다. 조만간 〈중장비 블루스〉와 〈헤이 파이
어맨 내 마음의 불을 꺼주오〉를 녹음할 예정이니 기대해주오. 동요는
아닙니다.

엇, 2시 50분.
여러분, 전 이제 엄마로 변신 준비합니다.
내일 다시 만나요, 뿅!

우 유 부 단
자 전 거

작은미미

우유부단한 성격을 가진 사람에게 자전거를 추천한다.

나는 꽤 오랜 기간 우유부단하게 살아왔다. 그게 꼭 나쁜 거라고는 생각하지 않았다. 상대방을 배려한다고 생각했다. 나는 아무래도 좋아, 니가 더 원하는 게 있다면 그걸로 하자.
하지만 언제부턴가 '아무래도 좋은' 건 아무짝에도 소용없다는 생각이 들었다. 어쨌든 좋고 싫은 건 내 마음속에 분명히 있는데, 조금 덜 좋고 조금 덜 싫다고 해서 나의 선택을 남에게 전가하는 건 좋지 않다.

"인제 볼까?"
"언제라도 좋아. 언제가 편해?"

"뭐 먹을까?"

"아무래도 좋아. 뭐 먹을래?"

"우리 사귈까?"

"아무래도 좋아, 사귀어보든지."

"우리 결혼할까?"

"아무래도 좋아, 결혼해보든지."

작은 약속부터 이런 일생일대의 약속도 흐지부지 떠넘겨버리게 되니까, 이건 꽤 심각한 결정장애로 느껴진다.

애매한 거, 맺고 끊는 게 확실하지 않은 거, 무책임한 거다. 성인이라면 자신의 욕망을 확실하게 표현할 필요가 있다. 아기들을 보면 싫은 건 죽어도 싫다, 좋은 건 무조건 좋다, 갖고 싶은 건 꼭 가져야만 하는 욕망이 뚜렷하다. 그랬는데 왜 어른이 되어가면서 나의 결정을 다른 사람에게 떠넘기는 걸까.

시나리오 일을 할 때였다. 나는 일을 몇 번 하지 않은 초짜 작가였다. 시나리오의 방향에 대해서 말하는 사람들이 많았다. 물론 영화라는 건 적어도 수십 명, 많으면 수백 명, 수천 명이 참여하는 작업이니까 나는 조금이라도 민폐를 끼치지 않으려 그들의 요구를 들어

줬다. 나는 아주 말 잘 듣는 작가였다. 고치라면 고쳤으니까. 설사 그게 내가 생각했던 것과 완전 반대의 것이라도 고쳤다. 나는 싸우는 것이 싫었다.

결국 그 시나리오는 산으로 갔다. 그 누구도 만족하지 못한 작업이었다. 시나리오가 엎어지는 건 그 바닥에서 부지기수의 일이라 그것에 절망한 건 아니다. 하지만 내가 절망스러웠던 건 그 모든 탓이 작가에게 돌아온다는 것이었다. 내가 책임을 회피했던 것이 되레 그들에게 민폐였고 나에게는 더욱 셀프 민폐였다.

적어도 내가 그때 써냈던 걸 지켰더라면, 혹은 결과가 어떻게 됐든 적어도 내가 그들과 한 번이라도 싸웠더라면 그렇게 억울하지는 않았을 것이다.

그때쯤 자전거를 타기 시작했다. 시나리오가 몇 편인가 엎어지고 이 길이 내 길이 아닌가, 뭘 먹고 살아야 하나 싶을 무렵 교통비라도 줄이자는 생각에 충동구매한 시뻘건색 자전거였다.

자전거를 타니 나의 애매한 성격이 여실히 드러났다. 맞은편에 사람이 오고 있으면 어쩔 줄을 몰랐다. 페달을 밟았다 바닥에 발을 내렸다가, 상대방의 판단력이 빠르면 괜찮은데 그 사람도 만약에 나처럼 우물쭈물하고 있으면 나도 오락가락 그 사람도 오락가락 결국에 그 사람과 충돌 10센티미터 앞에서 자전거를 멈추고야 마는 것이다. "죄송합니다"만 연발하는 이상한 사람이 되었다. 차도로 진출하면 이것은 더 큰 사고로 이어질 수도 있었다.

그래서 나는 마음먹었다. 내가 먼저 방향을 결정하리라.

저쪽에서 사람이 온다 싶으면 확실히 한쪽으로 핸들을 꺾었다. 그랬더니 신기하게 저쪽도 나와 반대로 간다. 신기한 게 아니다. 당연한 거다. 내가 방향만 먼저 정하면 된다. 나에겐 내가 먼저다.

나는 그다음 시나리오 작업을 할 때 난생처음으로 감독과 싸웠다. 꼬투리 잡고 아무거나 다 내 맘대로 하겠다고 싸운 건 아니고, 적어도 영화의 방향과 너무 안 맞는 이야기를 하면 왜 그러면 안 되는지 조목조목 이야기하기 시작했다.

처음에는 심장이 덜컹덜컹했다. 이러다 잘리면 어떡하지, 하는 불안도 들었지만 그건 기우였다. 내 목소리를 내기 시작하자 그들은 들었다. 그리고 또 이야기하고 이야기했다. 싸움이 될 정도로 큰소리를 낼 때도 있었다. 잘 싸우는 게 중요하다는 생각이 들었다. 승패에 상관없이.

물론 그 작업도 엎어졌다. 하지만 나는 예전처럼 억울하지 않았다. 적어도 나는 그 작업에서 할 수 있는 것, 하고 싶은 것은 다 했으니까. 어차피 영화는 어떻게 될지 아무도 모르기 때문에 과정을 즐기지 않으면 너무 불행하다.

물론 사소한 것에 나의 모든 걸 걸지는 않는다.

"언제 볼까?"
"응, 다음주 수, 목 저녁 중에 골라."

"뭐 먹을까?"
"요즘 조개가 먹고 싶더라. 굴도 좋고."

"둘째 낳을까?"
"아니요."

맺고 끊는 건 세상에서 제일 중요하다.

오래된
책

작은미미

며칠 전 〈비포 선셋〉을 다시 보았다. 10여 년 전에 봤던 영화이긴 한데, 그때는 전작 〈비포 선라이즈〉를 너무 사랑한 나머지 현실적으로 변해버린 그들의 이야기에 실망을 했던 터였다. 그런데 이번에는 너무 좋았다. 전작보다 훨씬 좋았다.

사람이 이렇다. 변해간다.

하지만 항상 좋은 것도 있다. 햇볕에 바짝 말린 이불. 아빠 집 다락방에 쌓여 있는 옛날 편지들. 주름 안 잡힌 청바지. 냉면. 귤. 술. 엄마 김칫국. 그와 처음 하는 키스. 기차 타는 거. 처음 먹어보는 것. 아기 머리 냄새. 우디 앨런…….

정리한다고 해도 떠나보낼 수 없는 책들이 있다. 너무 좋아서 제목만 봐도 기분좋아지는 그런 책들 말이다. 시몬 드 보부아르 자서전이 그렇고, 파블로 네루다 시집이 그렇고, 아끼는 르포 책들이 그렇다. 『잔혹』 1, 2권이 그렇고, 요네하라 마리 에세이가 그렇고, 맨 처음 공부할 때 봤던 일본어 책이 그렇다. 『저스트 키즈』가 그렇고, 〈리틀 미스 선샤인〉 대본집이 그렇다.

오래된 책 같은 사람이 되고 싶다.
항상 꽂혀 있는데 언제 꺼내 읽어도 재미있는 책.
볼 때마다 항상 새로운 책.
겉표지는 바랬지만 시간의 냄새가 아련한 책.
그런 미미가 되고 싶다.

형이라고
부르지 마

유년 시절, 나는 종종 나랑 나이 차이가 아주 많이 나는 만찢남(만화를 찢고 나온 남자) 같은 오빠에 대한 로망을 가졌다. 하지만 한 번도 부모님이 동생을 낳아주지 않은 것에 아쉬운 적은 없었던 것 같다.

내 주위의 오랜 친구들도 대부분 맏이인 걸 보면, 난 어쩌면 내추럴 본 막내인지도 모른다. 그러나 나이가 들어가며 많은 친구들이 가정을 꾸리고 아이를 갖다보니 그들을 예전처럼 자유롭게 만나기가 쉽지 않게 되었다. 철없이 산다고 나를 걱정하던 친구들은, 이제 대부분 생각이 바뀌었다. "너만 청춘이구나. 그래, 될 수 있으면 결혼하지 말고 오래 즐겨라. 세상에서 네가 제일 부럽다", 심지어 작은미미는 "ㅇㅇ야! 너는 우리의 희망이야! 자, 빨리 너의 썸에 대해 털어봐. 어서 우리의 욕망을 업데이트해줘!!!"라 말했다.

사정이 이렇다보니, 아무래도 시간이 갈수록 점점 내 주위의 인간관계는 친구 같은 동생들로 채워지게 된다. 근 몇 년간 가장 자주 만나는 여동생들이 아무래도 나의 생업과 동종업계에 종사하고, 같은 동네에 살기에 많은 것을 공유하고 의논할 수 있는 친구들이라면, 남동생들은 주로 나의 또다른 정체성인 '미미' 활동을 하며 가까워진 밴드맨들이다. '음악 하는 남동생들(종종 오빠들)'의 특성 중 많은 뮤지션들에게 나타나는 공통점 하나는, 생각보다 훨씬 세심하다는 것이다. 내가 머리를 밀고 나가지 않는 한 절대 나의 머리 스타일의 변화를 알아채지 못하실 우리 아빠와는 달리, 이 남동생들은 만날 때마다 "어, 누나 앞머리 잘랐네요?" "누나 염색했어요? 그게 무슨 색깔?" "못 보던 원피스네, 빈티지인가? 내 스타일인데" "선글라스 예쁘다. 나한테 넘겨요" 등등 그날의 변화나 상태에 대해 꽤 민감하게 반응해준다.

많은 남동생 뮤지션들이 미미의 노래 〈낮술〉 피처링(〈낮술〉은 반드시 연하 남성 보컬이 있어야 공연할 수 있는 곡)이나, 이사를 앞두고 오래된 미미 의상을 대거 판매하는 '미미 시장' 이벤트 디제이, 이삿짐 나르기와 같은 번거로운 일을 부탁해도 귀찮은 기색 없이 흔쾌히 달려와주니 그 얼마나 고마운지 모르겠다. 이렇게 우리의 요청에 기꺼이 응해주는 동생들에게는, 얼마나 쓸데가 있을지는 모르겠지만 '미미 자유이용권(단, 작은미미 이용은 예약 필요/시간제한 있음)'을 투척한다. 쉽게는 밥이나 술이 고플 때나, 때로 심각한 혹은 사소한 고민을 들어줄 사람이 필요하다거나, 새 음반의 짧은 리뷰를 써줄 사람이 필요할 때, 보도 자료 작성 및 발송법이 궁금할 때, 새 노래의 제목이나 가사가 잘 안 풀린다거나, 재미있는 기획 공연 콘셉트가 잘 떠오르지 않을 때, 혹은 그냥 심심할 때 등등 언제든지 미미를 찾을 수 있다. 친인척의 결혼식, 환갑잔치 축가도 가능하다. 단, 신청곡 불가.

여러 남동생들 중에서도 유난히 '미미 자유이용권'을 알차게 사용하는 동생들이 있다. 가끔 얘네들이 나한테 뭘 맡겨놨나 하는 생각이 들 정도다. 혹시 전생에 내가 버린 아들이기라도 한 건가.

어느 저녁나절, 그중 한 남동생에게 전화가 온다.
"누나, 뭐해요?"
"술 마시는데?"
"어디서?"
"집 앞 횟집."
"누구랑?"
"오늘 회의한 사람들이랑."
"알았어요, 끊어요."
"왜, 무슨 일 있어?"
"아, 아녜요."

또다른 남동생에게 전화가 온다.

에헴...
머리 했냐?

"누나, 뭐해요?"

"술 마시지."

"어디서?"

"집 앞 횟집."

"오!!! 회!!! 가도 돼요? 누구랑 있는데?"

"너도 대략 아는 사람들, 근처에 있으면 오든지."

또다른 어느 날, 막 자정을 넘긴 밤 12시 15분 즈음, 전화가 온다.

"누나, 뭐해요?"

"집이지."

"오늘은 안 마셔요?"

"일찍 마시고 들어왔지."

"알았어요."

"왜, 한잔이 고픈가?"

"아니……. 그런 건 아니고……. 그냥 누나 마시고 있을 것 같아서."

자, 단순히 이 대화만 보고 행여나 오해 마시라. 말했듯이 이것은 인기 많은 연상녀와 연하남, 혹은 썸남썸녀의 미묘한 대화 뉘앙스가 전혀 아니다. 이것은 마치, '엄마, 어디야? 뭐 먹어? 누구랑? 언제 들어와? 빨리 와! 아, 엄마!! 올 때 맛있는 거 사 오고!'와 똑같은 유형이라고 보시면 된다.

이쯤 되면 이 남동생은 오늘 '미미 자유이용권'을 쓰고 싶다는 뜻이다. 뭔가 혼자서는 풀리지 않는 고민이 있거나, 사소한 마음의 문제를 잠재우고 싶은 날이거나, 아주 가끔은 그냥 술이 땡기는 날이거나. 그런 날에는 일을 마치는 대로, 조금 늦더라도 남동생의 자유이용권에 도장을 찍으러 가게 된다.

심지어 이들은 나를 만나서 이야기를 늘어놓다 갑자기 무언가 다급한 질문이나 할말이 떠오르거나, 갑자기 좋은 아이디어가 생각났을 때 등등 '무방비' 상태에서 종종 나를 '형'이라고 부르는 현상을 보인다. 이 현상은 술을 마셨을 때도, 맨정신일 때도 한결같다.

"아, 형! 그거 어떻게 됐어요?"

"근데 형, 내 생각은……."

"맞다, 형! 이러면 되겠다!"

자기도 모르게 '형'이라고 불러놓고는, 스스로 깨닫는 짧은 순간 몹시 민망해하며 괜히 말을 돌리거나 자신의 말실수는 그 뜻이 아니었다며 전혀 설득력 없게 상황을 무마하려는 동생들. 나도 처음에는 좀 많이 황당해하다가, 이젠 너무 자주 여러 남동생들에게 '형'이라고 불리다보니 웃기기도 해서, 요즘은 그냥 그런 동생들이 있을 때마다 얼굴 가득 환하게 미소를 지으며 잠시 몇 초간의 멱살 타임을 갖는 정도이다. 특정한 몇 명이 아닌, 자꾸만 다양한 남동생들이 꾸준히 그러는 걸 보니 이건 뭔가 이유가 있겠다 싶어 물었다.

"도대체 왜 자꾸만 나를 형이라고 부르는 걸까? 진짜로 너만 그러는 게 아니고, 돌아가면서 그런다니까? 내가 남자로 보이나? 내가 그렇게 형 같은 데가 있나?"

"음…… 내 생각에는 형이, 아니, 누나랑 하는 대화들이 주로 우리 주변에 있는 형들이랑 나눌 법한 얘기들이라서 그런 것 같아요."

"형들이랑 나누는 대화가 뭔데?"

"뭐, 그냥 누나랑 하는 얘기들이요. 공연 얘기, 음악 얘기, 밴드 얘기, 악기 얘기, 멤버들 얘기, 주변 얘기. 두루두루."

"그럼 형이라고 부르지 않는 누나들이랑은 무슨 얘기를 하는데?"

"음…… 주위에 누나 같은 누나가 거의 없는데?"

"에라이!"

누나 같은 누나는 뭐며, 형들과 주로 나누는 대화는 무엇이란 말인가. 그저 내가 추측할 수 있는 건, 예전에는 대부분의 주변 뮤지션들이 나에게 '언니' '오빠'였다면 지금 만나는 대부분의 뮤지션들이 나를 '누나' 혹은 '언니'라고 부른다는 변화에서 오는 현상인가 싶은 정도다. 실제로, 처음 홍대 앞에 왔을 때 만난 언니들 중 지금까지 꾸준히 이곳에서 활동을 지속하고 있는 언니들은 손에 꼽힐 정도이니까.

그렇다면, 주위에 '누나'가 별로 없기 때문에 자연스럽게 '형'이라는 호칭이 나오는 이유에 대해 조금은 근거가 생기는 것인가?

아니, 그래도 완전히 이해가 가지는 않는다.

이 글을 읽는 남동생들아, 곰곰이 좀 생각해봐주지 않겠니?
형이라고 부르는 것까지는 괜찮은데, 나의 궁금증만이라도 좀 해소
해줬으면.

생각나면 삐삐 치렴. 자유이용권 도장 들고 나갈 테니까.

노래하듯
말하기,
말하듯
노래하기

큰
미
미

장기하와 얼굴들에서 활동하던 시절, 미미에게는 표현의 방법이 그리 다양하지 않았다. 말하는 것도 아니 되고, 웃어도 아니 되고, 울어도 아니 되고, 소리를 지르는 것은 더더군다나 절대 안 되는 상황이었다. 정해진 칼 안무 이외에는 기하의 질문에 도도하게 고개를 돌리거나, 마음에 안 들면 공연이 끝나기 전에 그냥 퇴장해버리거나 (물론 캐릭터로서 상황에 몰입하긴 했지만 어디까지나 재미요소로써), 노래 중 담배 연기를 뿜거나 비눗방울을 불거나, 귀여운 팬들을 향해 손을 내미는 정도가 우리가 할 수 있는 표현의 전부였다.

모 라이브 방송에서 진행자이신 해피 유희열 오빠가 우리를 억지로 웃게 하기 위해 돌발 멘트를 던지고는 짓궂게 카메라 클로즈업으로 우리의 입 모양을 잡았을 땐, 그야말로 콘셉트고 뭐고 시원하게 빵 터지고 싶은 마음이 굴뚝같았다. 하아……. 다시 생각해도 그 순간 웃음을 참아내는 것은 정말 배탈 난 사람이 화장실 순서를 기다리는 것만큼이나 고통스러웠다.

우리는 엉뚱하게 그 답답함을 라이브 도중 기하에게 풀기도 했는데, 작은미미와 함께 무대에 올라가기 전 둘이 짜고는 전혀 얘기 없이 기하의 어깨를 밀어내는 안무에 갑자기 볼을 밀어낸다거나 하는 등의 방법으로 종종 당황시켰다. 기하가 무대에서 당황하는 모습을 보면 속으로 빵 터지면서 알 수 없이 시원하기도, 조금은 짜릿하기도 했다. 기하, 늦었지만 미안…….

어쨌든 그때의 고민으로부터 생겨난 미미다운 표현 방법의 기본은, 바로 '때, 시간, 장소, 공연 콘셉트'를 200퍼센트 살릴 수 있는 의상과 스타일링을 선보이는 것이었다. 정말이지 미미는 번거로운 것으로 따지면 1등 할 팀이다.

우리는 노래를 하던 사람들이 아니었다. 노래라고는 어릴 적 성당에서 부르던 성가나, 학교에서 합창대회를 나갔던 것 정도였다. 우린 음치나 박치는 아니지만, 그렇다고 가창력이 폭발하는 가수가 될 소질을 가진 사람들도 아니었던 것이다. 물론, 꾸준한 보컬 레슨과 연습, 그리고 여러 라이브를 통해서 아주 조금씩 감을 잡으며 나아지고 있기는 하지만, 우리가 경험한 '노래'라는 영역은 노력에 의해서 짧은 시간 눈에 띄게 실력이 향상될 수 있는 성질의 것은 아니었다.

생각해보면 장기하와 얼굴들 시절부터 우리가 했던 짤막한 코러스들은 대부분 말에 가까운 노래였다. 우린 여러 가지 악플을 받아보았지만, 1집을 내고는 '얘네들은 가수 할 사람들이 아님' '이 정도는 나도 하겠다' 3년 뒤 2집을 발표하고는 '생각보다 노래는 잘하는 미미' '3년 만에 많이 늘었음' 이런 류의 쓴소리는 늘 가슴을 후벼파곤 한다. 하지만 악플도 관심입니다. 여러분, 미미는 여러분의 댓글을 기다립니다.^^

그런데, 어느 순간 약간 억울해진다. 아니, 타고나지 않았다고 해서 가수가 되지 말란 법 있나? 해외의 유명한 뮤지션들도 비브라토(흔히 바이브레이션이라 불리는, 어떤 음에서 듣기 좋은 간격의 떨림을 유지하며 표현하는 발성 기술) 못하는 사람 엄청 많더구만.

그래서 미미는 유명한가? 아니오.
그럼 해외에서 활동하나? 아니오.
그래, 그럼 닥치고 연습하자. 네네네.

자문자답은 결국 똑같은 결론. 그래서 오늘도 미미는 20분짜리 데일리 보컬 트레이닝 파일을 재생하고 로저 러브 선생님의 '국, 각, 맘, 노우, 네이 나'를 반복하며 스케일 연습을 하고, 머리를 비우고 마냥 따라 하다보면 언젠가는 성공하겠지 하는 가벼운 생각으로 비브라토 연습을 '기〜〜〜〜〜 기〜〜〜〜' 반복한다.
그 유명한 '공기 반 소리 반'의 발성법은 몇 년간 노력해도 완전히 터득하지는 못했지만, 이제 맨 처음 노래할 때보다는 음정도 제법 맞는 편이고, 가성의 크기도 꽤 커졌고, 미들 보이스의 고음도 목을 아프게 쥐어짜는 소리에서 조금은 편안해졌다.

상황이 이렇다보니, 우리는 '노래를 만들거나 부르는 일' 외에도 우리가 하고자 하는 이야기를 더 다양한 표현으로 선보이는 방법을 모색하게 되었다. 처음부터 우리의 정체성이었던 선글라스는 물론, '때, 시간, 장소, 공연 콘셉트'를 고려한 의상은 기본이고, 멘트를 할 때도 캐릭터를 유지하고, 우리만의 철학이 담긴 안무(많은 이들이 '율동'이라고 부르는)에도 노래 연습만큼이나 많은 시간을 쏟는다.

언젠가부터 '사람들이 미미에게 원하는 바'에 대해 많은 고민이 시작되었는데, 우리의 1집 제작 진행을 담당했던 첫 정신적 매니저 J양의 한마디 "미미는 종합예술인이잖아?"라는 말에 무릎을 쳤다. 그렇다고 미미가 현재 '종합예술인'이라는 명칭에 준하는 작업을 꾸준히, 또 절실하게 이어가고 있느냐 묻는다면 그 역시 스스로도 만족하기는 어렵지만, 적어도 매일, 매달, 매년 당장 코앞에 다가온 일을 대할 때부터 '우리가 전하고 싶은 메시지를 효과적으로 표현하는 방법'은 무엇이 있을까 온갖 아이디어를 끄집어내게 되는 것이다.

우리는 우리가 당장 잘해낼 수 있는 방식의 아이디어를 노래에 적용해보기로 했다. 그중 하나가 바로 '내레이션'인데, 실제로 우리의 노래를 들어보면 꽤 여러 가지로 내레이션이나 대사의 방식을 노래에 도입하는 시도를 했다는 것을 쉽게 알 수 있을 것이다.

할 때는 뻔뻔하게 하지만, 사실 우리도 우리 노래 잘 못 듣는다. 하하.

우리의 2집 수록곡 중 〈내 말이 그 말이었잖아요〉라는 곡은 한 맺힌 여자들이 '그놈'에게 던지는 절규 같은 외침 '아~~~~'의 무한반복 후렴구가 매력이다. 프로듀서 이병훈 오빠의 강력한 권고로 이 곡의 간주에는 우리의 (초짜) 플로어탐 연주가 들어가 있다.

얼마 전 독일에 KBS 특집 라디오 공개방송으로 1966년부터 한국에서 파견되셨던 '파독 간호사 50주년 특집' 공연에 참가하게 되었는데, 우리는 〈내 말이 그 말이었잖아요〉를 부르고 싶었지만 도저히 플로어탐 세 개를 들고 독일까지 갈 자신은 없었다. 그래서 생각해 낸 것이 바로 '내레이션'이다. 뭔가 선동적인 북 리듬에 맞추어 파독 간호사 언니들의 이야기를 해보자는 것이었다.

우리는 대략의 내레이션 구조만을 만들어놓고 합죽선(종이로 만든 접히는 부채) 두 개와 붓펜을 챙겨 독일로 날아갔다. 공연 전날, 운좋게도 파독 간호사 협회장님 댁의 가든 파티에 초대받았다. 파란 잔디밭 위에서 맛난 고추장 돼지 바비큐와 향 좋은 코냑을 마시며 파독 간호사 협회장 언니(물론 나이는 지긋하신)와의 인터뷰 기회를 얻을 수 있었다. 당시의 이야기를 들으며 우리는 가슴이 저릿하기도, 그때의 언니 심정에 이입해 공감하기도 하며 깊은 인상을 받았다. 그리고 우리는 다음날 공연에서, 준비한 간주가 흘러나왔을 때 합죽선에 적은 내레이션에 간절한 마음을 담아 읽기 시작했다.

1966년 1월, 우리는 33시간의 비행으로 뒤셀도르프에 도착했다. 라인 강의 매서운 칼바람을 느끼기도 전에 우리는 곧바로 병원으로 투입되었다.
첫 만남에서 그들은 우리에게 독일 이름을 붙여주려고 하였다. 하지만 우리는 우리의 한국 이름을 지켰다. 독일인들이 꺼리는 일도 마다하지 않는 우리를 그들은 '코리안 엔젤'이라 불렀다. 그때 우리는 스물세 살이었다.

급히 준비한 내레이션이었지만 간주 길이에 성공적으로 맞추고는 '아~~~~' 하는 절규의 후렴구를 부를 때는 작은 카타르시스가 느껴졌다.

공연이 끝나자마자 무대 뒤로 달려오신 파독 간호사 협회장 언니는 "미미! 아까 무대에서 내 얘기 했지?" 하며 무척 즐거워하셨다. 우리는 미미 못지않게 멋진 빨간 원피스에 블랙 쇼트베일 모자를 쓰신 언니와 기념 셀카를 남겼다.

우리는, 나름 긴 길이의 내레이션을 간주 길이에 성공적으로 맞추었다는 기쁨에, 이후 다가오는 공연에도 플로어탐을 연주하기 어려운 상황이 닥칠 때면 종종 내레이션을 애용하게 되었다.

지난가을, 세운상가 옥상에서 열린 100여 명의 남녀노소 일반인들이 춤을 추며 하루종일 서울을 누비는 프로그램을 마치고 도착한 축하 공연에서는,

춤을 추는 것만으로 죄가 되던 시절이 있었다. 하지만 우리는 오늘, 춤을 추며 서울을 누볐고, 누비고 있고, 밤새도록 누빌 것이다. 잠수교, 보신각, 광통교, 남산공원, 잠실, 여의도, 신촌, 광화문, 서대문형무소, 한강대교, 그리고 여기. 세운상가 옥상까지 밤새도록!!!

이런 내레이션으로 광란의 댄스 파티 분위기를 달구었고, 겨울을 앞두고 열린 KBS 라디오의 〈김장 나눔 콘서트〉를 위해서는 '김치예찬' 내레이션을 준비했다.

하이얀 무 동치미는 시원한 맛이 좋고,
알싸한 갓김치는 풀냄새가 매력 있고,
총각김치는 씹는 맛이 일품이다.

그래도 김치 중의 제일은
배추김치 아니겠는가.

겉절이, 적당히 신 김치, 팍 삭은 김치, 묵은지까지
우리의 배추김치는
진득하고 묵직하고 끈질기다.

오늘밤 수육 한 점에 김치 겉절이 얹어 입에 넣으면
모든 시름이 잊혀지리라.

이렇게 우리에게 내레이션은, 어느새 노래의 일부가 되었다. 진지한
메시지를 담아 오랫동안 정통으로 노래를 불러오신 가수 선배님들
이나 일부 어르신 관객들께는 그런 우리가 다소 장난스럽기도, 진지
하지 않아 보일 수도 있을 것 같다. 그 점은 충분히 알고 있고, 송구
스럽기도 하다.
하지만, 우리는 미미만의 방식으로 노래를 계속하려고 한다. 물론,
노래 연습도 게을리해서는 안 될 것이다. 언젠가 성공할 '비브라토'
를 꿈꾸며.

'미미는 노래할 사람들이 아니다' '미미 공연은 학예회 같다'는 소리
를 들어도, 이제 우리는 예전만큼 기죽지 않는다. 그런 생각이 드는
여러분들의 마음까지 사로잡을 수 있는 소통의 방식을 찾고, 끊임없
이 시도하는 것이 미미의 임무가 아닐까 한다.

귀 얇기로 소문난 미미이지만, 이것 하나는 확실하게 말할 수 있다.

지금 잘하지 못한다고 해서 안 하는 것보다, 누구보다 꾸준히 '계속 하는 사람'이 되고 싶다고. 그리고 우리와 가장 비슷한 사람들이 기쁘게 응원할 수 있는 음악을 하고 싶다고.

얼마 전에 본 영화 〈플로렌스〉 여주인공의 마지막 대사처럼, 우리의 부족한 점은 충분히 인지하고 인정하되, 조금 더 당당해지는 미미가 되고 싶다.

"내가 노래를 '못' 했다고 할 수는 있어도, 누구도 내가 노래를 '안' 했다고는 말 못할걸."

존 경 하 는
패 티 스 미 스
언 니 께

패티 스미스 언니, 안녕하세요?

저는 한국의 큰미미라고 합니다.

언니는 저를 기억하지 못하시겠지만, 저의 휴대폰 배경화면에는 늘 따뜻한 눈빛으로 저를 바라보는 언니가 계신답니다. 곱게 빗은 회색 빛깔 머리에, 아름다운 주름이 가득한 얼굴로, 빠알간 장미를 손에 들고서요.

언니를 처음 만난 것은, 2009년 여름 한 록페스티벌에서였습니다. 저는 잠시 후 오를 무대의 뒤편에서 언니를 만났습니다. 언니는 공연을 하러 무대로 향하시다가 잠시 걸음을 멈추고 들꽃 사진을 찍고 세셨어요.

그때까지만 해도 저는 언니에 대해 잘 알지 못했어요. 공연 직전까지 들꽃 사진을 찍고 계시다니, 와…… 마음이 여유롭고 멋진 언니시구나, 그렇게만 생각했죠.

그러나 잠시 후 맞닥뜨린 언니의 공연은 정말이지, 충격적이었습니다. 언니의 노래를 잘 알지는 못했지만, 60분간 언니가 뿜어내는 에너지에 저는 완전히 매료되었죠. 톰 버레인 아저씨의 기타 소리는 너무나 따뜻하고도 강렬했고, 나직하게 읊조리다 어느 순간 폭발하는 언니의 노래에 눈물이 날 것만 같았습니다. 공연의 말미에 언니는 손에 들고 계시던 일렉 기타를 가리키며 외치셨습니다.
"보이니? 이게, 바로 나의 무기야."

언니의 무대를 처음 목격한 감흥에 잠시 후 있을 저희의 무대는 까맣게 잊고 홀린 듯이 멤버들과 함께 언니를 따라갔습니다. 대기실 편의점에서 언니를 놓쳐 두리번거리던 중, 언니는 맛동산과 육개장 사발면 사이에서 또다시 멋지게 등장하셨어요. 바보같이 머뭇거리던 저희의 부탁에 언니는 흔쾌히 함께 사진을 찍어주셨습니다.

몇 년 후, 언니의 자서전 『저스트 키즈』를 읽기 전까지는, 언니와의 만남이 저에게 얼마나 대단한 일이었는지 실감하지 못했어요. 언니의 유년 시절로부터 시작해 뉴욕으로 상경한 후 그야말로 혼자 힘으로 오롯이 생을 살아낸 상황들을 바로 옆에서 지켜보듯이 가슴이 아

릿하고 절절했습니다. 책을 읽던 당시 저의 현실과 너무나 비슷하다고 여겨졌기 때문일까요. 먹지도, 자지도 않고 1박 2일 동안 언니의 책을 읽으며 저는 정말 많이 울었습니다.

언니는 어떤 상황에서도 꿋꿋하셨죠. 온갖 어려움을 겪으면서도 어지간해서는 울지도 않았고, 겁내지도 않았어요. 가장 사랑하는 사람, 영혼의 친구라 할 수 있는 로버트의 큰 변화(양성애자임을 깨달은 순간)에도 의연하셨지요. 말 그대로 배고프고, 갈 곳 없는 상황에 직면해서도 늘 예술가로서의 자신을 잃지 않으신 언니.

저는 책을 읽으며 이제나저제나, 언니의 성공기는 언제쯤 나오는 걸까 기다렸습니다.
언니가 더이상 아르바이트를 하지 않고 오로지 예술가로서 일할 수 있게 되고, 로버트와 샌드위치 하나를 나누어 먹는 게 아니라 더이상 끼니 걱정 없이 레스토랑에서 한 그릇의 식사를 할 수 있게 될 즈음, 책은 끝이 났어요.
책을 다 읽고서도 저는 잠을 이루지 못하며 언니의 인터뷰를 찾아보기 시작했어요. 그러다 한 인터뷰를 읽으며 또 한번 놀라고 말았습니다. 책 속에서의 언니는 이제 행복해질 일만 남은 줄로 알았는데, 그 이후 언니는 더 힘든 일들을 많이 겪으셨다고 했어요. 로버트의 죽음 이후에도 몇 년 사이 남편 분과 함께 활동하시던 피아노 멤버, 남동생까지 잃으셨다는 이야기에 언니의 생이 마치 제 이야기인 것

마냥 슬퍼져 한참을 펑펑 울었습니다.

그런데 정말 신기하게도, 그렇게 울고 나니 이상하게 위로가 되었습니다. 언니가 제게 '괜찮아, 큰미미. 네가 느끼는 아픔을 있는 그대로 표현해'라고 이야기해주시는 것 같았어요. 그때부터 언니의 책 『저스트 키즈』는 항상 저의 머리맡에 성경처럼 놓여 있답니다.

제 휴대폰 배경화면을 보는 사람들은 한결같이, 왜 언니의 젊은 시절 멋진 사진이 아닌 현재의 모습을 넣어뒀냐고 묻곤 해요. 하지만 저는 지금 언니의 모습이 가장 마음에 듭니다. 언니의 사진을 가만히 바라보고 있노라면, 저의 미래도 그려지는 기분이거든요.

문득문득 생각합니다. 내가 어쩌다가 여기까지 왔을까. 어쩌다가 밴드를 시작하고, 또 어쩌다가 작은미미를 만나, 예상치 못하게 10년이나 미미시스터즈를 하고 있는 걸까, 하고요. 작은미미와 저는 많이 다르지만, 각자의 삶을 각자가 생각하는 방법으로 충실히 살아내려고 합니다. 그리고 저희도 언니처럼 멋진 할머니 로커로 나이들어가고 싶습니다. 따뜻하게 서로 의지하면서요. 언젠가 언니를 만났을 때 부끄럽지 않도록, 각자의 일상도, 창작도 멋지게 해내고, 또 지속하고 싶습니다.

이런, 50년이 넘게 예술가로 살아오신 언니께 이제 겨우 10년 남짓 가까스로 활동해온 저희가 너무 주제넘게 엄살을 부렸네요. 아직 중간 과정도 아닌, 이제 겨우 시작점에서 벗어날까 말까 하는 저희에게, 따끔한 조언을 부탁드려도 될까요?

그 누구보다 특별한 시인이자, 강력한 펑크로커이신 언니. 저는 오늘 아침에도 빠알간 장미꽃을 들고 계신 언니와 눈을 맞추며 하루를 시작합니다.
이렇게 언니에게 편지를 써두면, 언젠가는 다시 언니를 만나 이야기를 나눌 수 있겠죠? 그때까지 영어 공부 좀더 열심히 해둘게요.

다시 만날 때까지, 건강 또 건강하세요.
미미에게 힘을 주셔서 감사합니다.
사랑합니다.

한국에서, 패티 스미스 언니를 사랑하고 존경하는 큰미미 드림

원 조
미 미 시 스 터 즈

룬
미
미

'미미시스터즈'는 마법의 이름이다.
왜들 그렇게 '미미'를 좋아하는지.

미미 세탁소, 미미 참기름, 미미 한복집, 미미 식당, 미미 인쇄소, 미미네 떡볶이, 미미 문방구, 미미 짬뽕, 미미 빌라…… 전국 방방 곡곡에 미미가 즐비하다. 우리는 종종 팬들로부터, 지인으로부터 '미미' 시리즈 제보를 심심치 않게 받는다. 특히 '미미' 사진을 그대 로 가져가 수염을 달아 간판을 만든 매운 갈비찜집 사진은 아주 정 기적으로 제보를 받는다. 전국 체인이란다. 사장님…… 왜 그러셨어요.

그뿐인가. 툭하면 모두들 자기네가 미미시스터즈란다.

전 국민의 사랑을 받는 인기 예능 프로그램의 남자 개그맨들도 자칭 '미미시스터즈'라 부르고, 여자 개그맨들이 밴드를 만들었는데 '미미 밴드'라 하고, 새 영화를 개봉한 매력 여배우 두 분도 '미미시스터즈'. 심지어 여성 정치인 두 분도 이름이 '미'로 끝나니 본인들이 '미미시스터즈'란다.

남자도, 여자도, 아저씨도, 아줌마도, 할머니도, 할아버지도, 모녀도, 연인도, 아이들도. 선글라스 쓰고, 둘이 같이 있으면 고민 없이 **#미미시스터즈** 란다.

그리고 자꾸만 인스타그램을 손톱 사진으로 도배하시는 '미미시스터즈' 네일숍은 요즘 우리의 최대 경쟁자다. 우리가 원조 **#미미시스터즈** 인데 말이다.

솔직히, 입에 착착 잘 붙긴 한다. 비록, 우리가 지은 이름은 아니지만. 처음에 촌스럽다고 비웃었던 이 이름이, 우리가 한참 잊혀진 지금까지도 이렇게 오랫동안 불릴 줄은 몰랐다.

사실, 이렇게라도 자꾸 이름이 불리는 것이 고맙기도 하다.
'미미시스터즈'라는 이름을 기억하든, 진짜 우리를 기억하든.
어쨌든, 잊지 않았다는 거니까.

'미미'는 중국어로 '비밀'이다.

秘密〔mimi〕

〔명사〕 비밀, 기밀

〔형용사〕 비밀의

일본어로는 '귀'다.

みみ 耳

1. 귀

2. 듣는 기관

3. 듣는 감상력

미미는 '비밀의 귀'입니다, 여러분.

듣고도 모른 척해드릴게요. 보고도 못 본 척해드리죠.

하지만 여러분, 이것만은 잊지 말아주세요.

진짜는, 저희예요.

#원조 #미미시스터즈

아직 여기 살아 있습니다!

미안하지만 미친 건 아니에요

초판 1쇄 인쇄 **2017년 7월 1일**
초판 1쇄 발행 **2017년 7월 7일**

지은이 **미미시스터즈**

기획 **박선주**
편집장 **김지향**
편집 **박선주 이희숙 김지향**
모니터링 **이희연**
디자인 **최윤미**
일러스트 **정예진**
제작 **강신은 김동욱 임현식**
마케팅 **방미연 이재익**
홍보 **김희숙 김상만 이천희**

펴낸이 **이병률**
펴낸곳 **달 출판사**
출판등록 **2009년 5월 26일 제406-2009-000034호**
주소 **10881 경기도 파주시 회동길 210**
전자우편 **dal@munhak.com**
페이스북 **/dalpublishers**
트위터 **@dalpublishers**
인스타그램 **dalpublishers**
전화번호 **031-955-1908(편집) 031-955-2688(마케팅)**
팩스 **031-955-8855**

ISBN **979-11-5816-059-3 03810**